PIERRE EMME
Killerspiele

WENN KILLER UM MEDAILLEN KÄMPFEN Singen am Hohentwiel. Zwei bizarre Morde erschüttern die Stadt. Doch auch im fernen Wien haben sie eine schockierende Wirkung: Mario Palinski muss feststellen, dass die Tötungen exakt so abgelaufen sind, wie er sie in seinem noch unveröffentlichten Kriminalroman beschrieben hat.

Palinski, den dieses seltsame Zusammentreffen von Fiktion und Realität schockiert, geht mit seinem Freund Anselm Wiegele, Hauptkommissar bei der Kripo Singen, diesem absurden Zufall auf den Grund. Wie es scheint, wurden die schrecklichen Taten nur begangen, um sich damit zu einer im Herbst in Las Vegas stattfindenden »Killer-Olympiade« zu qualifizieren. Verwirrt von dieser unwirklich scheinenden Idee, geraten Palinski und Wiegele bei ihren Recherchen in Wien und Singen immer weiter in den Sog des Organisierten Verbrechens ...

Pierre Emme, geboren 1943, lebte bis zu seinem Tod im Juli 2008 als freier Autor bei Wien. Der promovierte Jurist konnte auf ein abwechslungsreiches Berufsleben zurückblicken und damit aus einem aus den unterschiedlichsten Quellen gespeisten Fundus an Erfahrungen und Erlebnissen schöpfen. Im Februar 2005 erschien mit »Pastetenlust« der erste Band seiner erfolgreichen Krimiserie um Mario Palinski, den Wiener Kult-Kriminologen mit der Vorliebe für kulinarische Genüsse.

Bisherige Veröffentlichungen im Gmeiner-Verlag:
Zwanzig/11 (2011)
Diamantenschmaus (2010)
Pizza Letale (2010)
Pasta Mortale (2009)
Schneenockerleklat (2009)
Florentinerpakt (2008)
Ballsaison (2008)
Tortenkomplott (2007)
Würstelmassaker (2006)
Heurigenpassion (2006)
Schnitzelfarce (2005)
Pastetenlust (2005)

PIERRE EMME
Killerspiele
Palinskis fünfter Fall

Die automatisierte Analyse des Werkes, um daraus Informationen insbesondere über Muster, Trends und Korrelationen gemäß § 44b UrhG (»Text und Data Mining«) zu gewinnen, ist untersagt.

Bei Fragen zur Produktsicherheit gemäß der Verordnung über die allgemeine Produktsicherheit (GPSR) wenden Sie sich bitte an den Verlag.

Immer informiert

Spannung pur – mit unserem Newsletter informieren wir Sie regelmäßig über Wissenswertes aus unserer Bücherwelt.

Gefällt mir!

Facebook: @Gmeiner.Verlag
Instagram: @gmeinerverlag
Twitter: @GmeinerVerlag

Besuchen Sie uns im Internet:
www.gmeiner-verlag.de

© 2007 – Gmeiner-Verlag GmbH
Im Ehnried 5, 88605 Meßkirch
Telefon 07575 / 2095-0
info@gmeiner-verlag.de
Alle Rechte vorbehalten

Lektorat: Claudia Senghaas, Kirchardt
Herstellung: Mirjam Hecht
Umschlaggestaltung: U.O.R.G. Lutz Eberle, Stuttgart
unter Verwendung eines Fotos von Georg Mladek
Druck: Libri Plureos GmbH, Friedensallee 273,
22763 Hamburg
Printed in Germany
ISBN 978-3-89977-708-6

Personen und Handlung sind frei erfunden.
Ähnlichkeiten mit lebenden oder toten Personen
sind rein zufällig und nicht beabsichtigt.

VORWORT

Der literarische Kriminologe Mario Palinski, ein eher bodenständiger Typ, hat seine bisherige Tätigkeit im Dienste der Wahrheit und Gerechtigkeit ausschließlich auf seine Heimatstadt Wien beschränkt.

In dem vorliegenden Roman ›Killerspiele‹ zieht es ihn allerdings hinaus in die Welt. Nicht in weit entfernte, exotische Regionen unseres Planeten, nein. Neben Wien geht es diesmal auch nach Deutschland und Italien. Damit wird er nicht gerade zum ›Jetsetter‹, aber immerhin, ›Palinski goes international‹.

Rasch lernt er, dass nichts so ist, wie es zu sein scheint und alles schwieriger ist, als man zunächst glaubt. Vor allem aber, dass es schließlich keine Sieger gibt, sondern nur kleinere und größere Verlierer.

Auf jeden Fall ist Palinskis Welt nach ›Killerspiele‹ nicht mehr dieselbe wie zuvor. Ja, selbst der Titel passt nicht ins bisherige Schema: weit und breit nichts zu essen oder zu trinken.

Ich hoffe, Sie werden den etwas anderen Palinski auch mögen. Falls nicht, kann ich Sie trösten: Der ›alte‹, rein wienerische Mario kommt auch wieder. Demnächst.

Pierre Emme, Wien, Januar 2007

P.S.: Wenn Sie jetzt zu lesen beginnen, werden Sie bitte nicht ungeduldig. Der Name Palinski fällt erst gegen Ende des zweiten Kapitels. Und in Erscheinung tritt Mario erst am Anfang des dritten Kapitels. Dafür aber, na, ich will noch nicht zu viel verraten.

WIE ALLES BEGANN

Wo die Liebe eben so hinfällt. Mario Palinskis Tochter Tina hatte sich in Guido Bittner, einen Assistenten am Publizistikinstitut der Universität Wien, verliebt. Guidos Vater, Dr. Ernst Bittner, war Rechtsanwalt in der schönen Stadt Singen im Hegau. Jener traumhaft schönen Gegend am westlichsten Zipfel des Bodensees.

Da es den beiden Liebenden ernst zu sein schien, wollten auch die zukünftigen Schwiegerleute einander kennenlernen. Aus diesem Grunde folgten der Kriminologe Mario Palinski und die Seinen im September letzten Jahres der Einladung der Bittners.

*

Als Frühaufsteher nutzte der Vater der zukünftigen Braut den Morgen, um das zauberhafte Umland Singens näher zu erkunden. Bei der Gelegenheit wurde er allerdings unfreiwillig Zeuge einer schrecklichen Bluttat. Er musste beobachten, wie eine junge Frau, Rosie Apfaltinger[*], wie sich später herausstellte, auf einer Wiese im Umland Singens von einem Mann im Streit erschlagen wurde.

Als Palinski der Frau zu Hilfe eilen wollte, flüchtete der Täter in einen nahe gelegenen Heuschober. Während er sich vergeblich um die leblose Frau kümmerte, war das

---
[*] ›Der Fall Rosie‹, Pierre Emme, Anthologie ›Grenzfälle‹, Gmeiner Verlag 2005

wütende Bellen eines Hundes an Palinskis Ohr gedrungen, das kurz darauf in ein klägliches Jaulen gemündet und dann gänzlich verstummt war.

Das Verhältnis Palinskis zu der am Tatort erschienenen und unter der Leitung von Hauptkommissar Anselm Wiegele stehenden Singener Polizei stand zunächst unter schlechten Vorzeichen. Der geschwätzige Wiener und der leicht introvertierte, mit seinem Schicksal hadernde Kommissar waren einfach zu unterschiedliche Persönlichkeiten, um sich auf Anhieb zu verstehen.

Die größte Überraschung stand den beiden so verschiedenen Kriminalisten aber noch bevor. Als die Polizei endlich den Heuschober gestürmt hatte, um den Täter zu verhaften, entdeckten sie nicht einen, sondern zwei junge Männer, die Cousins Joachim und Hans Peter Windscheid, durch Adoption sogar Brüder.

Beide fast gleichaltrig, gleich groß, ähnlich aussehend und auch gekleidet machten es Palinski, der den Täter ja nur aus einiger Entfernung und gegen die Sonne gesehen hatte, unmöglich, den Täter eindeutig zu identifizieren. Da sich auch sonst keinerlei Hinweise auf die Täterschaft des einen oder anderen Bruders finden ließen, drohten die Ermittlungen ergebnislos in einer Sackgasse zu enden. Mit dem vorhersehbaren Resultat, dass Hauptkommissar Wiegele demnächst einen Schuldigen laufen lassen musste, weil er einen Unschuldigen eben nur eine bestimmte Zeit festhalten durfte. Eine zwar völlig richtige, im Sinne der Gerechtigkeit aber doch äußerst unbefriedigende Entscheidung.

*

Als Tierfreund und engagierter Hundeliebhaber hatte Palinski den Tatort aber nicht verlassen wollen, ohne sich nicht auch um den Hund zu kümmern, dessen schmerzliches Gejaule er noch im Ohr hatte. Er hatte das Tier, einen kleinen Schäferhundmischling, den er Moritz nannte, vom Tierarzt untersuchen lassen. Dieser musste feststellen, dass das arme Viech mehrmals getreten worden war.

Alles das fiel Palinski erst wieder ein, als Hauptkommissar Wiegele mit seiner Weisheit am Ende war. Wenn der Hund getreten worden war, dann konnte er eigentlich nur vom Mörder getreten worden sein. Hunde neigten nun einmal dazu, ihr Territorium gegen Eindringlinge zu verteidigen. und nichts anderes hatte Moritz auch getan. Da war sich Palinski völlig sicher.

Hauptkommissar Wiegele übernahm diese Theorie nur zu gerne. Warum auch nicht, schließlich hatte er nichts Besseres. Die folgende Gegenüberstellung zwischen den beiden Brüdern und dem Hund führte denn auch zu einem eindeutigen Ergebnis. Während Moritz Hans Peter die Hand ableckte und sich von ihm kraulen ließ, stellten sich ihm beim Anblick Joachims die Haare auf, er knurrte böse und fletschte die Zähne.

Als dann noch bekannt wurde, dass Joachim eine krankhafte Angst vor Hunden hatte, stand für die beiden Kriminalisten fest, dass es nur dieser Windscheid-Bruder gewesen sein konnte, der beim Betreten des Heuschobers den Hund getreten hatte. Und daher auch der Mörder von Rosie gewesen sein musste.

*

Beim abschließenden Zuprosten mit zahlreichen Viertele Weißherbst, mit denen der erfolgreiche Abschluss des ersten gemeinsamen Falles des Wiener Kriminologen und des Singener Hauptkommissars gefeiert worden war, war aus den höchst unterschiedlichen Persönlichkeiten rasch ein Herz und eine Seele geworden.

Ein Herz und eine Seele, das war vielleicht doch ein wenig übertrieben. Auf jeden Fall war es aber, wie hieß es so schön, der Beginn einer wunderbaren Männerfreundschaft.

1

Mittwoch, 23. Oktober

Vorsichtig holten die beiden vermummten Männer eine Eisplatte im Format von 50 x 30 x 4 Zentimetern und zwei entsprechend starke, etwa 60 Zentimeter hohe Stützen aus demselben Material aus den wie große Musterkoffer wirkenden, mit Trockeneis gefüllten Spezialbehältern. Unter den wachsamen Augen eines dritten Mannes, der wie ein Marathonläufer eine Startnummer am Rücken seines maßgeschneiderten Sakkos trug, fügten sie die drei Teile zu einer Art klobigen Tischchens zusammen. Das ungewöhnliche Möbel sollte eine temporäre Stabilität durch zweimal vier dünne Zapfen, ebenfalls aus Eis, erhalten, die die Platte durch speziell eingefräste Löcher mit den Stützen verbanden.

Nachdem das Eistischchen exakt unter der von einem stabilen Haken an der Decke baumelnden, aus einer kräftigen sieben Millimeter starken Rebschnur geknüpften Schlinge stand, zeigte sich der Mann mit der Nummer 8 zufrieden. Auf seinen hoch gehaltenen Daumen hin bauten seine beiden Helfer links und rechts von dem bereits langsam zu tauen beginnenden Werk aus Wasser und tiefen Temperaturen je eine Stehleiter auf. Dann verließen sie den Ort, um kurz danach mit einem offenbar unter Drogen stehenden, völlig orientierungslos wirkenden älteren Mann zurückzukommen. Die beiden schleiften ihr taumelndes

Opfer unter den Strang. Dann hoben sie den oberhalb des Beckens steif wie ein Brett wirkenden Körper hoch, legten dem Mann die Schlinge um den Hals und stellten die Füße vorsichtig auf die Platte des Eistischchens.

Da der gesamte Vorgang akkurat geplant worden war, berührten die in Hausschuhen steckenden Füße des fingierten Selbstmörders die Platte gerade so viel, dass sich die Schlinge nicht zuzog.

Das würde sie, wie Versuche gezeigt hatten, frühestens in drei Stunden tun. Sobald die Stützen des Tischchens so weit abgetaut waren, dass sie unter dem darauf lastenden Gewicht des Opfers nachgaben und der herunterfallende Körper das Seil straffen würde.

Bis dahin würden die Beteiligten an diesem bedauernswerten ›Selbstmord‹ den Ort des grauenhaften Geschehens aber schon längst verlassen und sich für den Todeszeitpunkt ein hieb- und stichfestes Alibi besorgt haben.

Die verbleibenden Eisteile würden sich nach weiteren vier Stunden völlig aufgelöst und im Abfluss der Duschwanne verloren haben. Und nur eine Stunde später würden nicht einmal mehr nasse Flecken von der Tragödie zeugen.

Jetzt fehlte nur noch eines, um den ›Selbstmord‹ wirklich glaubhaft erscheinen und den perfekten Mord damit Wirklichkeit werden zu lassen. Ein Hocker oder etwas in der Art, auf den oder das der verwirrte Mann gestiegen sein musste, um sich die Schlinge um den Hals legen zu können. Ein Behelf, den er danach in selbstzerstörerischer Absicht umgestoßen hatte.

Das Anbringen dieses letzten Tüpfelchens auf dem i wollte sich Nummer 8 nicht nehmen lassen. Er hatte in der Diele einen wunderschön gearbeiteten Schirmständer aus massivem Holz gesehen. Wenn man den umdrehte, konnte man auf seiner Grundfläche durchaus stehen.

Der Mann mit der Nummer 8 auf dem Rücken verschwand und kam gleich darauf mit dem Schirmständer zurück. Ehe er ihn neben dem bereits schmelzenden, aber noch überaus stabilen Eistischchen so platzierte, dass es wie umgestoßen wirken musste, wischte er ihn noch gründlich mit dem Taschentuch ab. Sicher ist sicher, dachte er. Seine Fingerabdrücke waren wirklich das Letzte, was er auf der glatten Holzfläche zurücklassen wollte.

Aber jetzt war wirklich alles perfekt. Sichtlich zufrieden mit sich und seiner Arbeit blickte er sich um.

Dann wurde es plötzlich dunkel, und der Film war zu Ende.

Während das Licht im Saal wieder anging, begleitete höflicher Applaus die monotone Lautsprecherdurchsage »Das war der Beitrag von Startnummer 8, Jean Louis Bappier jun., genannt ›The Iceman‹ von der ADM Paris in der Kategorie ›Morde als Selbstmord getarnt‹. Bitte Ihre Wertungen. Die erste Note ist für die Idee.«

»Der Pariser Filiale der Todesagentur fällt auch nicht mehr allzu viel ein«, murrte eines der sieben Jurymitglieder, Thor Federgaard, ein weißhaariger älterer Herr, und hielt eine ›4‹ in die Höhe. »Wenn der Junior glaubt, es genüge, der Sohn eines prominenten Vaters zu sein, dann hat er sich getäuscht.«

»Na, ich finde, die Sache mit dem Eis ist doch eine immer wieder höchst amüsante Art, die Bullen zu verarschen«, hielt die neben ihm sitzende Rothaarige vom Typ Powerlady dagegen. »Nicht mehr ganz originell, aber immer noch hübsch und wirkungsvoll.« Ihrer Meinung nach war der Beitrag mindestens eine ›2‹ wert.

»Kein Wunder«, murmelte ein dritter Juror, der 29-jährige John Manitory. »Wo doch jeder Affe weiß, dass diese Schlampe Anita Brandner auch heute immer noch die Kissen mit dem Eismann zerwühlt. Eigentlich müsste sie wegen Befangenheit aus der Jury geschmissen werden.«

Auch er hatte nur eine ›4‹ für das seiner Meinung nach lediglich aufgewärmte Konzept übrig. Andererseits musste er zugeben, dass es immer schwieriger wurde, etwas wirklich Originelles auf die Beine zu stellen. Dieser Gedanke stimmte Manitory milde und er korrigierte sein Urteil auf eine ›3‹.

Die Bewertung für das nächste Kriterium, die Ausführung, fiel mit einem Mittelwert von 2,71 deutlich besser aus als der vorangegangene von 3,43 für die Idee.

Die dritte und abschließende Beurteilung galt der Effizienz. Auf ausdrückliche Befragung durch zwei Juroren bestätigte ein Sprecher des Organisationskomitees nochmals, dass der Leichnam des Erhängten vor zwei Tagen gefunden worden war. Seitens der Polizei gebe es keinen Zweifel daran, dass es sich bei der Tat um Selbstmord gehandelt habe, auch wenn bisher noch kein Abschiedsbrief gefunden worden war.

Die ausgezeichnete Note 1,85 für dieses Kriterium sorgte für eine sehr passable Gesamtwertung von 2,66 für Jean Louis Bappier jun. und brachte ihm den guten zweiten Platz in der Zwischenwertung.

»Nächster Starter ist die Nummer 11, Giuseppe de Luisini, Neapel«, kündigte die Stimme aus dem Lautsprecher an. Im Saal wurde es wieder dunkel und auf der Leinwand erschien das Heck eines bronzemetallicfarbenen Bentley-Cabrios, das auf einer kurvigen Bergstraße zu Tale fuhr.

*

Seit einigen Tagen verspürte Hauptkommissar Anselm Wiegele von der Kripo Singen ein ungutes Gefühl in der Magengegend. Zunächst hatte er absolut nicht sagen können, welche Ursachen dieses zunehmend stärker werdende Unbehagen hatte. Gestern war es ihm aber endlich gelungen, dem Unbewussten ein Gesicht zu geben und es aus der Dunkelheit zu holen. Eigentlich war es aber so gewesen, dass sich sein kriminalistischer Instinkt umgesehen und gefunden hatte, wonach er suchte.

Ja, es war tatsächlich ein Gesicht gewesen, das Wiegele auf die Spur gebracht, seinen Instinkt bestätigt hatte. Kein schönes Gesicht, nein, vielmehr eine Verbrechervisage.

Zu der dem Hauptkommissar jetzt aber noch ein Name fehlte.

Er hatte den Kerl im Supermarkt registriert, als er sich gerade mit einem voll bepackten Einkaufswagen an den Regalen vorbei zu den Kassen pirschte. Der Kerl, nicht Wiegele.

Dieses Gesicht hatte er schon einmal gesehen, war sich der Hauptkommissar sicher. Zwar mit längeren Haaren und einem Oberlippenbart, aber die quer über die Wange gehende Narbe war unverkennbar. Kein Schmiss, wie sie mancher Student sein Leben lang mit sich herumtrug, sondern eindeutig das Ergebnis einer gewaltsamen Auseinandersetzung, bei der mindestens ein Messer im Spiel gewesen war.

Und diese Narbe war ausdrücklich als besonderes Kennzeichen auf einem Steckbrief vermerkt gewesen, war sich Wiegele sicher.

Natürlich hätte es durchaus auch sein können, dass es sich bei dem Narbengesicht um einen inzwischen längst rehabilitierten ehemaligen Gesetzesbrecher handelte, der nur den Wochenbedarf an Lebensmitteln für seine Familie besorgte. Aber wo sollte diese Familie zu Hause sein? Sicher nicht in Singen. Natürlich kannte der Hauptkommissar nur einen Bruchteil der rund 45.000 Bewohner dieser Stadt, aber diesen Kerl hätte er sicher schon früher bemerkt.

Und gegen die grundsätzlich plausible Annahme, dass es sich um Touristen in einem der vielen Ferienhäuser im schönen Hegau handeln könnte, sprach die Jahreszeit. Ende Oktober war ganz einfach keine Saison mehr für Urlauber in diesem Teil des Landes.

So hatte sich Wiegele in eine stille Ecke des Supermarktes zurückgezogen und einen seiner Mitarbeiter beauftragt, das ›Narbengesicht‹ nach Verlassen des Konsumtempels unauffällig zu beobachten. Leider hatte das nicht geklappt, denn der Kollege war etwas zu spät gekommen. Oder der zu Observierende eben zu früh gegangen.

Nachdem ihm dieses eine Gesicht aber erst einmal aufgefallen war, war es nicht schwer gewesen, plötzlich auch die anderen in der Menge zu erkennen. Nicht, dass sie alle mit deutlich sichtbaren, besonderen Merkmalen verziert herumgelaufen wären. Das nicht, aber für einen Experten wie Wiegele waren die bösen Fratzen hinter den scheinbar harmlosen Fassaden dieser Männer unübersehbar. Sie hatten alle eines gemeinsam. Sie gehörten nach Stammheim, nach Pöschwies, nach Stein an der Donau, meinetwegen auch nach Sing Sing oder auf die Teufelsinsel, aber sicher nicht hierher in das friedliche Singen.

Alleine heute war ihm im Stadtbild ein gutes halbes Dutzend dieser ›Gentlemen‹ aufgefallen, deren Familien mit Sicherheit sehr groß waren und die ihren Sitz in Korsika, Neapel oder Palermo hatten. Fast sah es so aus, als ob die ehrenwerte Gesellschaft hier im Hegau einen Kongress abhalten würde, dachte Wiegele in einem seiner seltenen Anflüge von Ironie. Aber wo sollten sie ihr Nest hier in der Gegend haben, verdammt noch mal?

Er beschloss, seine wachsenden Bedenken offiziell zu machen und das LKA in Stuttgart zu kontaktieren. Vielleicht wussten die ja etwas, was man in bewährter Manier nur wieder einmal vergessen hatte, an die niedrigeren Ränge weiterzugeben. Unabhängig davon würde er aber auch seine eigenen Recherchen über die engeren Grenzen der Stadt hinaus ausweiten.

Mal sehen, was es da zu sehen gab.

*

Das Landeskriminalamt Baden-Württemberg war in einem großen Gebäudekomplex in der Stuttgarter Taubenheimstraße beheimatet. Das Amt war in sieben Abteilungen und zwei Referaten organisiert.

Hauptkommissar Wiegeles Anfrage wegen des ›Narbengesichts‹ war zunächst einmal an seine zuständige Polizeidirektion in Konstanz und damit den offiziellen, aber langsamen Weg gegangen. Auf dieser Schiene würde er kaum vor einer Woche Antwort erhalten. Das hatte nicht nur mit Bürokratie zu tun und damit, dass Dinge nun einmal ihre Zeit brauchten. Nein, das lag vor allem auch in seiner Person begründet.

Als Anselm Wiegele vor knapp vier Jahren seine Ernennung erhalten hatte, war er der jüngste Hauptkommissar des Landes gewesen. Ja, sogar der ganzen Bundesrepublik, wie einige behauptet hatten. Einer kometenhaften Karriere, die ihn überall hinführen konnte, wie ihm der offenbar mit seherischen Fähigkeiten ausgestattete Polizeipräsident vorhergesagt hatte, stand angeblich nichts im Wege.

Außer vielleicht der Umstand, dass er sich einige Wochen später in eine Frau verliebte, die ausgerechnet mit dem Neffen seines obersten Chefs, des Polizeipräsidenten, verheiratet war. Jenem hatte das verständlicherweise gar nicht gefallen und er hatte bei seinem Onkel durchgesetzt, dass der lästige Nebenbuhler von heute auf morgen aus Stuttgart verschwand.

So kam es, dass die Kriminalpolizei in Singen quasi über Nacht hochkarätige Verstärkung erhielt: Hauptkommissar Anselm Wiegele.

Dem hatte das zunächst ebenso wenig gepasst wie den Kollegen auf der neuen Dienststelle, was er auch lautstark und in einer der Dienstvorschrift krass widersprechenden Form kundtat.

Die Beibehaltung seines Ranges und gewisser damit verbundener Privilegien verdankte Wiegele dem Umstand, dass keiner der Beteiligten ein Interesse daran hatte, die näheren Umstände dieses Karrieresprungs ausführlich behandelt in den Medien wiederzufinden.

Die Folge dieses Kompromisses war dann, dass im Polizeirevier Singen ein waschechter Hauptkommissar seinen Dienst versah, kleine Ladendiebstähle aufklärte, Wirtshausraufereien mit leichten Körperverletzungen protokollierte und einmal sogar einen dilettantisch geplanten Überfall auf die Kreissparkasse verhinderte. Im Übrigen aber auf ein Verbrechen wartete, das seinen kriminalistischen Fähigkeiten entsprach.

Nach fast drei Jahren, in denen seine Lebensqualität zwar enorm gestiegen, die beruflichen Herausforderungen aber nach wie vor bei Null lagen, konnte der Hauptkommissar seine Qualitäten dann endlich beim Mordfall ›Rosie Apfaltinger‹ und der gleichzeitigen Klärung einer schon länger zurückliegenden Vergewaltigung unter Beweis stellen.

Wobei er das Glück des Tüchtigen auf seiner Seite hatte, als er eine ursprünglich fatale Fehleinschätzung hinsichtlich des Täters gerade noch rechtzeitig vor Anklageerhebung hatte korrigieren können.

Dass diese ganz besonderen Umstände und die speziellen Freiheiten Wiegeles einigen Verantwortlichen in der zuständigen Polizeidirektion in Konstanz gar nicht gefielen, lag auf der Hand.

Wiegele wusste das natürlich und hatte seine Anfrage daher zunächst inoffiziell und direkt an seinen Kontakt im LKA gehen lassen. Die Antwort der Abteilung 5, die sich mit der ›organisierten Kriminalität‹ befasste, hatte er bereits in den Händen, ehe Konstanz überhaupt einen Finger in dieser Sache gerührt hatte. So erfuhr er, dass ›Narbengesicht‹ eigentlich Gianfranco Fiuminese hieß, genannt der ›Schmierer‹. Angeblich, weil seine ›Handschrift‹ als vermeintlicher Mafiakiller so unleserlich war, dass man ihm bisher keiner der diesem Dunstkreis zugeschriebenen Gewaltverbrechen persönlich hatte zuordnen können. Er war lediglich einmal wegen Körperverletzung in Folge eines Raufhandels gesucht worden. Die Sache war aber längst erledigt und offiziell aus den Akten gelöscht. Fiuminese war ein unbescholtener EU-Bürger und konnte einkaufen, was, wo und soviel er wollte.

Das war wohl auch der Grund dafür, warum sich der Kerl mit dem unverkennbaren Merkmal so ungeniert in der Öffentlichkeit zeigte, dachte Wiegele. Aber dass derzeit nichts gegen den Mann vorlag, hatte überhaupt nichts zu bedeuten. Denn Gianfranco war Soldat der berüchtigten Camorrafamilie De Vasino aus Neapel. Wenn so ein Mann in Singen war, dann sicher nicht nur, um sich den Hohentwiel im Spätherbst anzusehen.

Das polyphone Zirpen seines Mobiltelefons riss Wiegele aus seinen Gedanken. Bei dem Anrufer handelte es sich um seinen Mitarbeiter Just Vondermatten aus dem deutschen Zweig dieser alten Schweizer Familie. Der junge Kriminalpolizist war ganz aufgeregt.

»Ich bin sicher, ich habe eben diesen Mann mit der Narbe gesehen«, sprudelte es förmlich aus seinem Mund. »Den, den ich gestern knapp verpasst habe. Er hat gerade einen grünen BMW beim Bahnhof abgestellt und ist in ein Café gegangen. Soll ich ihn beobachten?«

Der Hauptkommissar konnte die Erregung, die seinen ehrgeizigen Kollegen ergriffen hatte, förmlich spüren. »Gut«, meinte er nach einigen Sekunden des Zögerns, »behalte ihn im Auge. Aber sei vorsichtig und mache ja keine Alleingänge. Der Mann ist wahrscheinlich sehr gefährlich.« Er räusperte sich. »Also nur aus sicherer Distanz beobachten. Und vor allem, melde dich regelmäßig.«

*

Dr. Ernst Bittner war einer der, nein, der führende Anwalt Singens. Der elegante Endfünfziger war einige Tage auf einem Juristenkongress in Kiel gewesen. Gestern hatte ihn die Nachricht vom Selbstmord seines alten Freundes und Klienten Konsul Walter Webernitz erreicht. Daraufhin hatte er seinen Aufenthalt sofort abgebrochen und war nach Hause zurückgekehrt.

Jetzt saß er vor seinem Schreibtisch in seiner geliebten Kanzlei und dachte über das Leben nach. Nicht über sein eigenes, sondern über das Leben schlechthin. Und darüber, warum ein erfolgreicher, für sein Alter ausgesprochen gesunder, rüstiger Mittsechziger sich plötzlich in seinem Badezimmer erhängte.

Lustlos ging Bittner die in seiner Abwesenheit eingegangene Post durch, überflog die Briefe flüchtig und ohne ihren Inhalt richtig zu erfassen. Er war wirklich nicht in der Verfassung, sich ernsthaft mit den vor ihm liegenden, zu Papier erstarrten Problemen und Ideen adäquat auseinander zu setzen. Er wollte die dicke Mappe schon wieder schließen und zur Seite schieben, um sich seinen Gedanken hingeben zu können, als sein Blick auf eine ihm gut bekannte, ja vertraute Unterschrift fiel.

Kein Wunder, dass Bittners Blutdruck plötzlich hochging wie der Drehzahlmesser eines Porsches bei Vollgas. Immerhin stammte das Schreiben von niemand anderem als Walter Webernitz.

Sorgfältig studierte der Anwalt die beiden dicht beschriebenen DIN-A-4-Seiten, las den Brief noch ein zweites Mal durch. Dann griff er entschlossen zum Telefon und wählte die Nummer der örtlichen Kriminalpolizei.

*

Der Kriminalbeamte Just Vondermatten verfolgte den grünen BMW mit dem Narbengesicht und zwei weiteren Männern an Bord jetzt bereits fast zwei Stunden kreuz und quer durch Baden-Württemberg. Zunächst hatte es ausgesehen, als ob die schwere Limousine aus der bayrischen Fahrzeugschmiede nach Beuren am Ried wollte.

Plötzlich aber hatte der Fahrer seine Pläne geändert und eine Rundfahrt durch den halben Hegau gestartet, um sich dann unvermutet in Richtung Schwarzwald abzusetzen.

Vondermatten hatte sich zwischendurch routinemäßig mit Wiegele in Verbindung gesetzt und ihm von den bisherigen Vorkommnissen oder besser, Nichtvorkommnissen berichtet.

Dabei hatte ihn der Hauptkommissar gefragt, ob er sicher sei, von dem Verfolgten nicht bereits entdeckt worden zu sein.

Just, ein gleichermaßen ehrgeiziger wie noch unerfahrener junger Beamter, hatte auf diese ihm fast ehrenrührig erscheinende Unterstellung seines Chefs mit allem Respekt, aber heftig protestiert. Das hätte er, der sich immer gerade noch in Sichtweite des verfolgten Fahrzeugs bewegte, doch bemerken müssen, hatte er lauthals argumentiert. Und zunächst auch gar nicht erkannt, wie unsinnig dieses von Wunschdenken geprägte Argument eigentlich war.

Wiegele, der die Situation aus der Distanz wesentlich realistischer eingeschätzt hatte als sein junger Kollege, stand vor einem Problem: Sollte er den ambitionierten Kollegen, dessen Aktion dem Verfolgten offensichtlich nicht entgangen war – welchen anderen Grund sollte es sonst für das plötzlich so eigenartige Verhalten geben? Oder sollte er ihm die Gelegenheit lassen, seine eigenen Erfahrungen zu machen, eigene Schlüsse aus dieser verunglückten Observierung zu ziehen und sich unter größtmöglicher Schonung des ungestümen Egos aus der Sache wieder zurückzuziehen?

Akute Gefahr für Vondermatten schien ja keine zu bestehen, und so hatte Wiegele dem Kollegen weiter freie Hand gelassen. »Aber keine Extratouren, und du meldest dich jede Stunde bei mir. Ist das klar, Just?«

Natürlich war das Vondermatten klar gewesen. Dennoch war seine routinemäßige Meldung bereits seit 10 Minuten überfällig, als das Telefon läutete und Rechtsanwalt Dr. Bittner dringend den Hauptkommissar sprechen wollte.

Die Information, die Bittner für die Polizei hatte, war so brisant, dass sich der Kriminalist sofort auf den Weg zur Anwaltskanzlei machte und die zaghaft aufkeimende Sorge um Just Vondermatten vorerst aus seinem Bewusstsein verdrängte.

*

Obwohl Wiegele bereits fast vier Jahre in Singen war, hatte er Dr. Bittner erst letzten September im Zuge der traurigen Ereignisse um Rosie Apfaltinger persönlich kennengelernt. Dabei hatte sich zu seiner größten Überraschung herausgestellt, dass Marianne Kogler, seine große Liebe und der Grund für seine Versetzung nach Singen, eine geborene Bittner war. Kein Wunder: War sie doch die älteste Tochter des Mannes, dem er eben gegenüber saß.

Seit diesem zufälligen Treffen vor einem Jahr hatten die beiden ihre Beziehung nicht nur wieder aufgenommen, sondern zu einer neuen, alles überstrahlenden Liebe entwickelt.

Davon sollte aber im Augenblick noch niemand etwas wissen. Mariannes Scheidung würde noch einige Zeit in Anspruch nehmen. Dann aber wollten sich beide offen zu ihren Gefühlen bekennen und den weiteren Weg gemeinsam gehen.

Wiegele saß also, wenn man so wollte, seinem zukünftigen oder zumindest potenziellen Schwiegervater gegenüber. Der ihm ein Schreiben des scheinbaren Selbstmörders Webernitz zeigte. In diesem sehr amikal gehaltenen Brief hatte der wohlhabende und äußerst rüstige Rentner seine Absicht geäußert, sich im Mai nochmals verehelichen zu wollen und den Anwalt gebeten, einen entsprechenden Ehevertrag zu entwerfen.

»Ich habe mir schon bisher beim besten Willen nicht vorstellen können, dass sich ein so vitaler, lebensfroher Mensch wie Walter selbst das Leben genommen haben soll«, versicherte Bittner und hüstelte leicht. »Aber dieses Schreiben hat meine letzten Zweifel zerstreut. Man schreibt doch nicht so einen Brief und bringt sich wenige Stunden später um«, argumentierte der Anwalt. »Das ist doch ein eindeutiger Beweis dafür, dass sich Webernitz nicht selbst getötet hat. Hchn, hchn ...« Er hüstelte neuerlich leicht. »Entschuldigen Sie, eine lästige Verkühlung. Ich werde sie nicht los dieses Jahr.«

Ein eindeutiger Beweis war der Brief zwar nicht, dachte Wiegele, aber zumindest ein handfestes Indiz für die Richtigkeit von Bittners Schlussfolgerung.

»Na, dann werden wir uns die ganze Angelegenheit noch einmal genau ansehen«, versicherte der Hauptkommissar. »Haben Sie eine Idee, mit wem Ihr ehemaliger Klient den Bund fürs Leben riskieren wollte?«

»Leider nein, keine Ahnung. Hchn, hchn.« Bittners komischer Husten ging Wiegele langsam auf die Nerven. So verabschiedete er sich rasch mit dem Versprechen, Bittner über die aktuellen Erkenntnisse auf dem Laufenden zu halten und verließ die Kanzlei mit Webernitz' Brief in der Tasche.

*

Konsul Walter Webernitz hatte wahrlich nicht schlecht gewohnt. Angesichts der großen im Landhausstil erbauten Villa am Stadtrand von Singen war aber eher der Ausdruck ›residieren‹ angebracht, dachte sich Wiegele, als er seinen Wagen vor dem Haupteingang parkte.

Der Verstorbene, der das nicht unbeträchtliche Erbe seines Vaters durch geschickte Spekulationen zu einem zweistelligen Euro-Millionenvermögen vermehrt hatte, war ein echter Eigenbrötler gewesen. Er hatte sich bereits im Alter von 45 Jahren aus dem aktiven Erwerbsleben als Vorstandsdirektor einer großen internationalen Versicherungsgesellschaft zurückgezogen und sich nur mehr seinen Hobbys und der Börse gewidmet.

Der praktizierende Frauenliebhaber hatte bereits mit 22 ein erstes Mal geheiratet und sich knapp drei Jahre später schon wieder scheiden lassen. Seither hatten jede Menge mehr oder weniger schöne Frauen sein Bett und seine manchmal etwas ausgefallenen Neigungen geteilt. Keine hatte es aber geschafft, die zweite Frau Webernitz zu werden.

Umso neugieriger waren daher Dr. Bittner und damit auch Anselm Wiegele, wem dieser große Wurf fast doch noch gelungen wäre.

Mit Ausnahme der Haushälterin, einer Francesca Doppoli, 41 Jahre alt und in Tarent geboren, und Bertram Lütterbrin, einem 34-jährigen Deutschschweizer, der als Fahrer und Gärtner für den Honorarkonsul von Sao Timero beschäftigt gewesen war, hatte Webernitz alleine in dem riesigen Anwesen gewohnt.

Zu dem vom Gerichtsmediziner ermittelten Zeitpunkt seines Todes war die Haushälterin bereits seit zwei Wochen im Italienurlaub. Lütterbrin dagegen hatte in Chur im

Kantonsspital gelegen und sich von einer drei Tage zuvor durchgeführten Leistenoperation erholt.

Der Postbote hatte Webernitz am Morgen seines Todestages noch zwei Briefe und ein Päckchen geliefert. Auf Befragen hatte er ausgesagt, dass ihm am Verhalten des Herrn Konsul nichts Besonderes aufgefallen sei. Er sei so freundlich gewesen wie immer und habe ihm sogar einen Witz erzählt.

Wiegele legte das Protokoll der beiden Beamten der Schutzpolizei, die den Toten zwei Tage später gefunden hatten, wieder zur Seite und suchte das Badezimmer auf, den möglichen Tatort.

Dank der Absenz dienstbarer Geister war hier bis auf den Leichnam alles so geblieben, wie es die Polizei vorgefunden hatte. Selbst der umgestürzte Schirmständer, auf dem Webernitz gestanden haben musste, lag noch unverändert da, wie ein Blick auf das im Protokoll aufliegende Foto bewies.

Nachdenklich kratzte sich Wiegele an der Stirne. Auf den ersten Blick sah tatsächlich alles nach Selbstmord aus. Ohne Kenntnis des erst später aufgetauchten Briefs an Rechtsanwalt Bittner wäre er selbst auch zu keiner anderen Schlussfolgerung gelangt.

Obwohl ... Obwohl was?, überlegte der Hauptkommissar.

Irgendetwas stimmte nicht auf dem Bild. Er hatte keine Ahnung, was das sein könnte, aber ein ganz bestimmtes Gefühl im Bauch sagte ihm, dass hier etwas nicht mit rechten Dingen zuging. Ein Gefühl, das ihn bisher nur selten getäuscht hatte.

Auf jeden Fall mussten hier die Kollegen von der Spurensicherung ans Werk. Vielleicht würden aus den Ergebnissen ihrer Arbeit Antworten auf Fragen resultieren, die er heute noch gar nicht kannte.

Wiegele holte sein Handy heraus und setzte die entsprechende Maschinerie in Gang.

*

Die Kaffeepause war zu Ende und die Jury hatte wieder Platz genommen. Jetzt standen noch Präsentation und Beurteilung einer erstmals in die Entscheidung aufgenommenen Kategorie, der ›Finanzierung‹, auf dem Programm.

Ehe die erste der drei für diesen Wettbewerb qualifizierten Dokumentationen über Raubzüge von nahezu genialer Einfachheit zu laufen begann, bat der Sprecher des Organisationskomitees um einen Augenblick Aufmerksamkeit.

»Wie wir eben erfahren haben, konnte die Observation einiger Mitglieder unserer Gruppe durch die Polizei vor etwa einer Stunde definitiv abgewehrt werden«, teilte er mit monotoner Stimme mit. »Dabei wurde eine verfeinerte Variante der Methode ›Provozierte Unfälle‹ mit, soweit wir bisher wissen, großem Erfolg angewendet. Da die spontane Aktion darüber hinaus vollständig filmisch dokumentiert worden ist, wird dieser Beitrag morgen um 11.30 Uhr außer Konkurrenz gezeigt und diskutiert werden. Wir bitten um rege Beteiligung. Und nun zur Startnummer 15, Edmond Grassinsky und sein Team mit der ›Salatschüssel‹. Technik bitte abfahren.«

Die tatsächliche Identität der als weitgehend gewaltfrei agierend bekannten Nummer 15 war natürlich ebenso eines der großen Geheimnisse der Branche wie ihr Aussehen. Manche Insider munkelten sogar, dass es sich bei dem zarten, schmächtigen ›Edmond‹ in Wirklichkeit um eine Frau handeln müsste. Aber das war, wie vieles in Verbindung mit dieser legendären Person, reine Spekulation.

Trotz der auf dem Bild herrschenden Dämmerung, immerhin hatte der Deal im April vor einigen Jahren, knapp vor 4 Uhr morgens stattgefunden, war die charakteristische Silhouette des weltberühmten Kochhistorischen Museums in Wien deutlich zu erkennen.

Nach der Totalen zoomte die gut geführte Kamera ganz nahe an das die Vorderfront bedeckende Baugerüst heran, und ›Sunny Boy Grassinsky‹, Spezialist für freche Coups, mit der Nummer 15 auf dem Rücken wurde sichtbar. Edmond hatte sogar die Chuzpe, sich während des Aufstiegs über das Gerüst in den zweiten Stock einige Male umzudrehen, das vermummte Gesicht der Kamera zuzuwenden und zu winken.

Oben angelangt, schlug er ganz einfach ein Fenster ein, stieg in den dahinterliegenden Raum ein und war nach nur zwei Minuten wieder zurück. Triumphierend hielt er ein einzigartiges, 60 Millionen Euro Versicherungswert repräsentierendes Kunstwerk in die Höhe, die weltberühmte ›Saladier‹ von Casimiro Belloni, die der Venezianer angeblich für den französischen König Henri IV angefertigt hatte.

Nach weiteren zwei Minuten saßen Edmond und seine Helfer schon wieder in ihren Fahrzeugen und verließen den Tatort.

Das Geniale an diesem Coup war, die Schwachstellen, die aus einer Reihe zu Recht unterstellter Paradebeispiele menschlichen Fehlverhaltens resultierten, richtig erkannt und konsequent ausgenutzt zu haben. So hatte man den Raub erst um 7.45 Uhr entdeckt, da der durch das Eindringen Grassinskys ausgelöste Alarm vom diensthabenden Personal nicht ernst genommen worden war. »Daher ist auch die an sich automatische Alarmierung der Polizei unterblieben«, lieferte die gesichtslose Stimme noch weitere Details zu dem prachtvollen Schlag gegen die neben dem Schaden nunmehr auch dem Spott ausgesetzten ›Schlawiener‹.

Was mit der ›Saladier‹ danach geschehen war, war Edmonds bestgehütetes Geheimnis. Nicht nur die Verantwortlichen in Wien, sondern auch einige Branchenkollegen Grassinskys vermuteten, dass er nach dem verunglückten Deal mit der Versicherung Gefahr gelaufen war, auf dem unverkäuflichen Kunstwerk sitzen zu bleiben. Andere wieder, darunter auch die Mehrzahl der hier anwesenden Spezialisten, waren sicher, dass die Startnummer 15 schon zum Zeitpunkt des frechen Raubes das verbindliche Angebot eines gleichermaßen steinreichen wie auch diskreten Kunstliebhabers vorliegen gehabt hatte. Und auch, dass es sich bei der vor kurzem durch die Medien gegangenen ›Auffindung‹ von Bellonis einzigartiger Salatschüssel tatsächlich nur um eine ungemein geschickte Inszenierung Grassinskys gehandelt hatte, die in der damaligen Situation durchaus auch im Interesse einzelner Verantwortlicher in Wien gelegen hatte. Daher hatten auch alle Beteiligten, zum größten Teil unbewusst, prompt und zuverlässig mitgewirkt.

Tosender Applaus sowie die traumhafte Gesamtwertung von 1,14 würdigten den Geniestreich und brachten den Beitrag ›Salatschüssel‹ an die Spitze der absoluten Wertung.

»Sehen Sie jetzt Startnummer 17, Martha Eschenbach und ihren Beitrag ›Sommerfest in Windsor‹«, kündigte die monotone Stimme aus dem Lautsprecher an.

※

Nachdem Wiegele die Kollegen von der Spurensicherung eingewiesen und sie gebeten hatte, ihn sofort nach Vorliegen erster Ergebnisse zu informieren, machte er sich auf den Weg zurück ins Büro. Ein Blick auf die Uhr zeigte ihm, dass sich Just Vondermatten inzwischen immerhin seit mehr als drei Stunden nicht gemeldet hatte. Jetzt machte sich der Hauptkommissar ernsthaft Sorgen um den jungen Kollegen.

Er holte sein Handy aus der Tasche und gab Vondermattens Rufnummer ein. Ohne Erfolg. »Der gewünschte Teilnehmer ist im Moment nicht erreichbar«, teilte ihm die blechern klingende Kunststimme des Telefonandroiden ungerührt mit.

Wütend steckte er das Gerät wieder weg und überlegte, welche Maßnahmen er ergreifen konnte, falls sich Just nicht …, der Hauptkommissar zögerte ein wenig, … innerhalb der nächsten 30 Minuten melden sollte.

Insgeheim hatte Wiegele gehofft, dass ihn im Büro eine Nachricht von seinem Assistenten erwarten und seiner Sorgen entheben würde. Aber dem war nicht so. Da war lediglich eine Diebstahlmeldung sowie eine Anzeige wegen boshafter Sachbeschädigung. Business as usual.

Wiegele war versucht, bei Vondermattens Frau anzurufen und sich zu erkundigen. Vielleicht hatte er sich ja bei seiner im fünften Monat schwangeren Erika gemeldet. Er entschied sich aber rasch dagegen, wollte der werdenden Mutter nicht möglicherweise unnötig Angst machen.

Gerade als er den Raum verlassen wollte, um sich Kaffee zu holen, durchschnitt die schrille Klingel des Festnetztelefons die drückende Stille. Es war die Polizeidirektion Freiburg, die ihm mitteilte, wo sich Just Vondermatten aufhielt. Und die gleichzeitig bestätigte, dass Wiegeles Sorgen um den jungen Kollegen leider nur zu berechtigt gewesen waren.

Knapp zwei Stunden später sprach Wiegele bereits mit dem zuständigen Arzt der Intensivstation im Uniklinikum in Freiburg. In das hatte man den bei einem Autounfall schwer verletzten Vondermatten gebracht. Der Unfall war auf einer kurvenreichen Nebenstraße in der Nähe des Titisees passiert. Aus bisher ungeklärten Gründen hatte Just in einer scharfen Kurve die Herrschaft über das Fahrzeug verloren. Dieses hatte die Begrenzung durchstoßen, war rund zwölf Meter in die Tiefe gestürzt und in Flammen aufgegangen.

Paradoxerweise hatte sich der Umstand, dass Vondermatten den Sicherheitsgurt nicht angelegt gehabt hatte, als lebensrettend erwiesen. Der Verunglückte war auf halbem Weg nach unten aus dem Auto geschleudert worden und unter einem überhängenden Felsen zu liegen gekommen. Andernfalls wäre der Bewusstlose aller Wahrscheinlichkeit nach im Wrack verbrannt.

Der Unfall wurde glücklicherweise relativ rasch entdeckt und der Polizei gemeldet. Die Kollegen hatten den von der Straße aus nicht sichtbaren Verletzten zunächst gar nicht bemerkt. Erst nachdem sich zwei Beamte den noch immer brennenden Resten des weißen VW Golf genähert hatten, hatten sie den hinter einem Felsen liegenden Bewusstlosen gesehen.

Die Verletzungen waren schwer, aber im Hinblick auf die Jugend und die gute Kondition des Verletzten war der zuständige Mediziner eher optimistisch hinsichtlich der Heilungschancen.

»Sorgen macht uns nur das Schädeltrauma«, erklärte der

Arzt. »Aber die Schwellung im Hirn ist nicht sehr groß und damit auch nicht der Druck. Unserer Meinung nach sollte er innerhalb der nächsten zwölf Stunden aufwachen. Die Brüche sind nicht kompliziert und lassen keine Dauerschäden erwarten. Eine Verletzung hätten wir allerdings beinahe übersehen«, räumte er ein. »Und genau die bereitet uns Kopfzerbrechen. Die Netzhaut im linken Auge des Patienten ist total zerstört, Ihr Kollege ist auf diesem Auge faktisch blind. Möglich, dass er noch Licht und Dunkel unterscheiden kann. Das werden wir erst nach entsprechenden Tests wissen. Ich bin aber eher skeptisch.«

Diese Meldung ging Wiegele fast noch mehr unter die Haut als die vom Unfall selbst.

»Aber wie ist das möglich?«, stammelte er, »mein Kollege hat noch vor drei Stunden auf beiden Augen ausgezeichnet gesehen. Kann das eine Folge des Unfalls sein?«

Nachdenklich wiegte der Arzt den Kopf. »Kann ich mir eigentlich nicht vorstellen«, meinte er dann. »Es muss aber wohl so sein. Obwohl ich mir beim besten Willen nicht vorstellen kann, wie das geschehen sein soll.«

»Sie haben doch hoffentlich nichts dagegen, wenn wir unseren Gerichtsmediziner zu dieser Frage konsultieren?«, wollte der Hauptkommissar vorbauen. Aber der Mediziner hörte gar nicht richtig zu, war in Gedanken versunken.

»Viel eher könnte ich mir vorstellen«, fiel er Wiegele fast ins Wort, »dass die Augenverletzung bereits vor dem Unfall passiert ist und die Ursache für den Unfall war. Er könnte irgend etwas Ätzendes oder sonstig Zerstörerisches ins Auge bekommen haben. Der durch den plötzlichen, intensiven Schmerz und den Verlust der Sehfähigkeit auf dem Auge ausgelöste Schock reicht völlig aus, um auf dieser Straße die Kontrolle über das Fahrzeug zu verlieren.«

Wiegele war wirklich beeindruckt. Die Schlussfolgerung des Arztes war logisch, stichhaltig und geeignet, vieles zu erklären.

»Kompliment, Doktor«, erkannte er an, »Sie wären ein guter Kriminalist. Falls Sie einmal einen Job suchen …«

Zwanzig Minuten später saß Wiegele dann mit den beiden Beamten zusammen, die den Unfall Vondermattens aufgenommen hatten.

»Ist Ihnen am Fahrzeugwrack irgendetwas aufgefallen, das auf eine gewaltsame Einwirkung durch Dritte schließen lässt?«, wollte er wissen.

Oberwachtmeister Frank Mendel kratzte sich an der Nase. »Wissen Sie«, meinte er dann, »das Fahrzeug ist total ausgebrannt. Wir lassen das Wrack gleich morgen früh bergen und werden es dann kriminaltechnisch untersuchen lassen. Was immer dabei herauskommt, Sie werden es als Erster erfahren. O.k.?«

Wiegele wollte sich mit dieser Zusicherung fürs Erste schon zufrieden geben, als Mendel von sich aus nachbohrte.

»War …«, er korrigierte sich sofort, »ist Kollege Vondermatten eigentlich ein guter Autofahrer?«

»Nicht nur ein guter, sondern ein ausgezeichneter«, versicherte Wiegele. »Er hat nicht nur sämtliche Fahrsicherheitskurse mit Bravour bestanden, sondern ist vor zwei Jahren sogar deutscher Vizerallymeister in irgendeiner Klasse geworden. Ich wünschte, ich würde mein Fahrzeug nur halb so gut beherrschen wie er. Was wollen Sie mit der Frage andeuten?«

»Tja«, es war deutlich, dass sich Mendel mit dem nächsten Satz etwas schwer tat, »wie soll ich das ausdrücken? Wenn man die Bremsspuren richtig interpretiert, hat sich

Ihr Kollege wie ein blutiger Anfänger verhalten. Meiner Meinung nach hat er zunächst viel zu spät gebremst. Dann ist er voll auf das Pedal getreten, wodurch der alte Golf ins Schleudern gekommen ist. Auf den letzten Metern ist er dann völlig ungebremst und ohne in die Kurve hineinzulenken auf die Straßenbegrenzung zugerast und hat sie durchstoßen.« Er zuckte hilflos mit den Achseln. »Es sieht ganz so aus, als ob er völlig unkonzentriert gewesen wäre.«

»Oder vielleicht durch einen plötzlichen Schmerz total überrascht und abgelenkt?«, ergänzte der Hauptkommissar.

»Ja, genau so«, bestätigte Mendel und auch sein jüngerer Kollege nickte. Da erzählte Wiegele den beiden, was mit Vondermattens linkem Auge geschehen war.

»Aber dann …«, begann der Oberwachtmeister einen Satz, den er nicht beenden musste. »Herr Hauptkommissar, wir werden alles tun, um das Schwein, das ihm das angetan hat, zu finden.«

Eine halbe Stunde später befand sich Wiegele wieder auf dem Weg zurück. Jetzt musste er noch eine Pflicht erledigen, vor der er sich besonders fürchtete. Einer der größten Vorteile seiner Arbeit in Singen war es bisher gewesen, noch keiner Frau, keinem Vater oder sonstigem Familienmitglied eines seiner Mitarbeiter mitteilen zu müssen, dass der Mann, Sohn oder sonstige Angehörige im Dienst schwer verletzt oder gar getötet worden war.

Jetzt war auch Singen keine Insel der Seligen mehr.

2

Donnerstag, 24. Oktober

Als Wiegele kurz nach 8 Uhr sein Büro betrat, lagen die ersten Ergebnisse der Spurensicherung im Fall ›Walter Webernitz‹ bereits auf seinem Schreibtisch. Das war gute Arbeit der Kollegen aus Konstanz gewesen. Gott sei Dank beschränkten sich die Vorbehalte der Polizeidirektion gegen seine Person auf die oberen Etagen, die Kooperation mit der Kriminaltechnik klappte dagegen in aller Regel gut.

Da hatte ein böser Mensch wieder einmal klüger sein wollen als die Polizei, dachte der Hauptkommissar, nachdem er den Bericht gelesen hatte. Aber selbst die klügsten Verbrecher machten immer wieder dumme Fehler. Zum Glück, denn damit lieferten sich die Trottel schließlich selbst der irdischen Gerechtigkeit aus. So auch hier.

Der von den Experten als umgedrehter, hölzerner Schirmständer erkannte Hocker, auf dem der angebliche Selbstmörder dem ersten Anschein nach gestanden haben musste, war vor oder nach der Tat abgewischt worden. Sämtliche Fingerabdrücke, die sich auf so einem Ding mit der Zeit nun einmal ansammelten, waren dadurch beseitigt worden. Selbst wenn die Putzfrau den Ständer am selben Tag auf Hochglanz poliert hätte, hätten sich zumindest die Abdrücke von Walter Webernitz darauf finden müssen. Irgendwie musste das Stück ja ins Badezimmer gekommen sein.

Die einzigen beiden Abdrücke, die am oberen Rand gefunden worden waren, gehörten aber nicht dem Toten, sondern jemand anderem: mit Sicherheit dem Mörder oder einem seiner Komplizen.

Jetzt stand also fest, dass der Herr Konsul sich nicht freiwillig und vor allem auch nicht selbst in eine bessere Welt befördert hatte. Leider hatten die Kollegen keine Antwort auf die Frage nach dem Täter im Zentralcomputer gefunden, die Abdrücke aber an Europol und Interpol weitergeleitet.

Der Bericht enthielt noch einen zweiten eindeutigen Beweis dafür, dass hier ein Mord vorlag. Wie der besonders penible Experte im Labor in Konstanz nachgerechnet hatte, hätte der ›Selbstmörder‹ auf einem mindestens 60 Zentimeter hohen Hocker stehen müssen, um sich die Schlinge um den Hals legen zu können. Der umgedrehte Schirmständer wies aber lediglich eine Höhe von knapp 45 Zentimetern auf.

Da hätte Walter Webernitz schon 15 Zentimeter hoch und dann nach vorne in die Schlinge hineinspringen müssen, dachte Wiegele sarkastisch. Und das wäre wohl ein Fall für das Guinness-Buch der Rekorde gewesen.

Wiegele griff zum Telefon und wählte die Nummer von Dr. Bittner. Nachdem der Anwalt gehört hatte, dass sein Verdacht durch die Fakten bestätigt worden war, erklärte er sich sofort bereit, der Polizei auch ohne richterlichen Befehl Einsicht in das bei ihm hinterlegte Testament zu gewähren. Die beiden Männer vereinbarten einen Termin für den frühen Nachmittag.

Wiegele musste sich um Verstärkung kümmern. Selbst bei größtem Optimismus würde Just nicht vor drei Monaten wieder zum Dienst erscheinen können. Dabei benötigte er außer einem Ersatz für seinen verunglückten, wahrscheinlich sogar einem Mordversuch zum Opfer gefallenen Kollegen noch mindestens zwei weitere, erfahrene Kriminalisten, um beide Fälle mit der erforderlichen Sorgfalt zu verfolgen. Der Mord an Webernitz bedeutete eine echte Herausforderung. Den Anschlag auf Vondermatten nahm er persönlich, seine Verfolgung und möglichst rasche Aufklärung war ihm daher eine persönliche Herzensangelegenheit.

Dann war da auch noch die Sache mit dem ›Narbengesicht‹. Und die mit dem hiesigen Nest der Sippschaft, dem diese miese Type angehörte. Wiegele war sich absolut sicher, dass zumindest der Unfall seines Kollegen damit zu tun haben musste. Wahrscheinlich war Vondermatten dem Mob bereits zu nahe gekommen und musste daher aus dem Verkehr gezogen werden.

Also, es gab jede Menge Arbeit in der nächsten Woche.

Nach zwanzig Minuten intensiven Diskutierens gelang es Wiegele schließlich, Konstanz zu einer vorerst auf drei Tage befristeten Abstellung einer 25-jährigen Kommissaranwärterin bewegen zu können. Helga Martens würde sich gegen Mittag in der Dienststelle Singen melden.

*

Bereits am frühen Morgen hatte die Polizei das Wrack von Vondermattens Golf aus der Schlucht bergen und es zum Technischen Dienst in Freiburg bringen lassen.

Oberwachtmeister Frank Mendel, der seit dem Gespräch mit Wiegele ein persönliches Interesse an dem Fall entwickelt hatte, war selbst noch einmal den Hang am Unfallort hinab geklettert und hatte sich gründlich umgesehen.

Aufmerksam hatte er auch das dichte Gestrüpp um den Platz, an dem Vondermatten gefunden worden war, abgesucht. Dennoch war es ein riesiges Glück gewesen, dass die wenigen Strahlen der Sonne gerade in diesem Moment von dem silberfarbenen Gehäuse des kleinen Diktafons reflektiert worden waren, das sich in den dichten Verästelungen eines mittelgroßen Busches verfangen hatte. Vorsichtig hatte er das Gerät aus seiner willkürlichen Halterung gelöst, wobei er peinlich darauf geachtet hatte, eventuell vorhandene Fingerabdrücke nicht zu zerstören. Dann hatte er seinen Fund in ein sauberes Taschentuch gewickelt und eingesteckt.

Der erste, oberflächliche Befund des Kfz-Experten ergab, dass keine technischen Mängel für den Unfall verantwortlich gewesen sein dürften. Es gab auch keinerlei Hinweise darauf, dass Vondermattens Wagen von einem anderen Fahrzeug berührt, dadurch möglicherweise aus der Spur gebracht und von der Fahrbahn gedrängt worden war.

Wie eine Bombe schlug dann allerdings die Meldung der Spurensicherung eine halbe Stunde später ein. In dem völlig deformierten Tankdeckel war etwa drei Zentimeter neben dem Schloss eine Öffnung von der Größe eines 10-Cent-Stücks entdeckt worden. Eine Öffnung, die wie ein Einschussloch aussah.

Da hatte wohl jemand absolut sicher sein wollen, dass das Wrack des abgestürzten Wagens auch wirklich zu brennen beginnen und dass das, was vom Lenker, vom potenziellen Zeugen, noch übrig wäre, von den Flammen beseitigt würde, ging es dem entsetzten Mendel durch den Kopf. So komisch das klingen mochte, aber unter den gegebenen Umständen hatte der Kollege aus Singen wirklich noch Glück gehabt.

Mendels erster Impuls auf diese Erkenntnis war, Wiegele sofort von dieser und den übrigen Entwicklungen des Vormittags zu informieren. Als er aber gerade den verantwortlichen Hauptkommissar um seine Zustimmung bitten wollte, befand sich dieser bereits im Gespräch mit seinem zwischenzeitlich aus Singen eingetroffenen Kollegen.

*

Als Wiegele kurz vor 14 Uhr wieder in sein Büro zurückkam, wartete Kommissaranwärterin Helga Martens bereits auf ihn. Der Hauptkommissar hieß die hoch gewachsene junge Frau herzlich willkommen und dankte für ihre Bereitschaft, ihn so kurzfristig unterstützen zu wollen.

»Leider haben wir jetzt überhaupt keine Zeit, Sie mit der gebotenen Präzision und Sorgfalt in die beiden Fälle einzuführen, mit denen wir es hier zu tun haben«, bedauerte er. »Am besten, Sie kommen jetzt einfach mit zu meiner Besprechung mit Rechtsanwalt Dr. Bittner. Dabei werden Sie gleich die Hälfte dessen erfahren, was Sie unbedingt wissen müssen. Den Rest erzähle ich Ihnen nachher. Ist das in Ordnung für Sie?«

Helga Martens nickte nur stumm, was sonst hätte sie auch tun sollen? Dr. Bittner hatte erfreulicherweise Kaffee und Kuchen vorbereitet, was den beiden Polizisten nur allzu recht war, hatten beide doch seit dem Frühstück nichts mehr gegessen.

Nachdem das peinliche Knurren, das Wiegeles Magen bei der Begrüßung produziert hatte, vorüber und der erste Hunger gestillt war, informierte der Hauptkommissar den Anwalt über den aktuellen Stand.

»Was ich Ihnen jetzt anvertraue, Herr Dr. Bittner, ist

Teil einer laufenden Untersuchung und unterliegt daher der Amtsverschwiegenheit. Ich kann es aber verantworten, Ihnen als Organ der Rechtspflege gewisse Informationen zu geben, die Sie benötigen, um uns in der Sache weiterzuhelfen«, eröffnete Wiegele das Gespräch. »Auf den streng vertraulichen Charakter dieser Informationen muss ich Sie ja nicht ausdrücklich hinweisen?«

Der Anwalt bestätigte dies mit einem kurzen Kopfnicken, und Wiegele legte los.

Zunächst informierte er Bittner über das ›Narbengesicht‹ und dessen Observierung sowie über das Schicksal seines jungen Kollegen, »weil ich absolut der Meinung bin, dass der Versuch, Vondermatten aus dem Weg zu räumen und der inzwischen zweifelsfrei als Mord anerkannte Tod Walter Webernitz' ursächlich zusammenhängen«. Nach Anerkennung heischend blickte sich der Hauptkommissar in der kleinen Runde um. »So viel Zufall an einem Ort wie diesem ist mindestens einer zu viel«, ergänzte er in einer philosophisch etwas verunglückt klingenden Schlussfolgerung.

»Leider kann uns Just ja noch nicht selbst erzählen, was eigentlich vorgefallen ist. Dem Umstand, dass der Akku seines Handys leer war, verdanken wir aber neben dem Kennzeichen des verfolgten Wagens auch einen ausgezeichneten Situationsbericht auf Diktafon.«

Vondermatten hatte in seinen diktierten Notizen die Vermutung geäußert, dass der observierte Mann mit der Narbe im Gesicht zu einer Adresse in oder in der Nähe von Beuren am Ried unterwegs gewesen war. Wahrscheinlich war Vondermatten dann doch entdeckt und in der Folge quer durch die Landschaft gelockt worden, hatte er selbstkritisch angemerkt.

Auf einer kurvigen Nebenstraße hatte dann plötzlich – trotz des schönen Wetters für diese Jahreszeit eher ungewöhnlich – ein Cabrio mit offenem Dach und einem jungen Paar von hinten auf seinen Golf aufgeschlossen. Die neben dem Fahrer sitzende junge Frau war, soweit erkennbar, mit lediglich einem Bikinioberteil eher spärlich bekleidet gewesen und hatte ihm mehrere Male spielerisch zugewinkt, wie ihm im Rückspiegel nicht entgangen war. Plötzlich hatte sich das Cabrio neben den Wagen Vondermattens gesetzt. Just hatte noch so etwas wie: »So ein verrücktes Weib«, gesagt, was aber durchaus anerkennend geklungen hatte. Dann war nur noch ein schmerzverzerrtes »Was war denn das? Ich kann nichts mehr sehen. Mein Gott, tut das weh«, zu hören, gefolgt vom Geräusch auf Widerstand stoßenden Metalls. Dann noch etwas Rumpeln und danach Stille, nur Stille.

Halt, nach einer Minute war da doch noch etwas. Ein Geräusch, das wie ein aus einiger Entfernung abgefeuerter Schuss klang.

Atemlos hatten Helga Martens und Dr. Bittner das aufwühlende Tondokument verfolgt.

»Und wie interpretieren Sie das Gehörte?«, wollte der Anwalt von Wiegele wissen. »Hchn, hchn«, hüstelte er wie am Tag zuvor. »Ich werde diese Verkühlung heuer nicht mehr los«, meinte er entschuldigend und hielt sich sein Taschentuch vor den Mund. »Hchn, hchn, hchn.«

»Wie es scheint, hat die junge Frau irgendwie Vondermattens Aufmerksamkeit auf sich gezogen. Dann hat sie oder der Fahrer des Cabrios ihm irgendetwas ins linke Auge gespritzt oder es sonst wie verletzt.« Hilflos hob er die Schultern. »Dann hat unser Mann die Herrschaft über das Fahrzeug verloren und ist in die Tiefe gestürzt. Aber die genauen Einzelheiten kann uns nur Just erzählen.«

»Denken Sie an Säure oder etwas in der Art?«, fragte Bittner.

»Grundsätzlich ja, aber die Experten meinen, dann müssten sich im Gesicht, zumindest aber um das Auge herum Verätzungen der Haut finden. Da sind aber keine festzustellen.«

»Darf ich eine Vermutung äußern, Herr Hauptkommissar?« Offenbar war Helga Martens eine Vertreterin des eher schüchternen Typs, der nach Bittners Erfahrung heute nur mehr eine Minderheit darstellte.

»Nur zu«, ermunterte Wiegele die junge Kollegin, »das ist genau das, was ich von Ihnen erwarte.«

»Könnte der Täter oder die Täterin nicht einen starken Laserpointer verwendet haben?«, stellte die Martens zur Diskussion. »Die Dinger sind gefährlicher als man allgemein annimmt, Vor allem aber ist der Lichtstrahl viel exakter ins Ziel zu bringen als Säure.«

Bittner nickte anerkennend mit dem Kopf. »Hchn, hchn. Das klingt sehr plausibel«, stellte er fest. »Das muss aber mindestens ein Gerät der Klasse 3 B gewesen sein, wahrscheinlich sogar der Klasse 4.«

»Wenn es ein Gerät der Klasse 4 gewesen sein sollte, was ich eher vermute, dann muss es ja irgendwo registriert worden sein«, ergänzte die junge Frau, und Wiegele, der es nicht so mit Laserpointern hatte, war plötzlich sehr stolz auf sie.

»Ich weiß zwar, was ein Laserpointer ist«, räumte er ein. »Glaube ich zumindest. Im Übrigen verstehe ich bloß Bahnhof. Kann mir jemand die Sache mit den Klassen erklären?«

Bittner wollte schon zur Erklärung ansetzen, hüstelte dann aber wieder und ließ der offenbar fachkompetenteren Kommissaranwärterin galant den Vortritt. Eine Gelegenheit für Helga Martens, von der sie gerne Gebrauch machte.

»Laserpointer erzeugen einen starken Lichtstrahl. Unter einem bestimmten mW-Wert ist der Strahl ungefährlich. Angeblich zumindest«, schränkte sie ein. »Also, ausprobieren würde ich das nicht unbedingt wollen. Übrigens, ›mW‹ steht für Milliwatt.« Je nach der Stärke des Lichtstrahls, also nach der Größe des mW-Werts, werden die Laserpointer in vier, eigentlich sogar in fünf Klassen eingeteilt. Geräte der Klasse 3 B schaden der Netzhaut, wenn der Strahl etwas länger auf dem Auge verweilt. Bei solchen der Klasse 4, das sind die Geräte mit über 500 mW, tritt eine sofortige Schädigung der Netzhaut ein.«

Das klang plausibel und gab eine hervorragende Arbeitshypothese ab, fand der Hauptkommissar. Ebenso freute es ihn, dass ihm Konstanz jemand durchaus Brauchbaren zur Verstärkung geschickt hatte.

Gleichzeitig aber begann sich etwas in seinem Unterbewusstsein zu rühren. Die prägnante Erläuterung Frau Martens hatte in ihm eine Erinnerung geweckt, die ihm etwas sagen wollte. Aber bis ihm das bewusst werden würde, würde noch viel Wasser in den Bodensee fließen.

Jetzt riss Wiegele die Gesprächsführung wieder an sich und leitete zum Mord an Walter Webernitz über.

Nachdem er den Fall für Helga Martens kurz dargestellt hatte, legte Dr. Bittner das Testament vor. Das war für einen Mann mit einem Gesamtvermögen von vorsichtig geschätzten zwölf Millionen Euro erstaunlich kurz und bündig ausgefallen. Außer einigen durchaus bemerkenswerten Legaten an soziale und kulturelle Einrichtungen sowie 200.000 Euro und dem Mercedes 500, die an den ›treuen Bertram Lütterbrin‹ gehen sollten, sollte alles andere der Universalerbin Francesca Doppoli gehören.

Das bedeutete, dass die Haushälterin mit rund zehn Millionen Euro für den Rest ihres Lebens keine finanziellen Sorgen mehr gehabt hätte.

Wider Willen hatte Wiegele durch die Zähne gepfiffen. »Viel Holz für eine einfache Frau aus Süditalien«, stellte er fest. »Wieso wird die Haushälterin Universalerbin?«

»Sie kennen die Frau nicht.« Bittner schmunzelte. »Frau Doppoli ist nicht nur eine sehr tüchtige, sondern auch eine sehr attraktive Frau. Ich bin sicher, dass sie Webernitz mehr zu bieten gehabt hat als nur eine gute Küche und einen tadellos geführten Haushalt. Sie hat eben alles auf eine Karte gesetzt und kassiert jetzt die Tantiemen.«

»Kann es sein, dass Frau Doppoli möglicherweise Frau Webernitz hätte werden sollen?«, wollte Wiegele wissen.

»Möglich.« Bittner zuckte mit den Achseln. »Ich habe aber keine Ahnung. Darüber hat er nie ein Wort verloren, zumindest nicht mir gegenüber.« Er überlegte. »Ich glaube aber eher nicht, denn Frau Doppoli ist kaum der Typ Frau, mit der sich der Konsul in seinen Kreisen offiziell gezeigt hätte.«

»Für den Fall, dass Herr Webernitz die Haushälterin nicht heiraten wollte, sie aber von seinen diesbezüglichen Absichten wusste, ergibt das ein astreines Motiv«, warf die Martens ein und bewies damit neuerlich Verstand und Kompetenz.

»Aber die Frau ist angeblich seit 14 Tagen im Urlaub in Süditalien«, wandte Bittner ein. »Ein besseres Alibi gibt es ja gar nicht. Oder?«

»Das stimmt schon«, meinte Wiegele, »aber wer sagt denn, dass sie im Zeitalter internationaler Arbeitsteilung nicht jemanden gefunden hat, der ihr den dreckigen Teil der Arbeit abnimmt? Immerhin winkte ihr genug Geld, um jemanden für einen solchen Job anzuheuern.«

»Vorausgesetzt, sie wusste, was in dem Testament steht«, warf die Martens jetzt schon ganz selbstbewusst ein.

»Ein Grund mehr, so rasch wie möglich mit der Frau zu sprechen und diese Frage zu klären«, konstatierte ihr derzeitiger Chef.

*

Im Büro erwarteten Wiegele ein Bericht der Gerichtsmedizin sowie die Nachricht einer geheimnisvollen Dame. »Sie hat ihren Namen nicht genannt, aber gemeint, Sie wüssten schon, um wen es sich handelt«, hatte Monika, seine Verwaltungsassistentin, notiert.

Das war Marianne, war sich Wiegele sicher. Mit ihren verständlichen, aber übertriebenen Bemühungen, ihre wieder entflammte Beziehung geheim zu halten, um die laufende Scheidung nicht zu gefährden, benahm sie sich so auffällig, dass es zwangsläufig zu Gerüchten kommen musste. Und tatsächlich, die ›geheimnisvolle Liebe des Hauptkommissars‹ war die Nummer eins auf der inoffiziellen Themenliste im Amt und gab immer wieder Anlass zu den wildesten Spekulationen.

Im Blut des Ermordeten hatte die Gerichtsmedizin eine enorm hohe Konzentration des Wirkstoffes Diazepam gefunden, besser bekannt unter der Markenbezeichnung ›Valium‹. Nach der fundierten Ansicht des Experten musste Webernitz im Zustand totaler Sedierung, also quasi im Tiefschlaf gewesen sein, als man ihn aufhängte. Dass dem Mörder ein derart grober Fehler unterlaufen sein sollte, nämlich diesen wegen seiner langen Halbwertszeit sehr gut nachweisbaren Wirkstoff verwendet zu haben, irritierte Wiegele nur kurz. Wäre der Tod des Konsuls als Suizid durchgegangen, hätte wohl niemand das Blut untersuchen lassen. Außerdem fehlte, Valium hin oder her, jeder konkrete Hinweis auf den Mörder. Obwohl der Hauptkommissar sicher war, dass dieses verdammte ›Narbengesicht‹ etwas damit zu tun hatte.

Den Ablauf der Tat sah Wiegele dagegen ziemlich genau vor sich. Webernitz war, wie auch immer, mit Valium vollgepumpt in die Schlinge gehoben und einfach hängen gelassen worden. Bei dem mindestens 80 Kilogramm schweren Opfer bedeutete das aber gleichzeitig, dass mit größter Wahrscheinlichkeit zumindest eine weitere Person beteiligt gewesen sein musste.

Oder war es doch etwas anders gewesen? Dunkel erinnerte sich der Kriminalbeamte daran, vor einiger Zeit irgendwo von einer Art Hinrichtung gelesen zu haben, bei der das bewusstlose Opfer auf einem wegschmelzenden Eisblock stehend langsam von der sich immer mehr zuziehenden Schlinge erwürgt worden war. Wenn er sich richtig erinnerte, hatte das Ganze auch in einem Badezimmer stattgefunden, damit alle Hinweise auf die unorthodoxe Methode auch ganz sicher im Abfluss verschwanden.

Verdammt, wo hatte er das bloß gelesen? Und das über den Laserpointer? Oder bildete er sich das eine oder das andere oder gar beides nur ein?

Plötzlich kam es Wiegele ungemein wichtig vor, sich an die Quelle dieses unbestimmten Wissens zu erinnern, sein schemenhaftes Ahnen als Faktum zu verifizieren oder andernfalls beiseite schieben zu können. Möglicherweise war das ja auch eine Spur. Wer konnte das schon wissen?

Seine Gedanken kehrten aus den grenzenlosen Tiefen seines Unterbewusstseins zurück ins Hier und Heute. Um sich dann sofort Marianne zuzuwenden, die er anrufen sollte. Und genau das würde er jetzt auch tun.

Marianne Kogler hatte offenbar auf Wiegeles Anruf gewartet, denn sie nahm das Gespräch sofort an.

»Hallo mein Liebling«, begrüßte sie ihn, merkte aber am Tonfall seines etwas knappen »Hallo, Marianne«, dass er nicht wirklich bei der Sache war. Man musste nicht wie sie Psychologie studiert und erfolgreich abgeschlossen haben, um zu bemerken, dass ihrem Geliebten etwas ganz gehörig auf der Seele brannte.

»Was ist denn los? Hast du ein Problem?«, wollte sie wissen.

»Abgesehen von einem Mord und einem schwer verletzten Kollegen geht es mir gut«, versuchte der Hauptkommissar den auf ihm lastenden Druck hinter einem scherzhaften Ton zu verbergen. Was ihm aber bei dieser Frau nicht gelingen würde, wie er wusste. Daher berichtete er kurz, was ihm seine Laune so gründlich verdorben hatte.

»Mein Gott, der Arme.« Mariannes Mitgefühl galt Vondermatten. »Das ist ja schrecklich. Kann ich dir oder deinem Kollegen irgendwie helfen?«

Wiegele war schon versucht, seinen Lebensmenschen zu bitten, sich der armen Erika Vondermatten anzunehmen, die sich nach letzen Meldungen in einem psychisch bedenklichen Zustand befand. Er unterließ aber einen entsprechenden Hinweis, denn damit hätten sich wahrscheinlich neue Probleme für sie beide ergeben. Ohne dass damit der liebevoll von ihrer Familie betreuten werdenden Mutter wirklich geholfen hätte werden können.

»Das ist sehr lieb von dir«, anerkannte er, »aber ich weiß wirklich nicht, wie du im Moment helfen könntest. Vielleicht zu einem späteren Zeitpunkt, falls dein Angebot dann noch gilt.«

»Natürlich, mein Lieber, das ist doch selbstverständlich. Aber wie steht es mit dir?«

»Ach es geht«, spielte er seine Stimmung herunter, »da ist nichts, was sich nicht heute Abend bei einem guten Essen beheben lassen würde.« Und tatsächlich, beim Gedanken, Marianne zu sehen, ging es ihm gleich viel besser.

Ihr kurzes Zögern ließ ihn aber instinktiv erkennen, dass es heute wohl bei der Vorfreude bleiben würde.

»Es tut mir wahnsinnig leid«, flüsterte sie, »aber ich fürchte, das mit dem Abendessen wird heute nichts werden. Professor Badinger« – das war Mariannes Institutsvorstand an der Uni, wo sie als Dozentin wirkte – »ist ab Sonntag drei Wochen im Ausland und ich soll in dieser Zeit einige Aufgaben von ihm übernehmen. Das will er heute Abend mit mir besprechen.« Sie seufzte. »Wenn ich da nicht hingehe, kann ich meine weitere Karriere am Institut wohl vergessen.«

»Na, das ist doch klar.« Wiegeles Versuch, unbeschwert Verständnis vorzutäuschen, ging gründlich daneben. »Aber warum kannst du Badinger nicht morgen oder am Samstag treffen?«

»Guido scheint wieder einmal ein Problem mit Tina zu haben«, begann Marianne und ihm schwante Böses angesichts der Einleitung. »Diesmal scheint es aber wirklich schlimm zu sein, so wie er sich gestern am Telefon angehört hat. Ich habe daher zugesagt, dass ich die beiden in

Wien besuche, um zu retten, was noch zu retten ist. Ich fahre morgen Nachmittag mit dem Zug.«

Wiegele hatte plötzlich einen Kloß im Hals. »Heißt das, dass wir uns am Wochenende auch nicht sehen können?«

»Nicht unbedingt«, sie kicherte neckisch, »ich habe gehofft, dich überreden zu können, mit nach Wien zu kommen.«

Der Hauptkommissar schluckte schwer. »Gestern um diese Zeit hätte ich noch voller Freude zugestimmt. Aber seither hat sich einiges ereignet. So leid es mir tut, ich kann nicht wegfahren, solange Just im Krankenhaus mit dem Tod ringt.«

Das war bei allem Ernst der Lage doch etwas sehr dramatisch formuliert, musste Wiegele sich selbst eingestehen. Wahrscheinlich war es eine Art Trotz, die ihn die Situation, die ohnehin schon übel genug war, so übertrieben hatte darstellen lassen.

Marianne hatte das natürlich auch durchschaut, ging aber nicht darauf ein. »Das verstehe ich«, versicherte sie vielmehr, »aber vielleicht geht es ihm ja morgen schon besser. Und du kannst jederzeit nachkommen. Ich wohne bis Montag früh im Hotel ›Wild‹ in der Salmannsdorfer Straße.«

Wien, Wien nur du allein …, dachte Wiegele. So ein, zwei Tage Kurzurlaub wären genau das Richtige. Übrigens Wien, das war das Stichwort.

Wien war das letzte Teil, das dem Hauptkommissar gefehlt hatte, um das unentwegt durch seinen Kopf geisternde Rätsel darüber zu lösen, wo er das mit dem Laserpointer und dem Eisblock im Badezimmer des ›Selbstmörders‹ gelesen hatte.

Fieberhaft durchsuchte er seinen Schreibtisch. Das Gesuchte, ein etwa 250 Blatt starkes Manuskript, fand sich schließlich im untersten Einschub links unter mehreren Exemplaren einer von ihm abonnierten Autozeitschrift.

›Spiele im Schatten‹ stand auf dem obersten Blatt des Stapels, den Wiegele jetzt rasch durchblätterte. Schon bald fand er das Gesuchte.

Konzentriert studierte er einige Seiten des Konvoluts, übersprang dann zahlreiche Seiten, um einigen anderen wieder seine volle Konzentration zu widmen. Nach etwas mehr als einer Viertelstunde war er sich sicher, dass das Gefundene eine ›Dienstreise auf eigene Kosten‹ durchaus rechtfertigen würde.

Nachdem er zweimal vergebens versucht hatte, den Autor von ›Spiele im Schatten‹ zu erreichen und ihm jedes Mal nur eine Nachricht auf dem Anrufbeantworter hinterlassen hatte, rang sich Wiegele zu einem sachlich noch nicht ganz vertretbaren, gefühlsmäßig aber völlig verständlichen Entschluss durch. Er würde in jedem Fall in die österreichische Hauptstadt fahren, egal, ob er seinen Freund Palinski vorher erreicht haben würde oder nicht. Mario musste am Wochenende einfach Zeit für ihn haben.

Nachdem die Entscheidung gefallen war, fühlte er sich das erste Mal an diesem Tag besser. Und so rief er Marianne nochmals an, um mit ihr ein Treffen in Wien zu vereinbaren: für Samstagmittag im Hotel ›Wild‹ in der Salmannsdorfer Straße.

3

Freitag, 25. Oktober, Vormittag

Der Wiener Mario Palinski war 45 Jahre alt und Leiter des von ihm selbst überwiegend aus Marketingüberlegungen gegründeten ›Instituts für Krimiliteranalogie‹, was wie grober Unfug klang und es zum Teil auch war, soweit es das von ihm selbst geschaffene Kunstwort betraf, von dem kein Mensch wusste, was es eigentlich bedeuten sollte. Dass andererseits aber auch kein Mensch den Mut aufbrachte, den skurrilen Begriff zu hinterfragen, aus Angst, sich zu blamieren, war ein Quell ständiger Heiterkeit für das eigenbrötlerische Schlitzohr.

Seit kurzem war Palinski auch Autor. Sein Erstlingswerk, ein Kriminalroman mit dem vielsagenden Titel ›Verdammt und umgebracht«, war gerade erst vor fünf Wochen in einem kleinen, aber feinen süddeutschen Verlag erschienen.

Die schriftstellerische Tätigkeit ergänzte sein breites, berufliches Spektrum, dessen Kern im Vergleichen und Beschreiben der Interdependenz zwischen realen und fiktiven Verbrechen bestand, in kreativer Hinsicht. Und wieder einmal wusste niemand, worum es dabei eigentlich ging. Manchmal wusste Palinski es selbst nicht. Aber alle fanden es toll und ein Minister hielt Palinskis Aktivitäten sogar für förderungswürdig.

An diesem Morgen hatte Palinski ausnahmsweise etwas länger geschlafen und das ausgiebige Frühstück mit Wilma, der Frau, die er seit mehr als 24 Jahren nicht geheiratet hatte, sehr genossen. Das Gesprächsthema war natürlich die gestrige, recht erfolgreiche Lesung in einem für seine kulturellen Events bekannten Wiener In-Café gewesen. Palinski hatte sich dafür ein ganz spezielles Programm auf den Leib geschrieben gehabt, das mehr an eine Einmannsatire auf die Kriminalliteratur erinnerte als an einen seriösen Vortrag aus seinem Erstlingswerk. Egal, den Leuten hatte die Show gefallen, sie hatten Spaß gehabt und vor allem: Sie hatten das Buch gekauft, das unter dem Pseudonym Jean Marie Pé erschienen war.

Während er sich noch dem verspielten Tagtraum hingab, auszurechnen, wie lange es auf Basis der bisherigen Verkaufszahlen dauern würde, bis er die erste Million mit den Früchten seiner Fantasie verdient haben würde, meldete sich das Telefon. Wilma, die ihm in letzter Zeit mit einer seltsamen Art von Hochachtung begegnete, die ihrem durch jahrelange und nicht nur liebevolle Auseinandersetzungen gestählten Partner neu und durchaus angenehm war, brachte ihm den Apparat an den Tisch.

»Es ist Margit«, flüsterte sie ihm zu, »und es ist dringend, sagt sie.«

Margit Weismaier war seine Büroleiterin, was für sie als einzige ständige Mitarbeiterin Palinskis sehr viel, andererseits aber auch wieder gar nichts bedeutete.

»Guten Morgen, Mario«, meldete sie sich und kam sofort zur Sache. »Dein Polizistenfreund aus Singen war zweimal auf dem Anrufbeantworter und hat heute schon wieder angerufen. Gerade jetzt zum zweiten Mal. Er bittet um deinen Rückruf. Es sei sehr dringend, soll ich dir sagen.« Dann gab sie ihm eine Handynummer durch, unter der Hauptkommissar Wiegele zu erreichen war.

»Mein Gott, Anselm«, dachte Palinski. Schlagartig hatte er wieder die schrecklichen Bilder von der Ermordung einer jungen Frau, Rosie Apfaltinger, vor Augen, die er rein zufällig aus einiger Distanz hatte beobachten müssen. Im Zuge der Aufklärung dieses außergewöhnlichen Falls, die schließlich fast mit einer riesigen Blamage geendet hätte, hatte er den zunächst etwas spröden Wiegele kennen und schätzen gelernt. Seither hatte er mit Ausnahme einer Karte mit Weihnachtsgrüßen nichts mehr vom Hauptkommissar gehört.

Und jetzt diese plötzliche Häufung von Anrufen, da musste etwas Außergewöhnliches passiert sein. Neugierig wie Palinski nun einmal war, zögerte er den Rückruf nicht weiter hinaus. Er tippte die angegebene Nummer ein und hatte den Hauptkommissar nach wenigen Sekunden am anderen Ende der Leitung.

Nach der anfänglich noch etwas steif wirkenden Herzlichkeit der Begrüßung fanden die beiden Gesprächspartner erfreulich rasch zu dem unverkrampften Ton zurück, den sie vergangenen Herbst in Singen gepflegt hatten. Nach ein, zwei Minuten amikaler Flachserei kam Wiegele aber rasch zur Sache.

»Ich habe hier einen Mord und einen Mordversuch mit schwerer Körperverletzung am Hals und beide Fälle haben wahrscheinlich miteinander zu tun«, stellte er fest. »Und da eines der Opfer mein Kollege Kommissar Vondermatten ist, bin ich von dieser Sache auch persönlich sehr berührt.« Kurz weihte er Palinski in einige signifikante Details ein. Dabei bemerkte er am immer rascher werdenden Atem seines Gesprächspartners dessen steigende Erregung.

»Bis auf den Schuss in den Tank kommt mir das verdammt bekannt vor«, unterbrach ihn der Wiener schließlich. »Man könnte fast zu dem Schluss gelangen, der oder die Mörder haben meinen zweiten Roman gelesen.« Palinski war hörbar schockiert.

»Genau das ist der Grund meines Anrufs.« Wiegeles Stimme war jetzt unüberhörbar kälter geworden. »Die beiden Taten sind vermutlich ziemlich genau so abgelaufen, wie du es in ›Spiele im Schatten‹ beschrieben hast.«

»Aber du wirst doch nicht annehmen, dass …«

»Natürlich nicht«, beruhigte Wiegele den Freund aus Wien mit wieder etwas sanfter wirkender Stimme. »Übrigens, ich habe die Story richtig gut gefunden«, merkte der Hauptkommissar an, wohl um den falschen Eindruck von vorhin wieder zu beseitigen. »Liest sich spannend. Bloß vom wirklichen Ablauf des Polizeialltags hast du so gut wie keine Ahnung.«

»Das stimmt schon«, räumte der ertappte Autor ein. »Aber ich versuche, alles so darzustellen, dass es nicht unlogisch klingt, also zumindest so sein könnte«, rechtfertigte er sich, wobei er das ›könnte‹ besonders betonte.

»In dem einen oder anderen Fall mag manches zutreffen«, erwiderte der Fachmann. »Aber ganz sicher nicht für unser Amt. Dienstvorschriften sind nun einmal nur bedingt logisch.«

»Aber zurück zum eigentlichen Anlass deines Anrufes.« Palinski war wieder ernst geworden, immerhin war Mord auch eine ernste Angelegenheit. »Also, ich weiß nicht, wie ich zu der Ehre komme, dass jemand meine erfundenen Morde in die Tat umsetzt«, meinte er bitter. »In diesem Sinne Vorbild zu sein, ist keine angenehme Vorstellung.«

»Was mich mehr interessieren würde«, unterbrach Wiegele die Reflexion Palinskis, die gerade wehleidig zu werden versprach, »ist, welche Personen alle das Manuskript kennen und daher die Möglichkeit gehabt hätten, sich die Fiktion zum Vorbild für die beiden Taten zu nehmen?«

Er zögerte einen Augenblick vor seiner nächsten Frage. »Oder ist ›Spiele im Schatten‹ auch schon erschienen?«

»Nein, ich habe zwar schon einen weiteren Vertrag, aber das Manuskript ist derzeit noch bei der Lektorin. Erscheinen wird das Buch erst im kommenden Frühjahr.«

»Dann lautet meine dienstliche Frage an dich präzise: Wer hat das Manuskript bisher gelesen und hätte daher prinzipiell Gelegenheit gehabt, bewusst oder auch nur unbewusst Details daraus weiterzugeben?« Wiegeles Stimme hatte wieder diesen gefährlich harten Klang angenommen. Für Palinski Zeichen dafür, dass der an sich nicht humorlose Hauptkommissar in diesem Punkt nicht einen Funken Verständnis für eine ironische oder sonst wie unernst klingende Antwort aufbringen würde. Palinski unterließ daher jeglichen Versuch dieser Art.

»Wieviel Zeit habe ich, darüber nachzudenken?«, wollte er stattdessen wissen.

»Bis morgen Nachmittag, denn um 16 Uhr werde ich dich in deinem ›Institut für Krimiwasweißich‹ in Wien aufsuchen.« Mit nunmehr wieder sanfter Stimme fügte er hinzu: »Natürlich nur, wenn es dir recht ist. Sonst erwarte ich die Antwort in einer Stunde. Alles klar?«

»Das ist ja wunderbar.« Palinski freute sich wirklich über diese Nachricht. »Da werden wir am Abend zum Heurigen gehen. Damit du siehst, wie man die Viertele bei uns trinkt und wie unser ›Weißherbst‹ schmeckt«, spielte er auf einen vergleichbaren ›Lokalaugenschein‹ damals in Singen an.

»Ich werde aber nicht alleine sein«, kündigte der Hauptkommissar an.

»Aber das ist schon in Ordnung. Dein Kollege wird uns ebenfalls herzlich willkommen sein«, meinte Palinski fröhlich.

»Es ist kein Kollege, den ich mitbringe.« Wiegele senkte plötzlich seine Stimme zu einem fast unverständlichen Flüstern. »Ich werde mit Marianne kommen.«

»Hast du jetzt wirklich Marianne gesagt oder habe ich mich verhört?«, erkundigte sich Palinski fröhlich.

»Ja, es ist Marianne«, bestätigte Wiegele, »aber das muss nicht jeder mitbekommen. Immerhin läuft unsere Beziehung noch immer unter ›streng geheim‹. Wegen ihrer Scheidung.«

»Also hier bei mir ist nur Wilma und die bekommt ohnehin alles mit«, scherzte Palinski. »Im Übrigen sind meine Lippen versiegelt. Apropos: Hast du etwas dagegen, wenn ich in der Sache selbst mit meinen Freunden von der Polizei hier in Wien spreche?«

Wiegele hatte grundsätzlich nichts dagegen, »aber es muss klar sein, dass es sich bei meinem Besuch um einen Privatbesuch handelt. Nicht, dass das jemand in die falsche Kehle bekommt. Von wegen Amtshilfe oder so.«

Damit war alles gesagt und man verabredete sich für den nächsten Tag, 16 Uhr im ›Institut für Krimiwasweißich‹ in Wien.

*

Während der Hauptkommissar noch dabei war, seine Wochenendpläne zu koordinieren, befasste sich Kommissaranwärterin Helga Martens damit, Antworten auf zwei sowohl wichtige als auch dringende Fragen zu finden.

Erstens wollte sie in Erfahrung bringen, wem das Fahrzeug mit dem Zürcher Kennzeichen gehörte, das Vondermatten zwei Tage zuvor verfolgt hatte. Dank ihres auf dem Prinzip ›Charme‹ basierenden besonderen Talents für unkonventionelle und daher besonders erfolgreiche Arbeitsmethoden hatte sie nach nur einem Telefongespräch mit einem Kollegen bei der Kantonspolizei die Information erhalten, dass es sich bei dem PKW um einen Leihwagen gehandelt hatte. Der grüne BMW war fünf Tage zuvor am Flughafen Kloten von einer Ricarda Montensin aus Brüssel für voraussichtlich zwei Wochen gemietet worden. Als Adresse in Zürich hatte die Dame das ›Baur au Lac‹ angegeben.

»Falls wir die Dame für sie vernehmen sollen, brauchen wir eine offizielle Bitte um zwischenstaatliche Amtshilfe«, hatte der ansonsten entgegenkommende Kollege gleichzeitig aber auch die Grenzen seiner Bereitschaft zu unbürokratischen Lösungen aufgezeigt.

Helga hatte sich mit ihrer ungemein sinnlichen Telefonstimme ganz herzlich bedankt und gemeint, dass sie sich wieder melden würde.

Als Nächstes wollte sie in Erfahrung bringen, welche Hotels oder sonstigen Herbergen in der Umgebung von Beuren am Ried als temporärer Standort für Leute wie Gianfranco Fiuminese und Konsorten in Frage kämen. In dieser ländlichen Gegend mussten ›Narbengesicht‹ oder andere Galgenvögel doch auffallen wie eine Stripperin bei einem bayrischen Heimatabend.

Sie hatte sich entschlossen, sich zunächst auf größere, repräsentative Herbergen zu konzentrieren. Denn Gianfranco war sicher nicht mit einem Luxusmietwagen von Zürich in den Hegau gekommen, um sich hier in einer

Frühstückspension oder einem simplen Landgasthof einzuquartieren. Das sagte ihr der schlichte Hausverstand. Und so hatte sie den Obmann des Fremdenverkehrsvereins von Beuren bereits kurz vor 8 Uhr aus den Federn geholt. Und wieder war es ihre Stimme gewesen, die jede männliche Ungehaltenheit wegen der frühen Störung, jeden Widerstand gegen die Beantwortung einiger harmloser Fragen spielend ausschaltete.

Und tatsächlich, Balthasar Zickerle konnte sich nur allzu gut an einige Fremde erinnern. Mediterrane Typen, wie seine etwas deftigere, an Rassismus grenzende Beschreibung annehmen ließ, die sich seit einigen Tagen aufführten, als ob sie den Ort gekauft hätten.

Soviel er wusste, logierte die Bande zum Teil im ›Schlosshotel Gabensberg‹, zum Teil auch im Gästehaus ›Veronika.‹ Offenbar fand da eine Art kleinerer Kongress statt, was Zickerle als Tourismusverantwortlicher natürlich sehr begrüßte. Besonders um diese Jahreszeit. Aber irgendwie eigenartig war das Ganze schon.

»Immerhin haben diese Leute ihr eigenes Personal mitgebracht und die Mitarbeiter beider Häuser für zwei Wochen in Urlaub geschickt«, hatte er ihr anvertraut. »Das muss einem doch komisch vorkommen. Ob da was nicht in Ordnung ist?«

Wie recht der Mann in dieser Beziehung wahrscheinlich hatte, dachte die Martens. Offiziell beruhigte sie ihn aber mit dem Hinweis, dass die Gäste eben immer unverschämter würden, aber nach wie vor der Grundsatz gelte, dass der Gast König ist.

Dem hatte auch Balthasar Zickerle nichts entgegenzusetzen. Hoffentlich ließ sich der offensichtlich cholerische und damit für seinen Job ideal geeignete Mann zu nichts hinreißen, und sie fanden seine Leiche später nicht irgendwo verstümmelt in der schönen Natur, erhängt in einer Nasszelle oder sonst wie kunstfertig mundtot gemacht.

Der in Tengen wohnhafte zweite Direktor des ›Schlosshotels Gabensberg‹ bestätigte dann Zickerles Angaben. »Anfang Februar haben wir vom Immobilienbüro Dr. Wattscheider eine Anfrage erhalten, ob wir das komplette Haus vom zwölften bis zum 28. Oktober vermieten könnten. Dieses verlockende Angebot haben wir in der ›toten Saison‹ natürlich sofort angenommen.«

»Und wer ist als Mieter aufgetreten?«, wollte Helga noch wissen.

»Den Vertrag haben wir direkt mit dem Büro Dr. Wattscheider abgeschlossen«, teilte der Direktor mit. »Das ist zwar ungewöhnlich, aber nicht verboten«, fügte er ungefragt hinzu.

Dass da etwas ganz gewaltig stank, konnte Helga Martens bis zu ihrem Schreibtisch in Singen riechen. Also weiter.

Der Umstand, im Immobilienbüro in Tengen eine Frau als Gesprächspartner zu haben, ließ die Geheimwaffe ›Stimme‹ zunächst verpuffen. Nachdem sie aber auf auch vor Willkür nicht zurückschreckender Vertreterin der Staatsmacht umgeschaltet hatte, war es relativ einfach zu erfahren, was es zu erfahren gab:

Erstens, dass die beiden Nobelherbergen an eine ›Gesellschaft zur Förderung jugendlicher Filmschaffender‹ mit Sitz in Vaduz vermietet worden waren. Und zweitens, dass die noblen Förderer dafür nicht weniger als 40.000 Euro plus Mehrwertsteuer auf den Tisch geblättert hatten.

Wie viel würden diese Leute erst für die eigentlichen

Förderungen ausspucken, überlegte die Martens. Dann suchte sie Wiegele in seinem Büro auf, um ihn zu informieren. Ihrer Meinung nach bestand dringender Handlungsbedarf.

*

So sehr sich Palinski über den Anruf seines Freundes Anselm gefreut hatte, so sehr bereitete ihm der Anlass dazu jetzt Kopfzerbrechen. Zunächst hatte sich sogar so etwas wie Unbehagen, ja ein schlechtes Gewissen aufgebaut. Natürlich schob er jede Verantwortung der geistigen Mittäterschaft weit von sich. Immerhin legte er in allen seinen Fantasieergüssen größten Wert darauf, die von ihm kreierten Verbrechen so überspitzt, mitunter sogar absurd darzustellen, dass eigentlich niemand auf die Idee kommen konnte, sie zu kopieren. Abgesehen davon hätte er nie zu hoffen gewagt, dass sich seine abstrusen Konstruktionen todbringender Aktivitäten, die zwar auf dem Papier durchaus plausibel klangen, auch tatsächlich realisieren ließen.

Allerdings war ›hoffen‹ in diesem Kontext zweifellos eine etwas unglückliche Wortwahl, musste sich Palinski eingestehen.

Aber bloß kein Selbstmitleid, sagte er sich. Dafür war jetzt keine Zeit. Er wollte noch schnell duschen und dann rasch in sein Büro gehen, damit er bis morgen Antworten auf Wiegeles Fragen fand. Zumindest auf die meisten.

Ehe er sich ins Bad begab, rief er noch Margit an und bat sie, eine Liste aller Personen vorzubereiten, denen sein Manuskript zum Probelesen übermittelt worden war.

*

Helga Martens wurde Wiegele immer unheimlicher. Die hübsche, auf angenehm unauffällige Art durchaus attraktive junge Frau war nicht nur gescheit, sie konnte sich auch gut durchsetzen. Dass sie dabei sehr flexibel agierte, gelegentlich sogar ungeniert mit den Waffen einer Frau kämpfte, ohne dabei die Grenzen des guten Geschmacks zu verletzen, sollte dem Hauptkommissar nur recht sein.

Die Art, wie sie ihm jetzt gerade die Ergebnisse ihrer Recherchen von heute Morgen servierte, Antworten auf Fragen lieferte, die er ihr gegenüber so dezidiert noch gar nicht gestellt hatte, war schlichtweg beeindruckend.

Die junge Kollegin war eine ausgesprochene Verstärkung, und er ertappte sich bei dem Wunsch, Helga über die drei Tage hinaus, ja vielleicht sogar auf Dauer in Singen behalten zu können. Diese Überlegungen mussten jetzt aber zurückstehen. Im Moment gab es Dringenderes zu tun.

»Obwohl ich mir von einem Verhör dieser Ricarda Montensin eigentlich nichts erwarte, werden wir einen Antrag auf internationale Amtshilfe an Zürich stellen«, teilte er Helga mit. »Ich fürchte nur, der Schweizer Leihwagen und die belgische Mieterin, die in ein Verbrechen bei uns verwickelt ist, das riecht alles förmlich nach falschen Namen, nach losen Fäden, nach Spuren, die plötzlich im Niemandsland enden.« Er schüttelte den Kopf. »Da kommt sicher nichts heraus«, befürchtete er. »Aber wir sollten alles versuchen, damit wir uns später keine Vorwürfe machen müssen.«

Warum sprach er eigentlich soviel. War das eine unbewusste Reaktion auf die Tatsache, dass er erstmals in seinem Leben so unmittelbar mit einer Frau zusammenarbeitete? Er würde Marianne dazu befragen. Oder besser vielleicht doch nicht.

»Jetzt fahren wir aber nach Beuren in dieses Schlosshotel. Sagen Sie Burgmeister und Wageller Bescheid, dass sie mitkommen sollen«, forderte er die Martens auf. »Mit dem Versuch, einen Durchsuchungsbefehl zu bekommen, brauchen wir uns bei der derzeitigen Beweis- beziehungsweise Verdachtslage erst gar nicht aufzuhalten. Vielleicht haben wir ja Glück und wir können Gefahr in Verzug glaubhaft machen.«

Jetzt musste er nur noch seine vorgesetzte Stelle in Konstanz über den Einsatz informieren. »Wir sehen uns in fünf Minuten am Wagen«, wies er Helga an, ehe er den Hörer abnahm.

*

Als Palinski kurz nach 10 Uhr ins Büro kam, hatte ihm Margit bereits eine Liste mit den Namen und Adressen der Personen, die nach ihrem Wissensstand eine Kopie des Manuskripts erhalten hatten, auf den Schreibtisch gelegt.

An erster Stelle stand da Carola Harbach, seine Lektorin im ›Georg Maynar Verlag‹ in der Nähe von Sigmaringen. Es folgten Susanne Bitterlich, eine Freundin Wilmas, die Germanistik an der Universität in Santiago de Chile lehrte, und Hubert Bachinger, ein sehr belesener, an Literatur äußerst interessierter ehemaliger Chemiker, jetzt Pensionist. Beide hatten Spaß daran, an Palinskis Fantasien teilzuhaben. Und der legte großen Wert auf ihr Urteil.

Dann war da noch Mia Baburek, eine 28-jährige Deutschlehrerin, die Palinskis mangelhafte Kenntnisse der letzten Rechtschreibreform ausgleichen und gleichzeitig die Meinung der jüngeren Generation repräsentieren sollte. Und last, but not least natürlich auch noch seine

Wilma. Die hasste Krimis zwar, fühlte sich aber irgendwie verpflichtet, in seinem Fall eine Ausnahme zu machen.

Das war es dann auch schon. Oder?

Nein, das war es noch nicht, fiel ihm jetzt gerade ein. Eine Kopie des Manuskripts von ›Spiele im Schatten‹ hatte er auch Juri zum Lesen gegeben.

Juri Malatschew, Palinski wusste gar nicht, ob der Nachname so ganz richtig war, aber er klang so. Also, dieser Juri war ein alter Journalist mit schillernder Vergangenheit, den er im ›Café Kaiser‹ beim Schachspielen kennengelernt hatte. Der gebürtige Russe war das lebende Beispiel dafür, dass nicht alle Angehörigen dieses Volkes geborene Meister des Spiels aller Spiele waren. Er spielte noch schlechter als Palinski, und das hatte selbst dieser bis dahin nicht für möglich gehalten.

Malatschew war aber ein begnadeter Erzähler. Mit einem unvergleichlichen Mix aus möglicherweise Erfundenem und unmöglich Erlebtem, aus skurriler Wahrheit und wahrhaftig klingenden Märchen verstand er es, die Zuhörer zu faszinieren und in seinen Bann zu ziehen. Das Verrückteste an einem Gespräch mit Juri war aber, dass man nie wusste, was wahr und was erfunden war. Und ob nicht gerade das Unglaubliche in dieser unglaublichen Welt schließlich die meiste Glaubwürdigkeit besaß.

Juri war ein Hexenmeister des gesprochenen Worts und ein Quell unendlicher Inspiration für alle, die ihm zuhörten. So eine Art ›Baron Münchhausen‹ unserer Zeit. Kein Wunder also, dass Palinski dem fast 20 Jahre älteren Russen bereits nach ihrem ersten Gespräch verfallen war. Und dass er Juri auf dessen lediglich zwischen den Zeilen angedeuteten Wunsch, ›Spiele im Schatten‹ kennenzulernen, sofort ein Exemplar des Manuskripts überließ.

Also: Wer von diesen sechs Auserwählten konnte, bewusst oder unbewusst, das Manuskript oder Teile davon an jemanden weitergegeben haben, der daraufhin aus der Fiktion Realität werden ließ? Für vier der sechs Personen hätte Palinski seine Hand ins Feuer gelegt.

Mia Baburek, sie unterrichtete an derselben Schule wie Wilma, kannte er nicht sehr gut. Aber sowohl aus logischen Gründen als auch gefühlsmäßig kam die junge Pädagogin für ihn kaum in Frage. Wobei sich natürlich die Frage stellte, wofür sie und auch die anderen vier Personen seines Vertrauens nicht in Frage kamen.

Ausschließen konnte er doch nur die vorsätzliche Weitergabe des Manuskripts mit dem Zweck, einem Killer neue Ideen für sein schmutziges Handwerk zu liefern.

Aber warum sollte Susanne nicht zum Beispiel ›Spiele im Schatten‹ einem anderen Auslandsösterreicher in Chile zum Lesen gegeben haben? Oder Hubert einer seiner Witwen, mit denen er so gerne Kaffee trank oder im Wienerwald spazieren ging? Palinski hatte es nicht untersagt, hätte es sogar als Ehre empfunden.

Der Einzige, dem er bei aller Sympathie alles zutraute, war Juri. Der würde eine diesbezügliche Frage vielleicht so bejahen, dass man das Gefühl haben könnte, er hätte absolut nichts mit der Sache zu tun. Oder so verneinen, dass man annehmen müsste, den Schuldigen zu kennen. Oder Juri würde es genau andersherum anlegen, und man wüsste nachher so viel wie vorher. Nämlich gar nichts. Von diesem Russen Malatschew würde er nur das erfahren, was dieser preisgeben wollte. Oder eben nicht wollte. Da war sich Palinski ganz sicher. Das Einzige, was er tun konnte, war, mit Juri zu reden, ihm Fragen zu stellen und darauf zu hoffen, dass dieser sie auch beantwortete.

Er blickte auf die Uhr. Meistens kam Malatschew gegen Mittag ins Café, um zu essen. Vielleicht sollte er den Russen einladen, ihm Wein spendieren und so eine günstige Gesprächsstimmung schaffen. Ja, das war's. So wollte er es versuchen.

Nachdem er noch rasch vier gleichlautende E-Mails, eine an Carola Harbach und die anderen an seine ›Privatlektoren‹, abgesetzt hatte, machte er sich auf den Weg, einen alten Russen zu knacken.

*

Da Kriminaloberrat Dr. Münzauer, sein Vorgesetzter in Konstanz, kein gutes Gefühl bei Wiegeles Plan hatte und vor allem nicht jene ›Gefahr im Verzug‹ sah, die für den Hauptkommissar sonnenklar war, verzögerte sich die Abfahrt nach Beuren etwas. Wiegele hatte zwar alle vorgeschobenen Argumente seines Chefs widerlegen können. Um den Einsatz nicht als Ganzes zu gefährden, musste er aber dessen Minimalforderung akzeptieren, nämlich Oberkommissar Bellmann als ›Verstärkung‹ mitzunehmen. Und der brauchte nun einmal eine gute halbe Stunde, bis er in Singen war.

Aber es gab nichts Schlimmes, das nicht auch sein Gutes gehabt hätte. Die erzwungene Pause verschaffte dem Hauptkommissar ausreichend Zeit, mit dem Uniklinikum in Freiburg zu sprechen und sich ausführlich nach dem aktuellen Zustand Just Vondermattens zu erkundigen. Und die Information, die Wiegele erhielt, war wirklich erfreulich.

»Sie hätten den Zeitpunkt Ihres Anrufs nicht besser wählen können«, freute sich der zuständige Arzt. »Und

Sie helfen uns damit, Telefonkosten zu sparen. Wir hätten Sie nämlich gleich von uns aus angerufen. Herr Vondermatten ist vor einigen Minuten aufgewacht.«

»Das ist ja wunderbar.« Wiegele spürte, wie ihm vor Erleichterung eine ganze Steinlawine vom Herzen fiel. »Wann kann ich mit ihm sprechen?«

»Rein technisch gesehen, sofort. Aber wir müssen jetzt erst einmal einige Untersuchungen durchführen. Vor allem wegen des Auges«, schränkte der Arzt ein. »Aber für den späteren Nachmittag spricht nichts gegen Ihren Besuch.«

Das war wahrhaftig eine gute Nachricht, und sie versetzte Wiegele schlagartig in beste Laune. Plötzlich freute er sich fast kindlich auf sein Wochenende in Wien, hatte kein schlechtes Gefühl mehr, an sein Privatleben zu denken, während sein Kollege im Koma lag. Sein Kopf war plötzlich wieder frei und vor allem auch sein Herz.

*

Der Tagungssaal des ›Schlosshotels Gabensberg‹ war fast leer, da die meisten Juroren, Komiteemitglieder, Teilnehmer und sonstigen Zuseher gerade die Kaffeepause im Wintergarten verbrachten. Die Wettbewerbe der Europagruppe I dauerten nun schon fast zwei Wochen an, und alle Beteiligten zeigten bereits Ermüdungserscheinungen. Gott sei Dank war heute der letzte Tag, an dem Kandidaten zur Kür antraten. Morgen würden nur noch die Sieger ausgezeichnet und etwas gefeiert werden. Und dann ging es endlich wieder nach Hause.

»Finden Sie nicht auch«, meinte gerade Diego Mendinez, der exzellent Deutsch sprechende Gastbeobachter aus

Kolumbien, zu Frank McInlighty, dem nordirischen Jurymitglied, »dass die Spiele insgesamt durch diese Vielzahl an neuen Wettbewerben und Subkategorien völlig unübersichtlich und in ihrer Bedeutung gemindert werden? Ich glaube, dass wir dieses Thema am nächsten Weltkongress der Gesellschaft ganz deutlich ansprechen sollten.«

»Well«, wollte sich der wortkarge Belfaster eben zu einer Antwort durchringen, als sich eine monotone Stimme über den Lautsprecher meldete.

»Achtung, attention please, attenzione, meine Damen und Herren, ladies and gentlemen, signore e signori. Ein Code 1214 ist eingetreten. Bitte verlassen Sie unverzüglich das Gebäude und das Gelände und nützen Sie die Zeit für individuelle Ausflüge in die schöne Umgebung. Wir gehen davon aus, dass der Alarm in drei Stunden wieder beendet werden kann. Bitte merken Sie sich das Codewort ›Rheinfall‹ für telefonische Rückfragen an die bekannte Notfallnummer. Wir wünschen Ihnen einen schönen Tag.«

Während die Stimme die Durchsage noch in mehreren Sprachen wiederholte, verließen die Anwesenden rasch, aber ruhig den Raum, das Hotel, den Ort und verloren sich in der Landschaft.

Code 1214 war nichts anderes als die Warnung vor einem wahrscheinlich bevorstehenden Besuch der Polizei. Etwas, mit dem die Anwesenden tagtäglich rechnen mussten und das sie daher im Gegensatz zu Normalsterblichen nicht sonderlich aus der Ruhe brachte.

Zehn Minuten nach der ersten Durchsage waren sämtliche der fast 120 Gäste des Hotels und des Gästehauses ›Veronika‹ sowie die rund 20 Mann ›Personal‹ verschwunden. Lediglich ein kleines, unverdächtiges, aber erprobtes

Empfangskomitee war geblieben, um den unerwünschten Besuchern Sand in die Augen zu streuen.

*

Kurz vor Beuren erhielt Wiegele einen Anruf von Dr. Bittner. Der Anwalt teilte dem Hauptkommissar mit, dass sich Francesca Doppoli soeben telefonisch aus Tarent bei ihm gemeldet habe. Sie hatte vom Tod ihres Chefs gehört und wollte noch heute Abend den Nachtzug von Reggio di Calabria nach Rom nehmen. Ab Montagmorgen könne sie für Befragungen zur Verfügung stehen.

»Warum hat sie sich eigentlich bei Ihnen und nicht bei, ich weiß nicht, halt bei jemand anderem gemeldet?«, wollte Wiegele wissen.

Der Anwalt zögerte einige Sekunden mit der Antwort. »Frau Doppoli weiß, dass Walter Webernitz, hchn, hchn…«, seinen Husten war er immer noch nicht los, »… mit mir befreundet und auch, dass er mein Klient war. Ich weiß nicht, wen sie sonst noch hier kennt, den sie so quasi offiziell zum Tod ihres Brötchengebers befragen könnte.«

»Und Erblassers«, warf Wiegele ein. »Ja, so wird es wohl sein. Danke, dass Sie uns gleich informiert haben. Ich bin übers Wochenende in Wie…, in wichtigen Angelegenheiten auswärts unterwegs.« Diese Kurve hatte der Hauptkommissar nur ganz knapp geschafft. Mariannes Vater musste wirklich nicht unbedingt wissen, dass es auch ihn nach Wien zog. »Ich setze mich dann am Montagvormittag wieder mit Ihnen in Verbindung.«

Wenige Minuten später erreichte der kleine Polizeikonvoi den Haupteingang des ›Schlosshotels Gabensberg‹ und hielt davor an. Auffallend war, dass der Parkplatz rechts von dem schmucken ehemaligen Jagdschloss bis auf zwei Fahrzeuge völlig leer war. Das sah ganz nach ›ausgeflogen‹ aus, ging es Wiegele durch den Kopf. Und das war gar kein gutes Zeichen.

»Sie beide bleiben bitte hier draußen und achten darauf, dass niemand abhaut«, wies der Hauptkommissar die beiden uniformierten Kollegen an. »Die anderen kommen mit mir.« Damit waren neben Helga Martens der über seinen derzeitigen Auftrag offenbar nicht sonderlich glückliche Oberkommissar Bellmann und sein Kollege Plischke gemeint.

Die vier betraten die kleine, reichlich mit Geweihen aller Art geschmückte Eingangshalle, die für Nichtjäger irgendwie etwas Bedrückendes an sich hatte. Im Übrigen war kein Mensch zu sehen.

Selbstbewusst trat die Martens an den kleinen Empfangstresen und klopfte zwei, drei Mal kräftig auf den darauf befindlichen Rufknopf. Kurz nachdem dieser sein etwas blechern klingendes ›Ping, Ping‹ von sich gegeben hatte, erschien ein würdevoll wirkender älterer Herr und erkundigte sich in gebrochenem Deutsch nach den Wünschen.

Wiegele hielt ihm seinen Ausweis unter die Nase. Dazu sagte er, um jeden Irrtum auszuschließen, auch noch »Kriminalpolizei, Hauptkommissar Wiegele« und stellte auch die Kollegen vor.

»Giorgio Gargarello, mi piace. Wie gann icke elfen?«, wollte der überhaupt nicht überrascht, auch nicht wie der Portier, sondern eher wie der Hoteldirektor wirkende Mann wissen. »Aben Sie vielleigt Durste?«

An und für sich liebte Wiegele ja Spielchen, auch solche dieser Art. Aber jetzt waren weder Zeit noch Anlass dafür und nur der Gedanke daran, dass Vondermatten wieder bei Bewusstsein war, ließ sein Bedürfnis, dem Mann einfach eine zu knallen, auf relativ niedriger Stufe verpuffen.

»Ja«, sagte da plötzlich Kollege Plischke, den Bellmann aus Konstanz mitgebracht und damit auch zu verantworten hatte.

»Was, ja?«, zischten Bellmann nervös und Wiegele verärgert, aber beide gleichzeitig.

»Ja, ich habe Durst«, wiederholte Plischke, ebenfalls ein Kommissaranwärter. »Kann ich vielleicht Wasser bekommen?«

»Aber sigger, figlio mio.« Freundlich deutete Gargarello zu der kleinen Bar in einer Ecke der Halle.

»Na wenn schon, dann trinken wir jetzt halt Wasser«, dachte sich Wiegele und beglückwünschte sich, dass man ihm Helga Martens und nicht diesen Plischke geschickt hatte. Falls das das Ergebnis einer insgeheim frauenfeindlichen Personalpolitik in der Polizeidirektion in Konstanz war, dann hatte Diskriminierung einmal auch etwas Gutes. Zumindest für ihn.

Danach gelang es Wiegele endlich, dem Erzmafioso, er war fest davon überzeugt, dass es sich nur um einen solchen handeln konnte, einige substanzielle Fragen zu stellen.

»Befindet sich unter Ihren Gästen ein Mann mit einer deutlich erkennbaren Narbe im Gesicht?«, wollte der Hauptkommissar als Erstes wissen.

»Scusi, ma wir aben mehr als underte Gäste«, antwortete der ›Majordomus‹ oder was immer der penetrant freundliche Kerl vorgab zu sein. »Ick genne sie nickte alle bei faccia, come si chiama, von Gesicht. Ich kann nicht sagen, aber ich glaube, nein.«

»Von wegen hundert Gäste«, warf die Martens ein, »wo sind die denn alle?«

Gargarello interessierte dieser Einwand nicht. Die Frau war nun einmal da, da konnte er nichts dagegen tun. Aber reden musste er nicht mit ihr. Nicht über geschäftliche Dinge, die waren Sache der Männer. Und damit basta.

Nach einigen Sekunden unterbrach Wiegele das peinlich werdende Schweigen. »Also, mich würde auch die Antwort auf die Frage interessieren, die Ihnen meine Kollegin gestellt hat«, meinte er und starrte Gargarello dabei unverwandt an.

»Scusi, ma icke abe nickte gute verstanden«, radebrechte der seit mehr als 30 Jahren in Chur lebende Tessiner, dass es nur so eine Freude war. »Könne wiederolen?«

Die Gäste hätten sich eben entschlossen, einen Ausflug in die wunderschöne Umgebung zu machen. Oder zum Kaffeetrinken in die Schweiz zu fahren oder was auch immer. Im Moment sei eben keiner da. »Wer weiße schon, wasse die Gaste so macken wolle, sono tutti pazzi. Capisce?« Dabei gab er dieses vor allem für ältere Männer typische zweideutige dreckige Lachen von sich.

»Und das Personal hat sich den Ausflüglern angeschlossen«, gab sich Wiegele ironisch, »oder haben heute alle ihren freien Tag?«

Gargarello ging auf den Einwand nicht weiter ein, sondern grinste nur blöde vor sich hin.

Helga Martens, die sehr wohl bemerkt hatte, dass sie in den Augen des kleinen italienischen Machos, zumindest als Polizeiangehörige, nicht existent war, wollte diesen Umstand ausnützen. Irgendwo hatte sie einmal gehört oder auch gelesen, dass die ›Schwächen deines Feindes deine Stärke sein können‹.

Den Gehalt dieses ihr klug erscheinenden Satzes hatte sie schon immer einmal testen wollen, und das hier schien ihr eine gute Gelegenheit dafür zu sein.

Und so begann sie ihre blitzschnell konzipierte Rolle zu spielen. Sie hielt sich den Bauch, verzog das Gesicht leicht, aber unverkennbar schmerzlich und stöhnte zwischendurch so leise auf, dass man es gerade noch wahrnehmen konnte. Sie machte ihre Sache so gut, dass Wiegele anfing, sich wirklich Sorgen um seine neue Mitarbeiterin zu machen. Zwischendurch blinzelte sie ihm aber zu. Was so viel bedeuten sollte wie: »Keine Sorge, Chef, alles unter Kontrolle.« Und dann verstand er: Helga wollte sich den offenbar besonders großen blinden Fleck Gargarellos zunutze machen und irgendetwas unternehmen. Sie hielt sich dafür für geeigneter als die männlichen Kollegen.

Eine neuerliche Krampfattacke schien die Martens gepackt zu haben. Hastig begann sie in ihrer Tasche zu kramen. Um dann das endlich Gefundene, eine Packung Tampons, kurz so zu zeigen, dass selbst dem Begriffsstutzigsten klar sein musste, um was es hier ging.

Gargarello, ganz Mann von Welt, war das natürlich auch nicht entgangen. Einer schwachen Frau konnte man verzeihen und musste ›Mann‹ helfen.

»Die Gange inunter, dann über die Stiege und reckts, das zweite Tür«, gab er monoton von sich und deutete dabei mit dem Arm zur gegenüberliegenden Seite der Halle. Irgendwie konnte man seinem starren Gesicht aber ansehen, wie widerlich er es fand, mit diesen urweiblichen Unzulänglichkeiten belästigt worden zu sein.

Helga Martens gab sich noch einmal kurz einer scheinbaren Krampfattacke hin, dann stand sie auf und schleppte sich gebeugt zur anderen Seite der Halle. In diesem

Moment lag ihr Wiegele für ihr schauspielerisches Talent zu Füßen. Natürlich nur im übertragenen Sinne. Denn ein wenig von einem Macho steckte auch in ihm.

Dann aber deckte der Hauptkommissar Signore Gargarello derart mit weiteren Fragen ein, dass diesem erst nach fast 20 Minuten bewusst wurde, dass diese Frau noch immer nicht zurückgekehrt war.

*

Als sich die Polizisten dreißig Minuten später wieder bei den Autos trafen, hatten auch die beiden im Freien gebliebenen Wachtmeister einen interessanten Beitrag zum aktuellen Erkenntnisstand zu leisten. Kurz nachdem die Kollegen in Zivil im Hotel verschwunden waren, war ein wütender Einheimischer mit seinem PKW erschienen und hatte einen Unfall mit Fahrerflucht gemeldet. Eigentlich hatte sich Theo Amstler, so hieß der Mann aus Beuren, im Hotel nach dem Halter eines silberfarbenen Audi A 8 erkundigen wollen, der ihn zuerst angefahren und dann noch in den Graben gedrängt hatte. »Und danach ist diese Sau nicht einmal stehen geblieben«, hatte sich der Mann nicht zu Unrecht erregt, wie die beiden Beamten fanden.

Gleichzeitig hatte ihnen Amstler berichtet, dass eine ganze Kolonne von Fahrzeugen aus der Hotelausfahrt gefahren war, die sich dann in alle Himmelsrichtungen zerstreut hatte.

Warum er nicht schon früher, gleich nach dem Unfall, zum Hotel gekommen sei, wollten die Polizisten noch wissen, nachdem sie die Anzeige aufgenommen hatten.

Amstler begründete das mit einem gewissen Unbehagen, das ihn angesichts der zum Teil finsteren, gefährlich wirkenden Gestalten in den Fahrzeugen überkommen hatte. »Ich wollte abwarten, überlegen, wie ich vorgehe«, hatte er erklärt und die Beamten hatten durchaus verstanden.

Helga war aus der Damentoilette durch ein Oberlicht in einen Hinterhof geklettert und so in die Küche gelangt. Die großen, mit noch halb garem, heißen Kochgut gefüllten Töpfe bewiesen, dass das Mittagessen in Vorbereitung gewesen war. Die sogenannten Ausflüge der Gäste waren also das, was Wiegele schon vermutet hatte, eine Flucht vor der Polizei.

Wer aber hatte Gelegenheit und Grund dazu, die bunte Gesellschaft offensichtlicher Galgenvögel aus aller Welt so rechtzeitig zu warnen, dass alle noch vor dem Eintreffen der Polizei verschwinden konnten? Die einzig logische Erklärung erschien Wiegele so schrecklich, dass er sie nicht zuließ und einfach verdrängte. Zumindest für den Augenblick.

Helgas kühner Schachzug, der nur deswegen nicht ins Auge gegangen war, weil es Gargarello nicht gewagt hatte, auf der Suche nach ihr das Damenklo zu betreten, hatte darüber hinaus auch interessante Beute gebracht: einige Listen, mit deren Inhalten sie im Moment noch nichts anfangen konnten. Da waren aber auch noch drei Videobänder, eines davon mit der Aufschrift ›Saladier‹. Was immer das bedeutete und ob es etwas mit den beiden Fällen zu tun hatte, würde sich erst später in Singen beantworten lassen.

Nur eines wusste Wiegele jetzt schon sicher: Er würde nichts unversucht lassen, um Helga Martens als dauerhafte Mitarbeiterin zu gewinnen.

4

Freitag, 25. Oktober, Nachmittag

Juri Malatschew aß schon seine Suppe, als Palinski das ›Café Kaiser‹ betrat. Natürlich war es wieder eine Grießnockerlsuppe, die der alte Russe mit fast spiritueller Andacht in sich hineinlöffelte. Er liebte diese flaumige, unvergleichliche Suppeneinlage, die niemand so gut zubereiten konnte wie seine Großmutter in Kasan, die eine halbe Böhmin gewesen war. Gott sei ihrer armen Seele gnädig. Aber die Grießnockerln im ›Café Kaiser‹ kamen diesem unerreichten Ideal weltweit am nächsten.

Vorsichtig näherte sich Palinski dem Tisch. Juri hasste nichts mehr als beim Essen gestört zu werden. Da konnte der gutmütige Bär rasch grantig werden.

»Mario, mein Freund, was drückst du dich so in der Gegend herum?«, brummte Juri. »Sei mutig und tritt an meinen Tisch, wenn du etwas von mir willst. Oder setze dich woanders hin, aber dein Herumstehen macht mich ganz nervös.«

»Gospodín Juri, es ist mir eine Ehre«, flachste Palinski zurück, »darf ich an deinem Tisch Platz nehmen?«

»Da«, meinte der Russe, »das heißt ›ja‹, aber das weißt du ohnehin. Also nimm Platz und sprich.«

Nach dieser eher urigen Eröffnung benahmen sich die beiden, ja, man konnte sie ruhigen Gewissens als Freunde bezeichnen, völlig normal. Zumindest für ihre Verhältnisse.

»Juri, ich möchte dich zu diesem Essen einladen«, begann Palinski, »und ich möchte ein Glas Wein mit dir trinken. Wie denkst du darüber?«

»Eine wunderbare Idee. Ich nehme den offenen Soave, der ist sehr ordentlich.« Das Schöne an Malatschew war, dass er sich in solchen Situationen nicht lange zierte, sondern gleich bestellte. Und immer nur das Beste aus Küche und Keller.

Sonja, die langjährige Seniorservierin im ›Kaiser‹ pirschte sich ebenfalls vorsichtig heran. Sie wusste aus eigener Erfahrung, was jetzt kommen würde. Es wäre nicht das erste Mal, dass ein schlichtes Suppenessen in ein stundenlanges Gelage mit einer Rechnung in einem ansprechenden dreistelligen Eurobereich mündete. Ihr konnte das nur recht sein.

»Das Menü storniere ich«, kündigte Juri, der bereits bestellt hatte, an. »Stattdessen nehme ich einmal das geräucherte Filet der Lachsforelle, dann den Tafelspitz mit Röstern und Schnittlauchsauce. Über Dessert und Käse entscheiden wir später. Und was nimmst du, Mario?«

Das würde ein harter Nachmittag werden, schoss es Palinski durch den Kopf. Blitzartig überschlug er seine Barschaft, aber egal. Unter diesen Umständen würde er sicher Kredit bei Sonja bekommen.

»Ich schließe mich an. Und dazu einen Liter Soave sowie eine große Flasche Mineralwasser«, nickte er Sonja zu. »Und ein paar von diesen köstlichen Weckerln und etwas Butter bitte.«

»Nehmen Sie noch eine Suppe vorher?«, wollte die Perle des ›Kaiser‹ wissen, die nichts auslassen und offenbar einen neuen Rechnungsbetrags-Lokalrekord anpeilen wollte. Doch Palinski winkte zu ihrer Enttäuschung ab.

Dann schwiegen sich die beiden Freunde einige Zeit nur an, delektierten sich an den köstlichen Forellen aus dem niederösterreichischen Voralpengebiet und schwiegen weiter. Es war die reinste Kraftprobe, die Palinski schließlich verlor.

»Sag einmal, Juri, du hast doch das Manuskript, das ich dir vor mehreren Wochen gegeben habe, auch gelesen«, tastete er sich vorsichtig vor.

»Du meinst ›Spiele im Schatten‹, diese hübsche Geschichte um Morde, die in Wirklichkeit so nie durchgeführt werden könnten, wie du sie dargestellt hast?« Malatschew hatte eine Art, Ambivalenz zum Ausdruck zu bringen, die verwirrte.

»Du meinst also, dass die von mir beschriebenen Methoden, jemanden umzubringen, in der Praxis nicht funktionieren würden«, fasste Palinski noch einmal zusammen, um sicherzugehen, dass er richtig verstanden hatte.

»Das ist meine Meinung. Macht aber nichts, das ist eine hübsche Geschichte, wird den Lesern gut gefallen. Du hast einen guten Stil und ein Gespür für hintergründige Spannung.«

»Dann erkläre mir doch einmal, warum die beiden Morde in einer süddeutschen Stadt möglicherweise exakt so stattgefunden haben, wie ich das in meiner hübschen Geschichte«, die beiden letzten Worte betonte Palinski besonders, »beschrieben habe.«

Diese Eröffnung überraschte sogar den abgebrühten alten Russen. Er ließ die bereits auf dem Weg zum Mund befindliche Gabel mit einem wunderbar saftigen, in die herrlich sämige Schnittlauchsauce getauchten Stück Rindfleisch wieder sinken.

»Du willst mir allen Ernstes erzählen, dass jemand mit

einem als Vortragswerkzeug getarnten Laser einen tödlichen Unfall herbeigeführt hat?«, zweifelte er.

»Ja. Bloß, dass das Opfer erfreulicherweise überlebt hat. Wahrscheinlich wird der Mann aber mit dem linken Auge nichts mehr sehen können.« Der Ernst in Palinskis Stimme verriet ihm, dass das kein makabrer Spaß war.

»Und sie haben tatsächlich ein weiteres Opfer auf einen Tisch aus Eis gestellt? Und gewartet, bis das Eis schmilzt, damit sich die Schlinge um den Hals zuzieht?«

»Das ist wahrscheinlich so gewesen«, bestätigte Mario, »auch wenn das Wasser natürlich längst abgeflossen war, als der Mann gefunden wurde. Nicht einmal mehr nasse Flecken waren zu sehen.«

»Was es nicht alles gibt«, wunderte sich Juri. »Da wird man so alt und glaubt schon alles zu kennen. Und dann das. Aber wieso macht jemand so etwas Idiotisches?«

Palinski fand es bemerkenswert, dass der Russe nicht entsetzt war über diese schreckliche Tat. Oder bestürzt, dass es so schlechte Menschen gab. Nein, was ihn bewegte, war, dass jemand so idiotisch sein konnte. Mario wusste wirklich nicht, was er davon halten sollte.

»Genau das ist die Frage, die mich beschäftigt«, stellte er klar. »Wieso wurden Methoden angewendet, die idiotisch sind und bestenfalls für einen Kriminalroman taugen? Noch dazu für einen Krimi, der noch gar nicht erschienen ist?«

Juri wackelte eigenartig mit dem fast kahlen Kopf. »Und wo hat das Ganze stattgefunden?«, wollte er jetzt noch wissen.

»In Singen. Das ist eine …«, wollte Palinski antworten, aber Malatschew fiel ihm ins Wort: »… Stadt in Süddeutschland, nahe der Schweizer Grenze. Ich weiß, was und wo Singen ist.«

Dieses einfache, wahrhaft unschuldige und mehrdeutige Wort, das unter anderem auch den Namen einer Stadt im Hegau bedeutete, hatte auf Juri eine verblüffende Wirkung gehabt. Er nahm sein Glas, von dem er bisher nur genippt hatte und leerte es in einem Zug. Dann schenkte er sich den noch im Krug befindlichen Rest nach und leerte das Glas erneut.

»Also, was sagst du dazu?« Palinski wollte jetzt langsam eine Antwort auf seine Frage.

»Ich denke, wir, das heißt du, solltest jetzt zahlen. Ich möchte einige Meter laufen, ehe wir uns irgendwo anders einen Nachtisch und einen Kaffee genehmigen.« Juri dachte offenbar nicht daran, das ursprüngliche Gespräch wieder aufzunehmen. Vielmehr starrte er Mario an und bewegte seinen Kopf leicht hin und her. Es war ein stummes *Nein*, das der Russe seinem Gegenüber zusandte. Das aber hatte keine Ahnung, warum. Mario erkannte nur, dass er hier keine Antwort mehr bekommen würde und rief nach der Rechnung.

Enttäuscht musste Frau Sonja die beiden mehr oder weniger alkoholisierten Gäste heute mit der lediglich achthöchsten Pro-Kopf-Konsumation in der Geschichte des ›Kaiser‹ ziehen lassen.

*

Als Wiegele die Intensivstation im Uniklinikum Freiburg erreichte, zeigte der kleine Zeiger seiner Armbanduhr noch auf die Vier, während der große gerade auf die Drei sprang.

Im Eingangsbereich kam ihm eine schon wieder viel besser aussehende Erika Vondermatten in Begleitung einer älteren Frau entgegen. Ihrer Mutter, wie sie erklärte.

»Die Ärzte sind mit Justs Genesungsfortschritten zufrieden«, strahlte die werdende Mutter. »Vielleicht kann man sogar noch eine gewisse Sehkraft des linken Auges retten. Auf jeden Fall ist eine Netzhauttransplantation heute medizinisch kein Problem mehr, hat der Professor gemeint.«

Just Vondermatten hatte all seinen Optimismus offenbar für seine Frau aufgebraucht, denn auf Wiegele machte er einen eher verzweifelten, niedergeschlagenen Eindruck. Er bemühte sich zwar um ein Lächeln, als sein Chef das Zimmer betrat. Aber der Versuch ging daneben, denn plötzlich hatte der junge Kommissar Tränen in den Augen.

»Gott, ist das eine beschissene Situation«, lamentierte er los, kaum dass sich der Hauptkommissar gesetzt hatte. »Was soll bloß aus mir werden?«

»Ich kann mir vorstellen, wie du dich fühlst«, räumte Wiegele ein. »Aber genauso gut könntest du tot sein. Wenn du dich vorschriftsmäßig angeschnallt hättest, wärst du wohl kaum mehr unter uns. Also sieh nicht das halb leere Glas, sondern das halb volle.« Dann informierte er den Schwerverletzten über den aktuellen Stand der Ermittlungen. »Wir haben auch dein Diktiergerät gefunden. Das war sehr clever, einen Bericht auf Band zu sprechen. Ich denke, dass wird uns sehr helfen, die Täter zu finden.« Jetzt flunkerte Wiegele ein wenig, um Just etwas aufzubauen.

»Ich glaube, ich weiß sogar, wer die Frau in dem Wagen war, aus dem heraus mich dieser komische Strahl im Auge getroffen hat«, ließ Vondermatten jetzt eine kleine Bombe los.

Zuerst meinte Wiegele, sich verhört zu haben. »Du glaubst was?«, entfuhr es ihm. »Weißt du, was ich jetzt verstanden habe? Dass du weißt, wer die Frau in dem anderen Auto war.«

»Das habe ich ja auch gesagt«, bestätigte der Schwerverletzte, der sich jetzt wieder voll im Griff zu haben schien.

»Plötzlich war der Wagen auf gleicher Höhe neben mir. Sie hat mich angelacht, ist sich mit der Zungenspitze langsam über die Lippen gefahren. Immer hin und her. Du weißt schon, provokant, ganz so, wie man das auch in Pornovideos sehen kann.«

Wiegele war aus dem Alter schon einige Zeit raus, konnte sich aber durchaus vorstellen, was sein Kollege meinte.

»Dann hat sie, das musst du dir einmal vorstellen, eine Brust, ich glaube, es war die linke, aus dem Bikinioberteil geholt und mir so hingehalten.« Er wollte mit einer Bewegung der rechten Hand die Art der Präsentation andeuten. Da ihm das aber offenbar Schmerzen bereitete, brach er den Versuch wieder ab. »Und dann hat das Auge schon gebrannt wie Feuer. Der plötzliche Schmerz war unbeschreiblich. An das, was danach war, kann ich mich nicht mehr erinnern.«

»Du hast gesagt, du weißt, wer die Frau war, die dich als Lockvogel abgelenkt hat«, erinnerte sich Wiegele. »Wie heißt das Miststück denn?«

»Ihren Namen weiß ich nicht. Aber ich habe an der Unterseite ihrer Brust ein sehr auffälliges Mal gesehen. Etwa in Form und Größe einer Erdnuss, dunkelbraun.« Vondermatten versuchte an den Schnabelbecher am Nachttisch heranzukommen. Wiegele hielt ihm den Becher hin und wartete, bis er getrunken hatte.

»Heute Mittag ist mir wieder eingefallen, wo ich das Mädchen mit der Erdnuss schon einmal gesehen habe«, fuhr Just fort. »Vor einem halben Jahr waren wir bei

Freds Polterabend im ›Chez Nous‹ in Schaffhausen. Da hat das Biest als Gogo-Girl getanzt. Wie ich ihr Mal gesehen habe, habe ich mir noch gedacht, ob das nicht Hautkrebs ist.« Er lachte bitter auf. »Ist es aber offenbar nicht. Die Nuss ist nicht größer geworden seit damals, Glück gehabt.«

»Ob das ein Glück war oder nicht, wird die Gute erst beurteilen können, sobald feststeht, wieviel Jahre sie für die Beihilfe zum Mordversuch abzusitzen haben wird«, relativierte der Hauptkommissar. »Also, die Dame werden wir uns so rasch wie möglich greifen.«

Er hatte auch schon eine ganz konkrete Vorstellung davon, wie er das rasch und unbürokratisch bewerkstelligen konnte. Aber damit wollte er seinen Kollegen jetzt nicht belasten. Eine Sache interessierte ihn aber schon noch brennend. »Sag, hast du deiner Frau auch alle Details von dem Anschlag erzählt?«

Vondermatten rang sich trotz Schmerzen ein Grinsen ab, dann schüttelte er verneinend den Kopf.

*

In der Zwischenzeit hatten sich Mario und Juri von einem Taxi zum Lusthaus im Prater bringen lassen. Hier, bei Topfenstrudel und Cappuccino gelang es Palinski, den zwischenzeitlich verstummten Russen wieder zum Reden zu bringen.

»Was ist denn los gewesen? Plötzlich hast du zugemacht wie eine Auster«, wunderte er sich.

»Das ›Café Kaiser‹ wird abgehört« begann Malatschew mit einer höchst eigenartigen Erklärung. »Daher ist es besser, gewisse Dinge dort nicht auszusprechen.«

Palinski glaubte nicht, was er da hörte. »Was redest du da? Wieso wird das ›Kaiser‹ abgehört?«

»Weil sich in diesem Kaffeehaus immer wieder Leute treffen, die etwas miteinander besprechen, was andere Leute interessiert«, lautete die in ihrer schlichten Logik überzeugende Antwort.

»Und wieso weißt du das?«

»Weil ich einer dieser Menschen bin, die das wissen wollen.«

»Wieso? Bist du so eine Art …« Palinski hatte Probleme mit der richtigen Formulierung. »… Spion oder etwas Ähnliches?«

»Könnte man sagen«, räumte der Russe ohne Umschweife ein.

»Aber du bist doch Journalist, habe ich bisher geglaubt.« Palinski konnte nicht fassen, was er da hörte.

»Bin ich auch«, bestätigte Juri, »aber was sagt das schon aus? Was weißt du eigentlich über mich? Dass ich Russe und an einem 21. August vor vielen Jahren in Kasan geboren worden bin. Dass mein Vater in der Abwehrschlacht um Stalingrad getötet worden ist, weißt du zum Beispiel nicht. Auch nicht, dass ich von 1974 bis zum Fall der Berliner Mauer in Ostberlin gelebt habe und dass meine Frau und meine kleine Tochter 1985 bei einem Autounfall umgekommen sind. Und dass ich 1989 über Prag nach Wien gekommen bin und seither hier lebe. Du weißt also so gut wie gar nichts von mir.« Er unterbrach sich und winkte dem Kellner, bei dem er einen großen Cognac bestellte.

»Warst du beim …, na du weißt schon: bei diesem berühmten Geheimdienst?« Palinski war plötzlich, völlig untypisch für ihn, sehr direkt geworden. »Lubjanka und so?«

»Das ist der Name eines Platzes in Moskau, auf dem ich auch schon gewesen bin. Das alleine hat aber noch gar nichts zu bedeuten«, merkte Juri kryptisch an. Aber Palinski war sich plötzlich sicher, mit seiner Vermutung richtig zu liegen.

»Wirst du mich jetzt, wie heißt das in eurer Branche, ›nass entsorgen‹«, witzelte Mario, dem aber nicht ganz wohl dabei war.

»Du hast eindeutig zu viele schlechte Spionageromane gelesen«, schmunzelte der Russe. »Egal, ob CIA, MI 6 oder KGB, mehr als 90 Prozent der Mitarbeiter dieser Organisationen sind brave, harmlose Leute, die abends zu ihren Familien nach Hause gehen und in ihrem ganzen Leben keiner Fliege etwas zuleide tun. Dazu gehöre auch ich.«

Palinski hörte die Botschaft, alleine es fehlte ihm der rechte Glaube. Der durch Juris folgenden plumpen Scherz noch mehr erschüttert wurde: »Ich kenne aber genug Leute, die das gerne für mich übernehmen.« Er lachte dröhnend, aber Palinski fand das gar nicht lustig.

Inzwischen war der Cognac serviert worden und ebenso schnell wieder in Malatschews gewaltigem Körper verschwunden.

»Jetzt wirst du sicher wissen wollen, warum ich bei der Nennung des Namens ›Singen‹ so reagiert habe?«, vermutete er.

Palinski nickte zustimmend, aber Juri war in seiner heutigen Mitteilsamkeit ohnehin nicht zu stoppen.

»Was weißt du eigentlich über das organisierte Verbrechen?«, setzte er seine Ausführungen mit einer Frage fort.

»Na ja, Mafia, Camorra, Cosa Nostra, Triaden, Yakuza, die Al-Khaida, die Drogenkartelle in Kolumbien«, zählte Palinski auf und überlegte, aber im Moment fielen ihm keine Organisationen des Bösen mehr ein.« »Alles ganz schlimme Finger, ohne die die Welt besser wäre.«

Wenn er ehrlich war, musste er zugeben, dass er außer einigen gängigen Schlagworten nichts zu dem Thema beitragen konnte.

»Deine Wortspende beweist nicht nur, dass du keine Ahnung hast, sondern dass du darüber hinaus auch nicht frei von rassistischen Tendenzen bist. Wie übrigens die meisten von euch arroganten Europäern. Aber nicht nur die.«

Palinski war sprachlos über diesen unvermuteten Ausbruch. Als er endlich soweit war, gegen diese ungeheuerliche Unterstellung zu protestieren, hatte Juri schon wieder das Wort ergriffen.

»Du wirst jetzt sicher wissen wollen, wie ich zu dieser unerhörten Behauptung komme«, stellte der Russe fest.

»Na, da möchte ich doch sehr darum bitten.« Palinski, sonst nicht so leicht aus der Ruhe zu bringen, war tatsächlich sauer – ›angefressen‹, wie man in Wien sagte.

»Zum organisierten Verbrechen fallen dir außer ein paar dunkelhaarigen Sizilianern vom so genannten ›mediterranen Typ‹ nur Chinesen, Japaner, Araber und Südamerikaner ein. Und die Schwarzen sind alle Drogendealer.« Juri blickte Mario streng an.

»Bloß Europäer kommen in deiner scheinheiligen Welt als Kriminelle großen Stils wohl nicht in Frage. Das ist genau die Arroganz und Borniertheit, an der dieser Kontinent einmal zugrunde gehen wird. Und diese reflexartige Fixierung darauf, dass die Bösen immer eine andere Hautfarbe haben müssen, weil die Weißen nun einmal die Guten sind, nenne ich rassistisch.«

»Ja aber ...«, wollte Palinski entgegnen, ließ es dann

aber bleiben. Je mehr er darüber nachdachte, desto mehr kam er zu der Überzeugung, dass an Malatschews Philosophie durchaus was dran war. Irgendwie war selbst er der unterschwellig in Europa noch immer vorhandenen ehemaligen Kolonialherrnpräpotenz zum Opfer gefallen. Das irritierte ihn sehr.

Juri schien Palinskis Gedanken erraten zu haben. »Aber nimm es nicht zu tragisch«, versuchte er ihn zu beruhigen, »kaum ein Mensch ist völlig frei von dieser Art Vorurteilen. Was meinst du wohl, was für Riesenrassisten die Chinesen und Japaner sind. Dagegen sind wir die reinsten Gutmenschen.« Er lachte wieder sein dröhnendes, versöhnliches Lachen.

»Das ist ja hochinteressant«, räumte Palinski unwillig ein. »Aber was hat das alles mit Singen zu tun?«

»Eure Ungeduld wird euch noch einmal kaputtmachen«, brummte der Russe. »Ich werde gleich darauf kommen. Damit du aber die Zusammenhänge richtig verstehst, musst du vorher einige Dinge wissen.« Er fasste den vorbeieilenden Kellner am Ärmel und bestellte noch einen Cognac, natürlich wieder einen doppelten.

Langsam konnte Palinski nur noch hoffen, dass man hier auch seine Kreditkarte akzeptieren würde.

»Also, das organisierte Verbrechen ist einerseits eine Welt für sich, ein eigenes Universum mit allem, was dazugehört«, fuhr Juri fort zu dozieren. »Andererseits ist die Grenze zu dieser, unserer Welt so lange wie der Äquator, schwimmend und durchlässig. Es gibt nicht Schwarz oder Weiß, wie man uns immer wieder einzureden versucht. Nein, es gibt nur eine enorme Anzahl unterschiedlichster Grautöne. Eine Skala, die von fast schwarz bis annähernd weiß reicht.«

Inzwischen war der zweite Cognac bereits leer. »In dieser speziellen Welt mit ihren schwimmenden Grenzen zu unserer Welt heben sich ihre extremen Exponenten, wie zum Beispiel Mafia oder Yakuza als geschlossene Gesellschaften mit sehr strengen Regeln deutlich von der großen, amorphen Masse ab, zu der auch Politiker, Wirtschaftsbosse, hohe Verwaltungsbeamte und andere prominente Menschen der Gesellschaft gehören. Zum größten Teil unbewusst und ungewollt, zum Teil aber durchaus auch wissentlich und willentlich. Meistens von Eigennutz verleitet und angetrieben. Manchmal auch aus falsch verstandenem oder irregeleitetem Idealismus. Das Ganze ist ein gewaltiges weltumspannendes Netzwerk, eine Globalisierung auf einem Niveau, von der die so genannte ›normale‹ Welt in ihrem Globalisierungswahn nur träumen kann.«

Juri hielt wieder einmal inne, holte umständlich eine Zigarre aus der Jackentasche, schnitt die Spitze ab und setze sie in Brand. Während er genussvoll die ersten Züge tat, wurde Palinski nach einem Blick auf seine Uhr immer ungeduldiger.

»Das ist alles sehr interessant, Juri«, räumte er ein, »aber …«

»… was hat das alles mit Singen zu tun?« Malatschew schüttelte den Kopf. »Wie kann man nur so ungeduldig und gleichzeitig so unhöflich sein? Du willst, dass ich dir eine komplexe Angelegenheit erkläre, aber du willst nicht zuhören. Ein letztes Mal: Entweder du hörst jetzt zu und nervst mich nicht alle fünf Minuten mit deinem ›Was hat das mit Singen zu tun?‹, oder wir brechen das Ganze sofort ab. Ist das klar?«

Klar war es klar, und Palinski gab das mit einem

Nicken zu verstehen. Dann bestellte er sich auch einen großen Cognac.

*

Es war schon früher Abend und die Dämmerung hatte bereits eingesetzt, als Wiegele und Helga Martens zurück ins Büro kamen. Der Hauptkommissar bat die Kommissarsanwärterin, sich schon einmal mit den im Schlosshotel ›gefundenen‹ Gegenständen zu befassen, sich das Videoband anzusehen und sich Gedanken über die Listen zu machen.

Dann setzte er sich hin und stellte sich der bis jetzt verdrängten, nunmehr aber nicht mehr zu umgehenden Frage, wer den Mob im ›Schlosshotel Gabensberg‹ vor dem beabsichtigten Polizeibesuch gewarnt hatte. Vor einem Einsatz, den er selbst erst eine Stunde vorher beschlossen und von dem nur die daran teilnehmenden Kollegen gewusst hatten.

Dann war da noch Kriminaloberrat Dr. Münzauer, der ihm Oberkommissar Bellmann als Aufpasser aufs Auge gedrückt hatte, und dieser selbst, der die Aktion um eine halbe Stunde verzögert hatte. Dreißig Minuten Zeit für das Pack, sich abzusetzen. Das war fast zu offensichtlich, um wahr sein zu können. Es war also durchaus möglich, ja wahrscheinlich, dass der Oberrat nicht aus eigenem Antrieb, sondern im Auftrag gehandelt hatte.

Wenn das so gewesen war, in wessen Auftrag? Des Polizeidirektors in Konstanz oder seines Stellvertreters? Oder eines unsichtbaren Granden im Landeskriminalamt?

Das Schlimmste daran war aber, dass Wiegele im Moment nicht wusste, wem er noch trauen konnte und wem nicht. Und das war, abgesehen von allem anderen, ein wahrhaft beschissenes Gefühl.

Wiegele beschloss, Helga Martens zu vertrauen. Denn einen Menschen brauchte er ganz einfach, und bei ihr hatte er ein gutes Gefühl.

Im Übrigen würde er zunächst einmal inoffizielle Möglichkeiten nutzen, um die Angelegenheit weiter voranzutreiben. Dazu gehörte ab sofort auch, vertrauliche Gespräche nur mehr über sein privates Wertkartenhandy zu führen, das er sonst nur für Gespräche mit Marianne nutzte. Davon wusste niemand, und es war nicht zurückzuverfolgen. Hoffte er zumindest.

Mit einigen Anrufen stellte er die Weichen für eine möglichst problemlose, aber effiziente Verhaftung einer an einem Mordversuch beteiligten Gogo-Tänzerin. Das kleine Komplott würde ihn zwar privat eine Menge Geld kosten, dafür würde sich die saubere Dame aber mit hoher Wahrscheinlichkeit auch ab Montagabend in seinem Gewahrsam befinden.

Nachdem das erledigt war, ging der Hauptkommissar in das Büro Vondermattens, in dem sich Helga Martens vorübergehend einquartiert hatte. Die junge Kollegin legte gerade ein Videoband ein, und gleich darauf war die unverwechselbare Silhouette des Wiener Kochhistorischen Museums auf dem Bildschirm zu erkennen. Wortlos folgten beide dem Geschehen.

Einige Minuten später war es die Martens, die als Erste die Sprachlosigkeit überwand. »Es klingt verrückt, Herr Hauptkommissar, aber es sieht ganz so aus, als ob hier eine Art Wettbewerb um das cleverste Verbrechen stattgefunden hat. Dabei geht es offenbar um einen Preis, einen ›Crime Award‹. Und der Beitrag ›Salatschüssel‹ hat beste

Chancen darauf.« Sie deutete auf eine der Listen. »Juror Nummer 5 hat diesem Coup für Idee, Ausführung und Effizienz jeweils eine glatte Eins gegeben. Es ist kaum zu glauben.«

»Und woher haben Sie das?«, wollte Wiegele wissen.

»Das hat noch in einem Videorekorder gesteckt, der gar nicht mehr angeschlossen war«, erklärte sie. »Ich musste das Gerät erst wieder aktivieren, um das Band herauszubekommen.«

»Das war sehr gute Arbeit, Helga, Pardon, Frau Martens«, lobte der Hauptkommissar. »Was halten Sie eigentlich davon, auf Dauer nach Singen zu kommen?«

Da lachte die Martens fröhlich auf. »Das klingt nicht schlecht. Hier habe ich in einem Tag mehr erlebt als in Konstanz das restliche Jahr über. Aber nur unter der Bedingung, dass Sie Helga zu mir sagen«, fügte sie scherzhaft dazu.

*

Nach zwei weiteren Cognacs, je einen für Malatschew und Palinski, waren sie Singen ziemlich nahe gekommen. Zumindest hoffte der inzwischen reichlich beschickerte Palinski das.

Der Russe hatte ihm lang und breit das streng hierarchisch organisierte, ja, mitunter sogar feudalistisch anmutende System der geschlossenen Gesellschaften innerhalb des organisierten Verbrechens erklärt. Er hatte auf die soziale Verantwortung, die Fürsorgepflicht der Spitzen für ihre Angehörigen hingewiesen, der die lebenslange Verpflichtung zu strikter Loyalität und Treue gegenüberstand. Für Verräter gab es nur eine Strafe.

In den letzten Jahrzehnten hatte sich darüber hinaus eine Art ›Internationale‹ der führenden Organisationen sowie ein reger Austausch zwischen diesen entwickelt. Diese ›gesellschaftlichen Kontakte‹ liefen inzwischen zwar nicht immer amikal, aber doch im Wesentlichen reibungslos ab. Streitigkeiten wurden vor einem Komitee, vergleichbar dem Sicherheitsrat der Vereinten Nationen, abgehandelt, in dem alle wichtigen Members Sitz und Stimme hatten. Urteile dieser Institution waren zu beachten und wurden notfalls auch mit Gewalt durchgesetzt.

Die neueste Meldung aus diesem eigenartigen Paralleluniversum war aber, dass im März nächsten Jahres in Las Vegas die erste ›Weltmeisterschaft der Killer‹ stattfinden sollte, wie Malatschew den unfassbaren Event bezeichnete.

»Dabei werden in verschiedenen Kategorien wie zum Beispiel ›Auftragsmord‹, ›Mord als Selbstmord / Unfall getarnt‹ und Ähnlichem die Besten der Welt ermittelt. Dazu kommen noch Wettkämpfe im Schießen, in den diversen Kampftechniken und mit Motorfahrzeugen«, erläuterte der Russe das Programmschema der makaber zu werden versprechenden Veranstaltung.

»Eigentlich erinnert der Modus mehr an Olympische Spiele. Für die Dauer der Veranstaltung herrscht Burgfriede zwischen den teilnehmenden Organisationen und die Sieger werden gefeiert wie Helden.« Juri war jetzt Gott sei Dank auf Mineralwasser übergegangen und füllte sein Glas.

»Diese WM soll alle sechs Jahre stattfinden und verspricht darüber hinaus eine Art Weltmesse für die Branche zu werden, auf der die Spezialisten ihren Wert bestimmen und sich gleichzeitig potenziellen Kunden präsentieren können. So, und jetzt kannst du mich wieder fragen.«

Der viele Alkohol und das lange Sitzen hatten Palinskis Gehirn offenbar etwas einrosten lassen. Was, verdammt noch mal, sollte er Malatschew fragen?

»Natürlich, was das alles mit Singen zu tun hat«, half ihm Juri auf die Sprünge. »Ich sage es dir jetzt. In Singen hat in den letzten Tagen die Vorausscheidung der Europagruppe I stattgefunden. Das heißt, dass sich die Elite der Mordspezialisten aus Frankreich, Italien, Deutschland, der Schweiz und Österreich getroffen hat, um den Besten der Besten zu küren. Offenbar hat sich jemand deine Mordideen geborgt, um in der Kür besonders gute Bewertungen zu bekommen. Ich glaube, du warst einfach ungewollt Lieferant zweier origineller Ideen, die dann umgesetzt wurden.«

Er klopfte Mario scheinbar anerkennend auf die Schulter. »Das ist der Lohn für deine reiche, leicht perverse Fantasie.«

Palinski stand unter Schock. Er wusste nicht, ob er weinen oder lachen sollte. Schließlich entschloss er sich zu beidem.

»Aber wie sind meine Ideen bloß in die kranken Köpfe dieser Menschen gekommen?«, jammerte er.

»Keine Ahnung«, bedauerte Juri, »ich weiß nur, von mir nicht.«

Aber Palinski gab nicht so schnell auf. »Hast du wenigstens eine Idee, einen Tipp, mit wem ich noch darüber sprechen könnte?«

»Nein, ich habe keine Idee«, betonte der Russe ein wenig barsch. »Aber selbst wenn ich eine hätte, würde ich dir keinen Namen nennen. Ich habe mich heute ohnehin schon weit mehr aus dem Fenster gelehnt, als gesund für mich sein könnte. Ich bin nur ein einfacher ehrlicher Makler zwischen den beiden Welten. Also respektiere das und behandle unser Gespräch vertraulich.«

Palinskis fröhlicher Schwips war einer herben Ernüchterung gewichen. Sein unglückliches Gesicht veranlasste Malatschew aber immerhin noch zu einem kryptischen Nachsatz.

»Ich weiß allerdings, dass du jemanden kennst, der dir weitere Antworten geben kann. Ohne dass du deswegen nach Kanada fahren musst. Ein großer Mann aus deiner Vergangenheit, der dir noch einen Gefallen schuldet. Mit dem solltest du dich arrangieren, wenn es soweit ist.«

»Und wer sollte das sein?«, bohrte Palinski, doch der Russe winkte ab. »Da musst du schon selbst draufkommen, mein Freund. Und das wirst du auch. Du musst nur etwas abstrakter, weiträumiger denken. Aber auch wieder nicht zu weit.«

5

Samstag, 26. Oktober

Wiegele hatte früh aus den Federn müssen an diesem Morgen, um die Maschine von Stuttgart nach Wien um 8.25 Uhr zu erreichen.

Nach den Nackenschlägen der letzten Tage erschien ihm dieser auch wettermäßig wunderschöne Morgen als ein Versprechen für das gesamte Wochenende. Ein Wochenende mit Marianne, mit seiner Liebe in Wien.

Aber auch mit Palinski und einem ernsten Problem, das er lösen oder ihm zumindest auf die Spur kommen musste.

Komisch, wie sich die Dinge fügten. Er hatte Palinski vor einem Jahr kennen gelernt, als dieser mit Familie zu Besuch bei Dr. Bittner war. Bittners Sohn Guido, Assistent an der Universität in Wien, und Tina Bachler, Palinskis Tochter, waren ein Paar, und die gemeinsame Zukunft sollte damals sozusagen offiziell verkündet werden.

Palinski hatte den bis dahin gesellschaftlich eher muffigen Hauptkommissar auf den abendlichen Empfang bei den Bittners mitgenommen. Bei der Gelegenheit war Wiegele seiner großen Liebe Marianne wieder begegnet, derentwegen er aus Stuttgart in die ›Singener Wüste‹ geschickt worden war. Als sich dann noch herausgestellt hatte, dass seine Marianne die ältere Tochter des Anwalts war, mutierte der verliebte Hauptkommissar zum überzeugten Vertreter der Ansicht, dass alles im Leben vorbestimmt war. Seit damals waren die beiden wieder zusammen, allerdings immer nur unter Ausschluss jeglicher Öffentlichkeit.

Die letzte Nacht war nur kurz gewesen, denn Wiegele hatte noch eine Kopie des Videobandes mit dem ›Raub der Saladier‹ anfertigen lassen. Er wollte es über Palinski den Wiener Kollegen, für die dieser konkrete Fall ja einen ganz anderen Stellenwert hatte, inoffiziell zur Verfügung stellen. Bis die Dokumentation dieser bemerkenswert frechen Tat über die offiziellen Kanäle nach Wien kommen würde, würde nämlich noch viel Wasser die Donau hinabfließen.

Während Wiegele so seinen Gedanken nachhing, musste er wohl eingenickt sein. Denn das Nächste, das er wahrnahm, war die freundliche Stimme der Flugbegleiterin mit der Aufforderung, die Sitzgurte für die bevorstehende Landung wieder zu schließen. Eine knappe Viertelstunde später saß Wiegele bereits in einem Taxi Richtung Stadt.

*

Marianne Kogler hatte Wien bereits in der Nacht erreicht. Während ihr Anselm in Stuttgart das Flugzeug bestieg, saß sie im Hotel ›Wild‹ beim Frühstück. Ihr gegenüber knabberte ihr Bruder Guido an einer frischen Handsemmel und tunkte die Reste des Eigelbs seiner Frühstücksportion Ham and Eggs vom Teller. Für einen jungen Mann mit Liebeskummer hatte er einen erstaunlichen Appetit entwickelt. Ob er in Wien zum Frustfresser konvertiert war?, überlegte Marianne.

»Also, wie steht es jetzt zwischen dir und Tina?«, kam Marianne ohne Umschweife auf den Grund ihres Besuches zu sprechen.

»Schuld an dem ganzen Schlamassel ist nach wie vor diese eingebildete Schwangerschaft vom letzten Herbst«, begann Guido. »Damals hat sie sich so an den Gedanken gewöhnt, Mutter zu werden, dass sie total unglücklich war, als sich das Ganze als Fehlalarm herausgestellt hat. Seither will sie jede noch so vage Gelegenheit, schwanger zu werden, nutzen.« Er grinste etwas verlegen. »Dagegen habe ich ja im Prinzip nichts. Aber dieses Theater, wenn es dann wieder nicht geklappt hat. Auf diese Weise treibt sie mich noch in die Impotenz.«

»Aber sie ist doch noch so jung und völlig gesund. Es spricht doch überhaupt nichts dagegen, zuerst das Studium zu beenden und das Ganze dann in Ruhe anzugehen. Ich bin sicher, ohne Druck werdet ihr in einigen Jahren eine ganze Wagenladung Kinder haben.« Marianne kannte aus ihrer psychologischen Praxis einige ähnliche Fälle. Junge Frauen, die plötzlich das unbezwingbare Bedürfnis verspürten, ein Kind zu bekommen. Ungeachtet der ökonomischen, ausbildungsmäßigen und sonstigen Probleme, die sich dadurch für sie ergaben. Ein ganz wesentlicher Punkt dabei war, dass die potenziellen Väter die für sie in dieser Intensität unverständliche Fixierung ihrer Partnerinnen nicht akzeptieren konnten oder wollten und sich mit der Zeit zurückzogen. Oder sie waren zwar grundsätzlich guten Willens, fühlten sich aber auf Dauer derart unter Druck gesetzt, dass nichts mehr ging. Sowohl körperlich als mit der Zeit auch gefühlsmäßig.

Diese Gefahr schien nach Mariannes Einschätzung für die beiden immer größer zu werden.

»Gibt es gar nichts, wofür sich Tina so sehr interessiert, dass man sie damit von diesem an sich völlig normalen, in der Intensität aber manischen Wunsch ablenken könnte?

Möchte sie irgendwohin reisen oder anderswo leben? Malen, schreiben oder irgendetwas tun, das ihr hilft, ihre Identität anders als über die Mutterschaft zu definieren?«

Guido schien nachzudenken. Offenbar hatte seine Schwester eine Möglichkeit angesprochen, die er bisher noch nicht in Betracht gezogen hatte.

»Na ja«, er runzelte etwas die Stirne, »seit einiger Zeit interessiert sie sich für die präkolumbischen Kulturen in Südamerika. Unlängst hat sie sogar geäußert, dass sie darüber gerne einmal ein Buch schreiben möchte.«

»Nun, das wäre doch schon etwas«, hakte Marianne ein. »Ein oder zwei Semester an einer südamerikanischen Universität. Das müsste sich doch machen lassen. Oder ihr nehmt ein Sabbatical und reist ganz einfach los. Mama hat doch diese ehemalige Schulfreundin, die in Guadalajara verheiratet ist.«

»Tinas Mutter hat eine gute Freundin in Santiago de Chile, die ist Lektorin an der Uni«, warf Guido ein, der offenbar immer mehr Gefallen an dem Gedanken fand.

»Da müsste sich doch etwas organisieren lassen«, meinte seine Schwester. »Wenn ihr einmal in Südamerika seid, dann geht der Druck rasch weg und dann ist alles möglich. Vielleicht reduziert sich Tinas Kinderwunsch dann auch auf ein normales Maß.«

»Jetzt müssen wir ihr das bloß noch verkaufen«, verkündete Guido, dem es offensichtlich wieder viel besser ging.

»Jetzt muss ich dir noch etwas beichten.« Ein Blick auf die Uhr zeigte Marianne, dass in Kürze mit Anselms Eintreffen zu rechnen war. »Was ich dir jetzt anvertraue, muss unbedingt unter uns bleiben. Geht das in Ordnung?«

Natürlich ging das für Guido in Ordnung. Mariannes Geständnis, dass der Singener Hauptkommissar die Liebe ihres Lebens war, überraschte ihn aber nicht im Geringsten.

»Also stimmt es doch«, meinte er nur. »Gut, scheint ein netter Mann zu sein, dieser Wiegele. Auf jeden Fall netter als dieser Großkotz von Mann, den du noch hast. Ich freue mich für dich.«

Marianne musste sich doch wirklich wundern. »Und woher weißt du das schon?«

»Ich bin nicht sicher.« Guido hob fragend die Schultern in die Höhe. »Ich glaube, Tina hat es einmal erwähnt.«

So viel zum Thema ›Geheimhaltung‹ dachte Marianne. Im Grunde genommen war es ihr aber egal. Nein, eigentlich sogar ganz angenehm.

*

Auf der Fahrt vom Flughafen Schwechat in die Stadt erhielt Wiegele einen Crashkurs zum Thema ›Was gibt es Neues in Wien?‹ Der gleichermaßen eloquente, originell formulierende und ungemein mitteilungsbedürftige Taxifahrer schien glücklich, einen Fahrgast gefunden zu haben, der gewillt war, ihm zuzuhören. Einen, der sogar Fragen stellte und nicht nur geduldig vor sich hin schwieg.

»Oiso die Dobmödung is oba eindeutig, doss die Oide vom Mahrburger identifiziat haum«, versicherte er glaubwürdig. »I sog Ihna, des woa a Gschiss die letzten Monate. Des oame Kind, a dreijährigs Madl. A liabe Gredl, so weit ma segn kau. Oba mit diesa NBS Untasurchung oda wia des haast, homs jetztn eindeitig aussagfunden, doss die vakoide Leich die Mama von dem Madl is.«

»Meinen Sie DNS-Analyse?«, wollte Wiegele wissen.

»I glaub jo, des is, waun ma mit an Hoar erkennan kau, on aner der is, der er sein soi oda ned«, lieferte der Fahrer eine durchaus originelle, wenn auch etwas oberflächliche Definition für den genetischen Fingerabdruck.

»Was ist eigentlich passiert?« Der Hauptkommissar erinnerte sich zwar, gelegentlich von dem Fall ›Mahrburger‹ gehört zu haben, ihm fehlte aber der Überblick.

»Des woins wirgli wissn?« Der geschwätzige Taxler konnte sein Glück nicht fassen. »Und i soi Ihna des azön?«

»Nur zu«, ermunterte ihn Wiegele, »aber die Kurzfassung, damit wir bis zum 19. Bezirk durch sind.«

Soweit der Hauptkommissar dem folgenden, etwas ausführlichen und vor Spekulationen strotzenden Bericht des Fahrers entnehmen konnte, war die Frau des international bekannten Stararchitekten Dr. Robert Mahrburger vor einigen Wochen plötzlich verschwunden. Die Übergabe der von den Entführern geforderten 1,5 Millionen Euro einige Tage später war durch einen übereifrigen Mitarbeiter Mahrburgers vereitelt worden. Ein zweiter Versuch eine Woche später hatte dann reibungslos geklappt, aber Gerda Mahrburger war dennoch nicht freigelassen worden. Oder sie war bereits tot. Jedenfalls war sie einfach nicht mehr aufgetaucht.

Nun war der Architekt nicht mehr darum herumgekommen, die Polizei einzuschalten. Trotz fieberhafter Suche konnte die Entführte oder ihre Leiche aber nicht gefunden werden.

Bis vor einigen Tagen im Wienerwald ein kleines, abgelegenes Wochenendhaus, eigentlich mehr eine Hütte, über Nacht völlig abgebrannt war. In den noch glosenden Trümmern hatte die Feuerwehr einen verkohlten Leichnam entdeckt. Ein völlig deformierter Ring ließ den Verdacht aufkommen, dass es sich bei der Leiche um die Entführte handeln könnte. Diesbezügliche Klarheit konnte nur eine DNS-Analyse bringen, bei der eine Gegenprobe mit einigen Haaren aus Gerda Mahrburgers Haarbürste durchgeführt wurde.

»Und Bingo! Es hod passt«. Seit gestern Abend war demnach klar, dass es sich bei der verbrannten Leiche im Wienerwald um die sterblichen Überreste der entführten Architektengattin handelte.

Der Kerl hatte wirklich ›Bingo‹ gesagt, dachte Wiegele. Der Tod eines Menschen wurde zur traurigen Gewissheit und der Mann sagte ›Bingo.‹ Ein Gemüt wie ein Fleischerhund. Wobei er sich gar nicht sicher war, ob er damit den Fleischerhunden nicht Unrecht tat.

Aber etwas anderes gewann plötzlich die Oberhand in seinem Denken. Auf einem der Videos, die Helga Martens gestern so bravourös sichergestellt hatte, war es auch um eine DNS-Analyse gegangen und wie man sie manipuliert hatte. Wiegele hatte gerade telefoniert und daher nicht so genau auf den englischen Text geachtet. Er hatte aber dunkel in Erinnerung, dass die Situation so ähnlich gewesen war wie in dem vom Taxler geschilderten Fall.

»Nau wos sogns dazua?«, pochte der Fahrer jetzt auf Feedback und Anerkennung.

»Unglaublich«, rang sich der Hauptkommissar ab und »Sachen gibt es.« Das musste genügen.

Guter Zuhörer, dachte der Taxler, aber etwas maulfaul. Insgesamt aber kein unangenehmer Fahrgast, fand er und ließ ihn in den letzten fünf Minuten bis zur Ankunft beim Hotel ›Wild‹ in Ruhe.

Helga hatte Wiegele gestern noch ihre Handynummer gegeben und gemeint, er könne sich jederzeit mit ihr in Verbindung setzen, falls das notwendig werden sollte.

So nahm er dieses Angebot jetzt an und schickte ihr eine SMS mit der Bitte, das Band mit der DNS-Manipulation noch einmal anzusehen und ihn dann so rasch wie möglich anzurufen. Danke.

Dann war das kleine Hotel in Neustift am Walde endlich erreicht, in dem Marianne auf ihn wartete.

Jetzt würde er wieder richtig zu leben beginnen.

*

An diesem Morgen spürte Palinski sehr deutlich, dass der erste Tau schon lange von ihm abgefallen und er nicht mehr der Jüngste war. Das gestrige Gelage mit dem wesentlich trinkfesteren Juri hatte deutliche Spuren hinterlassen. Er konnte sich nur ungenau erinnern, wie er es überhaupt geschafft hatte, wieder nach Hause zu kommen. Wilma hatte ihren leicht lispelnden, dumm lachenden und nur unzusammenhängend lallenden Mario fassungslos angestarrt und ihn sofort ins Bett gesteckt.

Kurz nach Mitternacht war er aufgewacht, hatte einen Liter kalte Milch getrunken und zwei Paar Frankfurter mit drei alten Semmeln verschlungen. Dann hatte er sich wieder hingelegt und bis kurz nach 7 Uhr geschlafen.

Nach drei Schalen Kaffee war er dann soweit gewesen, Wilma Rede und Antwort zu stehen. Sie hatte sich zunächst fürchterlich aufgeregt, war aber rasch wieder ruhig geworden, nachdem sie erfahren hatte, dass Palinskis Ausrutscher nicht auf einen Anfall von Quartalsauferei zurückzuführen war, sondern eine recherchebedingte Notwendigkeit. Oder zumindest zweckmäßig.

»Ich möchte gerne wissen, woher dieser seltsame Russe das alles weiß«, fragte sich Mario, nachdem er Wilma die

Essenz des gestern Gehörten mitgeteilt hatte.»Es ist erschreckend und gleichzeitig faszinierend, sich vorzustellen, dass mir das wahrscheinlich ein ehemaliger KGB Mann erzählt hat. Wenn ich ihn richtig verstanden habe, dann hat irgendjemand meine Mordideen aus ›Spiele im Schatten‹ nur abgekupfert, um bei dieser perversen Weltmeisterschaft besonders originell zu sein.« Er schüttelte den Kopf.»Wenn ich das irgendwo lesen würde, würde ich sagen, der Autor ist durchgeknallt.«

»Andererseits klingt das alles zwar seltsam, aber irgendwie auch logisch«, fand Wilma. Das war erstaunlich, denn sie interessierte sich sonst kaum für diese Dinge, geschweige denn, dass sie eine Meinung dazu gehabt hätte. »Die Frage ist jetzt nur, von wem haben die bösen Buben deine Ideen bekommen?«, fügte sie hinzu.

»Ich werde nichts unversucht lassen, um auf diese Frage eine Antwort zu finden«, versprach sich Palinski selbst. »Und bis dahin rühre ich keinen Tropfen Alkohol mehr an. Ab morgen«, schränkte er ein.

Ihm war eben eingefallen, dass er für heute Abend eine lustige Runde zum ›Zimmermann‹ in der Armbrustergasse geladen hatte. Zu Ehren seines Freundes aus Singen und Mariannes.»Ich muss ja zumindest einmal mit Anselm anstoßen.«

»Na, ich werde schon drauf achten, dass du heute nicht wieder übertreibst«, kündigte Wilma an und gab ihm damit zu verstehen, dass sie sich entschlossen hatte, am Abend dabei zu sein.

Das war schön, fast wie in alten Zeiten.

*

Nach zwei Aufgüssen, ausgiebigem Schwitzen in der Sauna und einigen gekraulten Längen im Sportbecken des Hallenbads hatte Helga Martens Wiegeles SMS zur Kenntnis genommen. Sie genehmigte sich noch 30 Minuten im Ruheraum, ehe sie sich wieder ankleidete und direkt nach Singen fuhr.

Die Arbeit mit diesem Hauptkommissar sagte ihr zu und sie hoffte, dass seine Bemühungen um ihre Versetzung erfolgreich sein würden. In Konstanz war zwar alles größer, wichtiger, organisierter, aber im selben Verhältnis fühlte sie sich in der Polizeidirektion kleiner, unwichtiger, in der Bürokratie gefangen. Die zwei Tage in Singen hatten ihr gezeigt, wozu sie in der Lage war, wenn man sie nur ließ und welch süße Gefühle Erfolg und Anerkennung sein konnten. Auch wenn ihr durchaus bewusst war, dass sie nicht jeden Tag mit der unkonventionellen Beschaffung wichtigen Beweismaterials brillieren würde können, meinte sie doch, sich unter Wiegeles Fittichen besser entwickeln zu können. Zumindest so lange, bis sie selbst ausreichend flügge geworden war. Als Kriminalpolizistin natürlich.

Sie holte sich einen Kaffee und machte es sich vor dem Videorecorder bequem. Dann konzentrierte sie sich auf den etwas mehr als acht Minuten dauernden Beitrag, in dem die Identifizierung einer bereits in fortgeschrittener Verwesung befindlichen Leiche manipuliert worden war. Und zwar derart, dass man Haare und Hautreste des Toten bereits vor dessen Ermordung sichergestellt und im Badezimmer einer anderen, als verschollen gemeldeten Person deponiert hatte. So, dass der Eindruck entstehen musste, die DNS-fähigen Proben würden von dieser verschollenen Person stammen.

Auf Grund der logischerweise vorhandenen Übereinstimmung wurde die Leiche als der verschollene XY identifiziert, und die Versicherung zahlte endlich die gewaltige Lebensversicherungssumme aus. Zur großen Freude des Verschollenen, der unter einer anderen Identität darauf schon die ganze Zeit in Cancun gewartet hatte. Wo er 14 Tage später seine Frau und das Geld in die Arme schließen konnte.

Die Martens wirkte nachdenklich. Es war erschreckend, wie dieser Frederick Nebelei, er hatte die Startnummer 38 auf dem Rücken, technische und logische Mängel und die daraus für die Polizeiarbeit resultierenden Unzulänglichkeiten zu seinem und seiner Klienten Vorteil genutzt hatte. Wer sollte schon auf die Idee kommen, dass die auf der Bürste im Bad gefundenen Haare nicht vom angeblichen Opfer stammten, sondern von irgendeiner armen Sau, die an seiner Stelle hatte sterben müssen.

Helga rätselte, warum Wiegele das gerade jetzt so dringend wissen wollte. Dann rief sie ihren Chef an.

*

Zur gleichen Zeit trafen sich drei ältere Herren auf einem Gutshof in der Nähe von Malmedy in Ostbelgien. Die Muttersprache des einen Herrn war Französisch, die des zweiten Italienisch und der Hausherr sprach flämisch, französisch und deutsch.

Die Harmlosigkeit, die die drei wie biedere Großväter wirkenden Männer ausstrahlten, stand in krassem Widerspruch zu ihrer Macht und Gefährlichkeit. Obwohl sie persönlich noch keiner Fliege etwas zuleide getan hatten, war jeder von ihnen für den gewaltsamen Tod von mehr

Menschen verantwortlich, als der Monat Tage hat. Insgesamt waren es gut und gern einhundert Menschen, die auf ihre Veranlassung hin bisher auf die eine oder andere Art das Zeitliche gesegnet hatten. Und das manchmal nur, weil sie zur falschen Zeit am falschen Ort gewesen waren. Meistens aber, weil sie tatsächlich oder auch nur möglicherweise die obskuren Pläne der drei gefährdet hatten.

Es waren sehr mächtige Männer, aber über ihnen gab es wieder welche, die noch mächtiger waren als sie. Daher machten sie sich Sorgen wegen gewisser Vorkommnisse. Waren beunruhigt über das, was sie in den letzten Tagen gehört hatten. Hatten Angst, selbst zur Verantwortung gezogen zu werden, falls der Eindruck entstand, sie hätten die Lage nicht mehr im Griff.

Und eine solche Situation würde sogar in ihrer mildesten Form äußerst unangenehm und schmerzhaft für sie werden.

Sie waren zusammengekommen, um das Notwendige zu besprechen, das Unabdingbare zu beschließen und das Erforderliche in die Wege zu leiten. Sie unterhielten sich auf Französisch.

»Einige unserer jungen Freunde haben sich da in, wie heißt das Kaff noch, höchst unangemessen verhalten«, stellte der Franzose fest. »Völlig ohne Not wurde ein deutscher Kommissar fast getötet und muss jetzt um die Sehkraft eines Auges bangen. Und das nur, weil sich einige wieder einmal in Szene setzen wollten.«

»Da gebe ich Ihnen völlig recht«, pflichtete der Belgier bei«, man hätte den Polizisten ohne jedes Aufsehen abhängen können, und wir hätten uns diesen wirklich peinlichen Besuch der Polizei ersparen können. Wenigstens hat Stuttgart eine gewisse Verzögerung der Aktion erreichen können, so dass unsere Leute noch verschwinden konnten.«

»Aber die Polizei ist jetzt so richtig neugierig geworden. Das Ganze ist noch nicht zu Ende, ganz im Gegenteil«, stellte der Franzose fest. »Da kommt noch einiges auf uns zu.«

»Aus Wien habe ich gehört, dass Kontakt mit diesem komischen Privatgelehrten hergestellt worden ist.« Jetzt hatte sich auch der Italiener am Gespräch beteiligt. »Unser Mann meint, dass es ihm möglicherweise gelingen könnte, über diesen Palinski die Situation wieder etwas zu beruhigen. Er musste ihm allerdings ein bisschen was erzählen, um ihm gleichzeitig auch etwas Respekt einzuflößen. Wir werden allerdings einige Federn lassen müssen. Das müssen Sie aber als langfristige Investition ansehen.«

»Und wie soll das gehen?«, wollte der Franzose wissen.

»Zunächst sollten wir den zuständigen Hauptkommissar bremsen«, stellte der Mann aus Italien fest. »Der ist uns schon verdammt nahe gekommen.« Er erläuterte auch gleich, wie er sich das vorstellte. »Dann werde ich mit Palinski sprechen und ihm das Gefühl vermitteln, dass es für alle Seiten das Beste sein wird, den Status quo im Wesentlichen beizubehalten. Wenn es geht, hole ich ihn auch an Bord. Und der Polizist bekommt ein, zwei Bauern geopfert und damit die Gelegenheit, gut auszusehen. Das müsste eigentlich reichen.«

»Ist dieser Palinski käuflich?«, wollte der Belgier wissen.

»Falls ich ihn richtig einschätze, eher nein. Wobei das immer eine Frage des Angebotes ist«, meinte der Italiener. »Er ist auf eine mitunter bizarre Art ehrlich und fair, gleichzeitig aber auch pragmatisch. Wenn ich ihm das Gefühl vermitteln kann, dass das Prinzip ›Leben und leben lassen‹

für beide Seiten langfristig das Vernünftigste ist, wird er sich arrangieren. Da er weiß, dass er das sogenannte Böse nicht aus der Welt schaffen kann, ist es besser, er hat das Gefühl, die Balance zugunsten der Guten mit beeinflussen zu können.«

»Ich kenne den Typ«, bekannte der Belgier, »denen darf man bloß nicht das Gefühl geben, sie vereinnahmen zu wollen. Ein Status dazwischen, so als eine Art beiderseits anerkannte moralische Instanz, das gefällt dieser Sorte Mensch.«

»Ganz genauso sehe ich das ebenfalls«, bestätigte der Italiener, und auch der Franzose nickte zustimmend.

Dann erklärte der Italiener den beiden anderen, wie er im Detail vorgehen wollte.

»Und was machen wir intern mit unseren Idioten?«, wollte der Belgier wissen. »Ich bin dafür, dass wir ein Exempel statuieren.«

»Lasst uns das später entscheiden«, regte der Italiener an. »Bis wir sämtliche Fakten auch im Detail kennen. Vorerst sollten wir unsere Außenbeziehungen wieder in Ordnung bringen. Vielleicht können wir die Idioten bei dieser Gelegenheit als Bauern einsetzen.«

So sollte es sein, beschlossen die drei. Dann griff der Italiener zum Hörer und leitete die erforderlichen Maßnahmen ein.

*

Nachdem Palinski die Antworten auf seine E-Mails an die Empfänger des Manuskripts ›Spiele im Schatten‹ studiert hatte, war er bei der Suche nach einem Schuldigen oder Verursacher keinen Schritt weitergekommen.

Carola Harbach, seine Verlagslektorin, war bestürzt, dass seine Fantasie in der Realität so missbraucht worden war. Sie selbst hatte den Text zwar schon lektoriert, ihn aber noch an niemanden weitergegeben. In ihrer lieben Art hatte sie ihn abschließend noch zu trösten versucht.

Susanne Bitterlich räumte ein, das Manuskript auch ihrem Mann Klaus sowie einer Kollegin an der Uni zum Lesen überlassen zu haben. Allerdings könne sie sich kaum vorstellen, dass einer der beiden etwas daraus an europäische Bösewichte weitergegeben habe. Damit hat sie sicher recht, dachte Palinski.

Für den guten Hubert Bachinger traf sinngemäß das Gleiche zu. In seinem Fall hätte lediglich seine derzeitige Freundin Gelegenheit gehabt ›Spiele im Schatten‹ zu lesen. Die hatte aber nie Zeit dafür und mochte keine Krimis.

Last, but not least hatte Mia Baburek seine Anfrage irgendwie in den falschen Hals bekommen. Sie wehrte sich gegen jegliche Unterstellung. Falls Herr Palinski kein Vertrauen mehr zu ihr hätte, bitte, sie habe den Job ohnehin nicht nötig. Das war wieder einmal typisch. Der eine Teil der Menschheit wusste, wie etwas richtig geschrieben wurde, der andere wiederum verstand, was damit gemeint war. Jemand zu finden, der beides konnte, war gar nicht so einfach. Rasch mailte er ihr ein paar klärende Freundlichkeiten und hoffte, dass das Missverständnis damit aus der Welt geschafft war.

Juri Malatschew hatte ihm seine Antwort bereits mündlich gegeben. Oder nicht? Blieb also nur noch das Exemplar, dass er Wilma gegeben hatte. Aber die hatte sicher nichts weitergegeben. Nun, er konnte sie ja bei Gelegenheit einmal danach fragen.

Während er noch seinen drei Lektoren für ihre Stellungnahmen dankte, klingelte es an der Türe. Es war Wiegele, und er war nicht alleine. Palinski vermutete, dass sich sein Freund an diesem Wochenende höchstens vor dem WC von Marianne trennen würde. Und das auch nur kurz.

*

Helga Martens wurde langsam ärgerlich. Der dringliche Ton von Wiegeles SMS hatte sie veranlasst, ihr privates Nachmittagsprogramm abzubrechen und ins Büro zu eilen. Und jetzt das. Dreimal hatte sie schon versucht, ihren Chef auf dem Handy zu erreichen, aber immer nur ›Der Teilnehmer ist im Augenblick nicht erreichbar. Bitte versuchen Sie es etwas später noch einmal!‹ zu hören bekommen. Und das in drei Sprachen. Entweder war Wien ein einziges Funkloch oder der Hauptkommissar war durch das, was immer er auch tat, so abgelenkt, dass er vergessen hatte, sein Handy einzuschalten.

Jetzt wollte sie es noch einmal probieren, ehe sie sich wieder in die Freizeit entließ. Plötzlich meldete sich der Festnetzanschluss auf ihrem Schreibtisch. Es war der diensthabende Beamte, der ihr ein Auslandsgespräch avisierte.

»Ich habe hier eine Frau aus Zürich, die sich Sorgen um Herrn Walter Webernitz macht«, baute er vor. »Sie wissen schon, das ist der …«

»Ich weiß, was mit Herrn Webernitz los ist«, unterbrach ihn die junge Kommissaranwärterin, »verbinden Sie bitte.«

Wie sich rasch herausstellte, war Sylvia Leckmarein eine 34-jährige Geschäftsfrau aus Zürich, die gestern Abend mit Konsul Webernitz zum Essen verabredet gewesen war. »Aber er ist nicht erschienen und hat auch nicht angerufen«, erklärte sie. »Nachdem ich ihn heute trotz mehrfacher Versuche nicht erreichen konnte, mache ich mir Sorgen. Ich wollte Sie bitten, einen Beamten zu seinem Haus zu schicken, um nachzusehen, ob ihm etwas zugestoßen ist.«

»Darf ich fragen, wie Sie zu Herrn Webernitz stehen«, wollte Helga Martens wissen. Mehr um Zeit zu gewinnen denn aus echtem Interesse. Immerhin stand sie vor einer Premiere. Das erste Mal in ihrem Leben würde sie jemand mitteilen müssen, dass ein Freund, ein Bekannter nicht mehr lebte. Ermordet worden war.

So was sollte möglichst einfühlsam und taktvoll geschehen, hatte sie irgendwo gelesen. Aber davon, wie das in der Praxis zu bewerkstelligen war, hatte sie nicht die geringste Ahnung.

»Wir sind sehr gute Freunde.« Die Leckmarein betonte das ›sehr‹ ganz ausdrücklich. »Man könnte sogar sagen, wir sind so etwas wie verlobt. Odr?«

Man konnte auch sagen, dass das jemand war, mit dem Wiegele sicher gerne sprechen würde, schoss es Helga durch den Kopf. Also, ran an den Feind, und immer dem Instinkt vertrauen.

»Ich fürchte, ich habe keine gute Nachricht für Sie«, begann sie vorsichtig. »Herr Konsul Webernitz ist vor fünf Tagen verstorben.«

Die Martens hatte mit vielem gerechnet. Mit dem, was jetzt kam, aber nicht.

»Lassen Sie mich nachrechnen«, meinte Frau Leckmarein ganz kühl. »Das muss dann am Montag gewesen sein, odr? Er wird sich doch nicht umgebracht haben?«

Helga war sprachlos. »Wie kommen Sie denn auf diese Idee?«

»Ach, am Sonntagabend hat mich Walter gebeten, seine Frau zu werden. Als ich ihn im Scherz gefragt habe, was er macht, falls ich seinen Antrag nicht annehme, hat er gelacht und gesagt: ›Dann bringe ich mich um‹. Ich habe das aber nicht ernst genommen.«

»Herr Webernitz ist unter bisher noch nicht ganz geklärten Umständen verstorben«, legte Helga sich nicht fest.

»Also so etwas«, grübelte die Frau. »Ich mache einen dummen Witz, und er geht hin und bringt sich um. Dass die Leute keinen Spaß mehr verstehen.« Mit der Frage »Wissen Sie vielleicht, ob er sein Testament vorher noch geändert hat?«, gewährte die Leckmarein der Kommissarsanwärterin einen weiteren tiefen Einblick in die Abgründe eines extrem seltsamen Gemütes.

Na, wenigstens macht sie sich und uns nichts vor, konnte Helga der Situation sogar noch etwas Gutes abgewinnen. »Am Besten wäre es, Sie besuchen Rechtsanwalt Dr. Bittner am Montag. Bei ihm ist das Testament hinterlegt.«

»Das werde ich auch machen«, stimmte die Anruferin zu. »Also, bis Montag. Und angenehmes Wochenende«, meinte sie noch, dann hatte sie schon wieder aufgelegt.

Helga Martens nahm sich vor, unbedingt dabei zu sein, wenn Wiegele oder wer auch immer mit diesem seelischen Krüppel sprechen würde. So eine Chance, exzessive Herzlosigkeit live beobachten zu können, bot sich einem nicht oft.

Lustlos wählte sie Wiegeles Rufnummer ein weiteres Mal.

Oh, Wunder: Statt des befürchteten Sermons der automatischen Telefonstimme war endlich der normale Rufton zu hören. Und ganz plötzlich meldete sich auch Wiegele selbst. Hosianna!

*

Nach einer knappen Stunde freundlicher Konversation hatte Marianne Palinskis Büro verlassen und war zu Wilma in die Wohnung hinaufgegangen. Sie wollte die Gelegenheit nutzen, hatte sie angekündigt, mit Tinas Mutter die Möglichkeiten einer Südamerikareise zu ventilieren. Weder Wiegele noch Palinski hatten eine Ahnung, worum es dabei ging, aber das machte nichts. Falls es wichtig war, würden sie es noch früh genug erfahren.

Jetzt stürzten sich die beiden Männer in die Arbeit. Tauschten die aktuellen Informationen aus, davon gab es ja mehr als genug, und diskutierten deren Auswirkungen auf die laufenden Ermittlungen.

Mitten in Palinskis Kurzfassung von Juri Malatschews Vortrag über die unglaubliche Welt des organisierten Verbrechens platzte Helga Martens' Anruf mit weiteren, verblüffenden Neuigkeiten.

Etwas später, während der Beitrag ›Salatschüssel‹ über den Bildschirm flimmerte, hatte Palinski Mühe, einen aufsteigenden Lachkrampf unter Kontrolle zu halten.

»Wenn diese Dokumentation öffentlich bekannt werden sollte«, vermutete er, »dann werden einige der beteiligten Personen wieder ganz schön alt aussehen.« Der Raub der ›Saladier‹ aus dem Kochhistorischen Museum, vor allem aber die besonderen Umstände, unter welchen dieses einmalige Kunstwerk die Besitzer gewechselt hatte, hatten in Österreich seit jener Nacht im April immer wieder für Diskussionen und sarkastische Kommentare in den Medien gesorgt. Genauso wie das unvermutete Wiederauftauchen des Kunstwerkes unter zumindest etwas widersprüchlichen Umständen mehr als zweieinhalb Jahre später.

Mindestens ebenso interessant, mit Sicherheit aber von größerer, praktischer Bedeutung, war die von Helga Martens detailliert durchgegebene Methode, eine DNS-Analyse zu manipulieren. Bestechend daran fand Palinski insbesondere die geniale Einfachheit, mit der der Betrug durchgezogen worden war.

»Das wird vor allem meinen Freund ›Miki‹ Schneckenburger interessieren«, war sich Palinski sicher. »Der agiert als Vertreter des Ministers im Bundeskriminalamt. Gerüchteweise soll die ›Assekuranz Austria‹ in den nächsten Tagen fünf Millionen Euro aus der Lebensversicherung an Mahrburger überweisen. Na, die Geldsäcke werden sich freuen, falls sie nicht zahlen müssen.«

Wiegele nickte, war aber innerlich weit weg von den Problemen und möglichen Freuden einer österreichischen Versicherung. Er konnte es nicht fassen, dass ein Mensch, Konsul Webernitz, nur gestorben sein sollte, weil irgendein irrer Killer mit einer besonders originellen Tötungsmasche auffallen und punkten wollte. So richtig zornig wurde er aber bei der Vorstellung, dass sein Kollege Vondermatten wahrscheinlich für den Rest seines Lebens auf einem Auge blind sein würde, weil irgend so ein Mafioso geglaubt hatte, unbedingt Weltmeister im Laserzielschießen … werden zu müssen. Er wusste, dass er keine Ruhe geben würde, bis die Verantwortlichen für beide Taten gestellt und ihrer gerechten Bestrafung zugeführt worden wären. Egal, wer es war. Selbst den Teufel höchstpersönlich würde er vor Gericht bringen.

Inzwischen waren Wilma und Marianne wieder erschienen und hatten mitgeteilt, dass Tinas und Guidos Reise in die gemeinsame Zukunft im Prinzip stand. Die ›Kinder‹ mussten jetzt nur noch einverstanden sein.

Obwohl die beiden Männer noch immer nicht wussten, warum es eigentlich ging, freuten sie sich für die beiden oder taten zumindest so.

Dann rief Palinski ein Taxi, das die vier zum ›Zimmermann‹ bringen sollte.

*

Der ›Zimmermann‹ in der Armbrustergasse war das, was man in Wien unter einem Nobelheurigen verstand. An sich nicht unbedingt der Typ Lokal, den Palinski normalerweise bevorzugte. Aber dank der liebenswerten Elli, ehemals Tochter und nunmehr Chefin des Hauses, der Mario seinerzeit den Hof gemacht hatte, bestand auch heute noch eine ganz besondere Beziehung. Er hatte eines der kleinen, unwahrscheinlich geschmackvoll eingerichteten Extrazimmer im alten Presshaus reserviert. Nicht nur, um Wiegele und Marianne ein vernünftiges Maß an Diskretion zu bieten, sondern auch, um offen und ohne unerwünschte Zuhörer reden zu können. Die beiden Paare wurden bereits von Oberinspektor Wallner und seiner Frau Franca sowie von Dr. Schneckenburger erwartet. Da sie keinen Babysitter für den kleinen Lukas gefunden hatten, musste der Ministerialrat seine Frau Moni entschuldigen.

Nach der allgemeinen Begrüßung und dem ersten Viertel zum Aufwärmen regte Palinski an, zunächst einmal den etwas drängenden offiziellen Teil des Treffens hinter sich zu bringen, ehe man sich wohlig zurücklehnen und dem verlockenden Einfluss des süffigen Grünen Veltliners hingeben konnte.

Als Erstes berichtete Wiegele vom Auffinden des Videobandes über den Raub der ›Saladier‹ und überreichte Schneckenburger die inoffizielle Kopie. »Bitte sagen Sie aber niemandem, wie sie zu dem Band gekommen sind«, beschwor er den Ministerialrat. »Das würde mich in größte Schwierigkeiten bringen.«

Dann kam der Hauptkommissar auf die Schlagzeile in den heutigen Tageszeitungen zu sprechen, die scheinbare Identifizierung Gerda Mahrburgers. Er versuchte, seinen aufmerksamen Zuhörern die ungemein simple, in Worten aber gar nicht so einfach zu fassende Manipulation bei der Beschaffung der Gegenprobe abstrakt zu beschreiben. Entweder hatten Wallner und Schneckenburger aber schon zu viel getrunken oder Wiegele hatte sich nicht klar genug ausgedrückt. Der erste Erklärungsversuch ging jedenfalls daneben.

»Und was bedeutet das jetzt?«, fasste Ministerialrat Schneckenburger das bestehende Unverständnis zusammen.

»Gut, dann will ich es mit einem Beispiel verdeutlichen«, kündigte der Hauptkommissar an. »Stellen Sie sich vor, das Leben Ihrer Frau ist mit einer Million Euro versichert, und Sie wollen diesen Betrag für sich haben. Allerdings ohne dass Ihre Frau tatsächlich stirbt. Wie könnte das gehen?« Er machte eine kurze Pause, um die rhetorische Frage wirken zu lassen.

»Also, Sie suchen sich zunächst einmal eine Frau, die möglichst niemand vermisst und die Ihrer Gattin weitgehend ähnelt. Nicht unbedingt im Gesicht, sondern vor allem im Körperbau. Gleichzeitig verschwindet Ihre Frau plötzlich und versteckt sich unter falschem Namen irgendwo in der Karibik.

Dann bringen Sie die ›Doppelgängerin‹ um und versetzen den Leichnam in einen Zustand, der eine Identifizierung nur mehr mittels DNS-Analyse zulässt. Oder besser, Sie lassen einen Spezialisten für sich arbeiten. Bevor die Leiche aber im klassischen Sinne unidentifizierbar gemacht wird, werden unverdächtige DNS-fähige Proben entnommen. Also, Haare, Speichelrückstände auf der Zahnbürste oder so etwas in der Art.

Dann wird die Leiche beziehungsweise das, was von ihr noch übrig ist, gefunden. Für den DNS-Test stellt der trauernde Ehemann jetzt die vorher entsprechend in der Bürste seiner Frau platzierten Haare des Opfers zur Verfügung. Und das war es dann auch schon.«

Jetzt hatten alle verstanden.

»Wumm«, meinte Wallner anerkennend, »das ist nicht schlampert. Eigentlich watscheneinfach. Und vor allem, wer wird bei der Sachlage schon annehmen, dass der trauernde Ehemann seine Hände in dieser Art Spiel hatte. Wenn überhaupt, wird untersucht, ob er seine Frau umgebracht hat. Aber eine andere Frau?«

»Wie es aussieht, wird diese Manipulation jetzt sogar schon als spezielle Dienstleistung angeboten«, warf Palinski ein. »Ein Package inklusive Doppelgängerin und Flugtickets zu den Virgin Islands« witzelte er.

»Aber ist das nicht recht aufwändig für nur eine Million?«, gab Schneckenburger zu bedenken.

»Für eine vielleicht schon«, räumte Wallner ein, »aber für fünf?«

Und damit waren sie wieder zurück im Hier und Heute,

bei der möglicherweise doch noch nicht ganz abgeschlossenen ›Causa Mahrburger‹.

Denn »das passt exakt auf unseren Herrn Stararchitekten«, stellte der Oberinspektor fest. »Ich denke, wir sollten diesen Fall noch einmal aufrollen.«

*

Es war bereits kurz vor Mitternacht, als sich der 29-jährige Willi Buchhammer ins Nachtleben stürzte. Sozusagen im Polizeiauftrag betrat er das ›Chez Nous‹, ein leicht anrüchiges Nachtlokal im schweizerischen Schaffhausen. Er setzte sich an die Bar und bestellte ein Glas ›Fondant du Valais‹. Etwas Härteres als Wein trank er im Dienst nicht. Dann nahm er die acht Girls, die sich bei ihren fast schon an Gymnastik erinnernden Tanzdarbietungen abwechselten, genau unter Augenschein. Besondere Aufmerksamkeit widmete er dabei jeweils der linken Brust der Damen bzw. deren Unterseite. Bei der fünften Maid fand er schließlich, wonach er gesucht hatte. Ein rotbraunes Mal in der ungefähren Form einer ungeschälten Erdnuss. Ohne Zweifel, das war das Mädel, das sein Auftraggeber am Montagabend bei der Party in Singen sehen wollte.

Er steckte dem Mädchen einen Zwanziger in den Slip, grinste ihr freundlich zu und deutete mit dem Kopf in Richtung der weiter hinten im Raum befindlichen Logen. »See you baby«, flüsterte er ihr in astreinem deutschschweizerischem Britisch zu. Dann stand er auf, nahm sein Glas und begab sich zu einer freien Loge.

Das Mädchen, das hier auf den Namen Tamara Salud hörte, fand die Art der Kontaktaufnahme vielversprechend. Der Mann sah gut aus und machte einen netten

Eindruck. Einmal nicht so ein schwitzender, sabbernder Lustgreis, wie sie sich hier in der Mehrzahl aufhielten. Und der Zwanziger war nicht übel. Ein Beweis dafür, dass der Bursche gerne amerikanische Filme sah. Denn hier war das Zustecken, zumindest in der Form, nicht üblich. Aber natürlich auch nicht verboten. Egal, ihr konnte es nur recht sein.

Ihr Auftritt dauerte noch etwa fünf Minuten, dann hatte sie eine halbe Stunde Zeit, um ihre Chancen auf weitere Verdienstmöglichkeiten auszuloten.

Eine halbe Stunde und eine Flasche ›Jacques Germanier Brut‹ später war Tamara noch viel zufriedener. Montagabend würde sie auf einer Junggesellenparty in Singen tanzen und 500 Euro dafür kassieren. Der Gentleman, der sie eben engagiert hatte, wollte sie sogar abholen und nachher wieder nach Hause bringen. Und ein Gentleman musste er wohl sein, denn er hatte jedwede Naturalprovision freundlich abgelehnt. Oder war er vielleicht schwul?

Was sollten diese Überlegungen eigentlich, ihr konnte es schließlich egal sein. Hauptsache, die Kasse stimmte.

6

Sonntag, 27. Oktober

Da es am Abend zuvor sehr spät, oder vielmehr heute Morgen sehr früh geworden war, gingen alle Teilnehmer an der gestrigen Heurigenrunde den Tag des Herrn betont gemächlich an.

Wiegele und Marianne hatten Palinskis Angebot angenommen und im Gästezimmer seines euphemistisch als ›Institut für Krimiliteranalogie‹ bezeichneten Büros übernachtet. Kurz nach 10 Uhr war das Paar dann in den dritten Stock, zur Wohnung Wilma Bachlers und ihrer Familie hochgestiegen. Jetzt saßen alle um den reich gedeckten Frühstückstisch und delektierten sich an den eben aufgebackenen Semmerln, würziger Landbutter, selbstgemachter Marmelade, Schinken und Spiegeleiern. Dazu gab es Orangensaft, Tee, Kaffee und sogar Kakao für den darauf ganz versessenen Hauptkommissar.

Nachdem der erste Hunger gestillt war, versuchten Wilma und Marianne vorsichtig, die mutterschaftsbesessene Tina für die Idee einer Auszeit mit Guido in Südamerika zu interessieren. Beide Frauen hatten noch gestern ihre Kontakte in Mexico und Chile aktiviert und von diesen grünes Licht erhalten. Die ›Kinder‹ würden beiden Nenntanten herzlich willkommen sein.

Nach dem Frühstück wollte Palinski seinen Singener Freund auch noch in die Geheimnisse der Datenbank

›Crimes – facts and ideas‹ einweihen, die in Fachkreisen inzwischen einen sagenhaften Ruf besaß. Vor allem aber wollte er dabei auch nachsehen, ob sich nicht noch der eine oder andere zweckdienliche Hinweis auf die aktuellen Fälle finden ließ.

Danach wollte man in der bekannten ›Waldbachmühle‹ im Wienerwald ein spätes Mittagessen einnehmen. Palinski hatte ursprünglich versucht, Juri Malatschew zur Teilnahme an diesem Essen zu gewinnen, doch der Russe hatte sich strikt geweigert. »Nitschewo! Dass ich dir das erzählt habe, was ich dir erzählt habe, ist eine Sache. Es dritten gegenüber zu wiederholen, wieder eine ganz andere. Tut mir leid, aber daraus wird nichts. Niszto.« Und damit war das Thema abgeschlossen. Das war schon ein sturer Hund, dieser Juri.

Den Rest des Tages wollten Marianne und Wiegele dann noch für sich verwenden, was jeder verstand und ihnen auch von Herzen gönnte.

Die Heimreise wollten die beiden kurz nach 21.30 Uhr ab Wien Westbahnhof mit dem Schlafwagen nach Zürich antreten und am nächsten Morgen gegen 8 Uhr in Singen bzw. 10 Uhr in Stuttgart eintreffen.

Aber oft entwickeln sich die Dinge nicht so, wie die Menschen sich das vorstellen. Kaum hatte Palinski den Hauptkommissar über die Grundlagen seiner Datei informiert, als Marianne anrief und mitteilte, dass sie sofort nach Stuttgart müsste. Ein Mitarbeiter ihres Mannes hatte ihr eben mitgeteilt, dass »Dr. Kogler mit einem schweren Herzinfarkt ins Krankenhaus eingeliefert worden ist«. Verständlicherweise wurde erwartet, dass sie trotz der laufenden Scheidung ans Bett ihres Nochgatten eile, um eventuell Notwendiges zu veranlassen.

»Dem kann ich mich kaum entziehen«, stellte sie traurig fest. »Immerhin sind wir noch verheiratet. Ich hoffe, du hast Verständnis.«

Wiegele war nicht gerade angetan von der veränderten Situation, konnte und musste Mariannes Entscheidung aber wohl oder übel verstehen.

»Wann fliegst du?«, wollte er statt einer Antwort auf ihre Frage wissen.

»Die nächste direkte Maschine nach Stuttgart geht um 16.30 ab Wien.« Sie war dem Weinen nahe. »Bringst du mich noch zum Flughafen?«

»Aber das ist doch selbstverständlich«, sagte Wiegele, und er meinte es auch so. »Wir fahren gleich los, holen deine Sachen aus dem Hotel und haben dann am Airport noch ein wenig Zeit für uns.«

Mit dem gleichermaßen überraschten wie mitfühlenden Palinski vereinbarte der Hauptkommissar, das eben begonnene Gespräch und damit den restlichen offiziellen Teil seines Aufenthaltes fortzusetzen, nachdem er vom Flughafen zurück sein würde.

»Gut«, meinte Palinski, »uns bleiben dann noch etwa drei Stunden, bevor ich dich zu deinem Zug bringen muss.«

*

Wiegele war gegen 17.15 Uhr wieder zurück vom Flughafen. Mariannes Maschine war pünktlich gestartet und sollte planmäßig in Stuttgart landen. Die Stimmung des Hauptkommissars war verständlicherweise etwas gedämpft.

»Was mache ich, wenn ihr Mann jetzt ein Pflegefall wird und sie ihn aus Pflichtbewusstsein nicht verlässt?«, hypothetisierte er in einer Art vor sich hin, die Palinski nicht geeignet schien, die Stimmung seines Freundes nachhaltig zu verbessern.

»Jetzt warte doch einmal ab«, versuchte er Wiegele zu ermuntern. »Wer weiß, vielleicht ist alles gar nicht so schlimm, der arme Herr Kogler ist in einer Woche wieder zu Hause und geht in einem Monat wieder fremd wie eh und je.«

Der Hauptkommissar lachte gequält auf. »Du hast ja recht, jetzt kann man nur abwarten.« Er blickte auf die Uhr. »Ich denke, Marianne vor 19 Uhr anzurufen, wird wenig Sinn haben? Gut, dann widmen wir uns jetzt wieder deiner Datenbank.«

Die folgenden zwei Stunden arbeiteten sie sich konzentriert durch die verschiedenen Möglichkeiten, die ›Crimes – facts and ideas‹ zu bieten hatte. Allerdings mit nur mäßigem Erfolg.

Mord mit Eis, also mit gefrorenem Wasser, war kein wirklich wesentlicher Faktor in der Kriminologie. Zwar fanden sie in der unendlichen Welt der Bits and Bytes zwei Fälle, in denen Menschen unter verdächtigen Begleitumständen scheinbar durch große Eiszapfen zu Tode gekommen waren. In einem anderen Fall hatte ein Mann seinen Schwager mit einem Eisblock erschlagen, und eine Frau hatte ihren Mann mit vergiftetem Himbeer-Vanille Eis unter die Erde gebracht.

Hoppla, das war irrtümlich in diesen Ordner gerutscht. Palinski machte eine Notiz für Margit, damit sie diesen Beitrag aus dem Ordner E entfernen und neu sowohl unter G wie Gefrorenes und S wie Speiseeis eingab.

Auch die Laserpointer hatten noch keine rechte Tradition als Mordwaffe. Weder im großen Stil noch für den

Hausgebrauch. Aber das konnte sich von heute auf morgen ändern, diese Dinger waren ja offenbar mordsgefährlich und einfach zu handhaben.

Dafür fanden sie eine ganze Menge Eintragungen über Unfälle oder was immer unter diese Bezeichnung zu den Akten gelegt worden war, bei welchen die plötzliche Blendung des Autolenkers eine entscheidende Rolle gespielt zu haben schien. Das war wieder so ein Bereich, für den man als professioneller Skeptiker eine potenziell gewaltige Dunkelziffer annehmen musste.

Na, und zu den unglaublichen Dingen, die Palinski von Juri Malatschew erfahren hatte, lag die Trefferquote wie erwartet zunächst einmal bei Null.

Wenn man sich allerdings der zugegebenermaßen abenteuerlichen Arbeitshypothese bediente, dass jeder ungeklärte, scheinbar motivlose Mord möglicherweise der Beitrag eines Teilnehmers an der Killer-WM oder gar nur ein Trainingsunfall sein konnte, dann konnten einem schon die Haare zu Berge stehen. Alleine für den Zeitraum der letzten 18 Monate fanden sich 43 Fälle in der Datenbank, die mit gar nicht so viel Fantasie unter dieses Schema subsumiert werden konnten. Und das nur für den Bereich der so genannten Europagruppe I.

»Hoffentlich geht da jetzt nur die Fantasie mit uns durch«, meinte Wiegele gerade, als sein privates Handy sich meldete.

»Das wird Marianne sein«, frohlockte er und blickte dabei auf seine Armbanduhr. »Wie ich angenommen habe, kurz nach 7 Uhr wird sie Bescheid wissen.«

Sein bei Gesprächsannahme erwartungsvoll-fröhliches Gesicht schlug aber plötzlich völlig um und machte einem bestürzten, ja schmerzverzerrtem Ausdruck Platz.

›Mein Gott‹, schoss es Palinski durch den Kopf, ›jetzt ist wahrscheinlich der Kogler gestorben. So schnell geht es manchmal.‹ Aber warum grämte sich Wiegele dann so? Sicher, selbst der Tod eines Mistkerls wie dieses Koglers war für zivilisierte Menschen kein Anlass zum Jubeln, sondern eher zur Betroffenheit. Andererseits war sein Freund jetzt alle Probleme mit der Scheidung oder einem möglichen Pflegefall los. Und sie könnten sogar kirchlich heiraten. Falls sie das wollten.

Aber Wiegele führte sich ja auf, als ob nicht Kogler, sondern Marianne etwas passiert war.

Das war's. Marianne war etwas passiert und nicht ihrem Mann. Wiegele hatte das Handy wieder vom Ohr genommen und umständlich in seine Tasche gesteckt.

»Also, was ist los?«, fuhr Palinski den Mann nach einigen Sekunden unheilschwangeren Schweigens förmlich an. »So red doch schon, was ist denn passiert?«

Wiegele hatte sich gesetzt und die Hände vors Gesicht geschlagen. Schwer atmend versuchte er, sich wieder unter Kontrolle zu bekommen.

»Sie haben Marianne entführt. Ein wildfremder Mann hat mir eben mitgeteilt, dass sie Marianne haben und es ihr gut geht, solange ich in den beiden Fällen nicht weiter ermittle.«

Der Hauptkommissar schluchzte trocken auf. Nein, nicht ganz. Da hatten sich doch tatsächlich auch einige Tränen in seine stahlblauen Augen verirrt.

»Sobald das Arrangement steht und angenommen wird, wird sie wieder freigelassen«, fuhr Wiegele fort. Jetzt hatte er sich scheinbar wieder etwas in den Griff bekommen.

»Und verdammt noch einmal, ich habe nicht die geringste Ahnung, was das bedeuten soll.«

Komisch, wie es manchmal ging. Man saß tagelang über einem Problem und fand keine Lösung, obwohl sie scheinbar nur darauf wartete, von der Straße aufgehoben zu werden. Ein anderes Mal folgte die Antwort wie von selbst, sobald die Frage nur angedacht, nicht einmal ausgesprochen worden war.

Genauso ging es Palinski jetzt. Mit dem Wort ›Arrangement‹ als Katalysator setzte in seinem Kopf eine chemische Reaktion ein, die dazu führte, dass ihm in derselben Sekunde der kryptische Ausspruch Malatschews wieder einfiel. Wie hatte der Russe noch gesagt? »Arrangiere dich, wenn es soweit ist«, oder so ähnlich.

War es jetzt an der Zeit, sich zu arrangieren? Wenn nicht jetzt, wann dann? Nachdem Bush schließlich doch noch die Scheiß-Massenvernichtungswaffenarsenale Saddam Husseins im Irak gefunden hatte? Oder der Finanzminister endlich zurückgetreten war? Solange konnte kein Mensch warten.

Die Antwort auf diese Frage war also klar. Jetzt war es an der Zeit.

Nun stellte sich aber die nächste Frage: Mit wem sollte er sich in wessen Namen auch immer arrangieren? Und die wirkte im Vergleich zur ersten Frage wie der Großglockner zum Kahlenberg. Oder wie die Zugspitze zum Hohentwiel.

»Und du sagst gar nichts dazu?«, wunderte sich Wiegele über den noch immer schweigenden Freund. »Marianne ist entführt worden, und ich habe keine Ahnung, wie ich sie wieder freibekommen kann.«

»Pst«, Palinski hatte einen Finger quer über die Lippen gelegt und mit diesem international gängigen Zeichen um Ruhe gebeten. »Gib mir ein paar Minuten, ich muss nachdenken«, erläuterte er.

Wie hatte Juri noch gesagt? »Ich weiß aber, dass du jemanden kennst, der dir weitere Antworten geben kann. Ohne dass du deswegen nach Kanada fliegen musst. Ein großer Mann aus deiner Vergangenheit, der dir noch einen Gefallen schuldet.«

Abgesehen davon, dass er sich beim besten Willen nicht vorstellen konnte, wie und warum Malatschew das wissen wollte oder sollte, war das Rätsel einfach zu komplex, um beim ersten Nachdenken gelöst zu werden. Vielleicht konnte ein analytisches Gespräch mit dem Hauptkommissar weiterhelfen.

»Ich habe dir noch nicht alles über mein Gespräch mit diesem Malatschew erzählt«, begann er jetzt. »Vielleicht hilft uns weiter, was ich zunächst wahrscheinlich nicht ganz ernst genomnen, sicher aber nicht verstanden habe.«

Als Wiegele hörte, worum es ging und welche Vermutungen Palinski daran knüpfte, traten ihm die Augen aus den Höhlen wie die ›Zahnpastawürschteln‹, wie eine alte Freundin Marios in einer derartigen Situation immer so bildhaft zu sagen pflegte.

»Und wer kann dieser geheimnisvolle Unbekannte sein, den du kennst und mit dem du dich arrangieren sollst?«, brachte Wiegele die Frage auf den Punkt.

»Ich zermartere mir schon die ganze Zeit den Kopf«, jammerte Palinski. »Aber ich komme nicht dahinter. Ich kenne einfach keine Menschen, die ich gedanklich in diesem Milieu ansiedeln würde.«

Resigniert schüttelte er den Kopf. »Und was soll dieser Hinweis auf Kanada?«

»Was gibt es in Kanada, was es auch bei uns gibt? In Europa, vermute ich.« Anscheinend begann Wiegele Gefallen an der Rätselraterei zu finden. »Rockies? Nein. Bären?

Ja, aber das ergibt keinen Sinn. Vielleicht Städte? Vancouver, Ottawa, Montreal, Winnipeg?«

Bei Montreal meldete sich Palinskis immanentes Vorwarnsystem. »Montreal, königlicher Berg, Monte reale, Monreale?« Er zögerte und wiederholte. »Monreale, es könnte Monreale sein.«

»Wer oder was ist Monreale?«, wollte der Hauptkommissar wissen.

»Monreale ist ein uraltes, wunderschönes Kloster in der Nähe von Palermo. Dazu fällt mir sogar ein Name ein. Enrico Bannzoni und sein Vater Giorgio.« Er kratzte sich an der Stirn. »Und da war noch ein Großvater, den habe ich vor vielen Jahren in einem Landhaus in der Nähe von Monreale kennengelernt.«

»Na bitte.« Wiegele schien wieder Hoffnung zu fassen. »Das klingt doch schon ganz vielversprechend. Erzähle einmal.«

Als Student hatte Mario häufig als Reiseleiter gearbeitet und sich auf Italien spezialisiert, wobei sich mit Sizilien ein deutlicher Schwerpunkt herauskristallisiert hatte. »Ich bin in diesen Jahren mindestens 20 bis 25 Mal in Sizilien gewesen, vor allem in Taormina. Bei meinen Freunden und Kollegen habe ich damals sogar den Spitznamen ›Mafio‹ gehabt.«

Irgendwann zu Ostern, das Jahr hatte er vergessen, hatte Palinski in der Bucht von Mazzaro einen kleinen Buben, den dreijährigen Enrico Bannzoni aus dem Wasser gezogen. Das Kind war auf einem Felsen ausgerutscht, mit dem Kopf aufgeschlagen und unbemerkt ins Wasser gerutscht. Durch Zufall hatte Mario das regungslose Kind gerade noch rechtzeitig bemerkt, war ins Wasser gesprungen und hatte Enrico herausgezogen. Seither hatte er Freunde fürs

Leben in Letoianni, wo die Bannzonis eine Ferienanlage betreiben.

»Bis vor einigen Jahren haben sie mich regelmäßig eingeladen, aber ich habe nie angenommen. Seither habe ich nichts mehr von ihnen gehört, außer den Weihnachtsgrüßen, die mir Enrico nach wie vor jedes Jahr schickt.«

Die Begeisterung der Familie nach der Rettung des kleinen Jungen war so groß gewesen, dass er sogar nach Monreale hatte reisen müssen. Weil ihm der Paterfamilias, Don Vito – jetzt war Palinski auch der Name des Großvaters wieder eingefallen – persönlich hatte danken wollen. Damals hatte sich Mario nicht viel dabei gedacht, sondern vor allem den Flug mit dem extra für ihn gecharterten Hubschrauber genossen.

Der charismatisch wirkende ältere Mann hatte sich zunächst entschuldigt, dass er wegen eines Knöchelbruchs sitzen bleiben musste. Dann hatte er sich würdevoll für die Rettung seines Enkels bedankt und Palinski versichert, dass er immer für den ›grande amico austriaco‹ da sein werde.

»Also, wenn nicht er der ist, mit dem ich sprechen soll, weiß ich nicht weiter«, kam Mario jetzt langsam zum Ende seiner Überlegungen. »Ich denke, ich werde so rasch wie möglich nach Palermo fliegen.«

Zunächst musste er aber mit Giorgio Bannzoni sprechen. Fragen, ob sein Kommen in Ordnung gehen und Don Vito ihn überhaupt empfangen würde. Verzweifelt versuchte er, den mindestens zehn Jahre alten Prospekt der Ferienanlage zu finden, gab aber bald wieder auf. Über die Fernauskunft würde er die Telefonnummer wesentlich schneller und zuverlässiger erfahren, hoffte er. Und tatsächlich, bereits fünf Minuten später hatte er nicht nur die ›Appartamenti Bannzoni‹ in der Leitung, sondern auch ihren Chef persönlich.

»Ola, Giorgio, sono io, Mario di Vienna«, radebrechte er in einem romanischen Kauderwelsch.

»Hallo, Mario«, antwortete Giorgio in perfektem Deutsch, »schön, dass du dich meldest. Übrigens, ›ola‹ ist Spanisch. Das weißt du schon, oder?« Er lachte herzlich. »Ich freue mich, dass wir uns jetzt endlich wieder einmal sehen werden.«

Komisch, schoss es Palinski durch den Kopf. Der Mann musste Hellseher sein. Aber es sollte noch besser kommen.

»Ich weiß nicht, wieso mein Vater das wusste, aber er hat mich auf diesen Anruf vorbereitet«, setzte Giorgio hinzu. Wir haben dich über Milano nach Catania gebucht. Abflug von Wien, morgen, 7.10 Uhr, Ankunft in Catania um 11.50 Uhr. Ich hoffe, dass ist o.k. für dich. Dein Ticket ist bei der Alitalia am Flughafen Wien hinterlegt. Wir lassen dich in Catania abholen. Don Vito freut sich auf dein Kommen.« Ehe der völlig perplexe Palinski noch etwas sagen konnte, hatte der Sizilianer schon wieder aufgelegt.

Wiegele konnte seine Neugierde nicht mehr bezähmen.
»Na und, was ist?«, wollte er wissen.

»Kein Problem, alles in Ordnung. Sogar das Ticket ist schon bezahlt«, erwiderte der Befragte. »Was mich aber absolut irritiert ist, dass man nicht nur meinen Anruf, sondern auch mich bereits erwartet hat. Langsam
fühle ich mich wie eine Marionette. Irgendwo sitzt jemand und zieht die Fäden. Und wir haben keine andere Chance als so zu zappeln, wie man das von uns erwartet.« Er holte tief Luft. »Und das gefällt mir überhaupt nicht.«

*

Während der Zug mit Wiegele an Bord bereits im Bahnhof Linz einfuhr und Palinski das Nötigste für ein, zwei Tage in Sizilien packte, wachte Marianne Kogler irgendwo mit leichten Kopfschmerzen aus ihrer Bewusstlosigkeit auf. Verwirrt und desorientiert blickte sie sich in dem düsteren, nur durch eine kleine Tischlampe notdürftig beleuchteten Raum um. Sie versuchte, sich zu erinnern, was geschehen, wie sie hierher gekommen war.

Das letzte Bild, das sie vor Augen hatte, war ein freundlicher junger Mann, der sie am Flughafen erwartet und sich als Mitarbeiter ihres Mannes vorgestellt hatte. An den Namen konnte sie sich nicht mehr erinnern. Aber der war wahrscheinlich ohnehin falsch gewesen.

Vor dem Ausgang wartete eine große Limousine mit Chauffeur auf sie, um sie, wie sie angenommen hatte, auf dem schnellsten Weg ins Krankenhaus zu bringen.

Dann hatte ihr Abholer noch mit etwas zu trinken aus der kleinen Kühlbox im Fond aufgewartet und sie hatte dankbar ein Glas Mineralwasser akzeptiert. Das war der Moment, als der Film bei ihr plötzlich gerissen war.

Ihre Sorgen um Erwin wurden langsam, aber sicher von einem Gefühl der Angst um ihre eigene Person überlagert. Man hatte ihr sogar die Armbanduhr abgenommen. Die dichten Vorhänge an den Fenstern ließen dazu noch kein Licht ein, so dass sie nicht nur nicht wusste, wie spät es war, sondern auch keine Ahnung hatte, ob noch Nacht war oder schon wieder Tag.

Sie hatte starken Durst, schreckte aber davor zurück, sich ein Glas aus der am Tisch stehenden Karaffe mit Wasser einzuschenken. Was, wenn auch da wieder ein Betäubungsmittel beigemischt war und sie neuerlich in Tiefschlaf versetzte? Schließlich siegte der Durst über die Vorsicht und sie nahm zögernd einige Schlucke des köstlich mundenden Nasses zu sich. Dann leerte sie das Glas gierig bis auf den Grund.

Während sie noch auf Anzeichen einer neuerlichen Betäubung wartete, klopfte es an der Türe, und eine maskierte Frau betrat den Raum.

»Keine Angst«, sagte sie mit ruhiger, durchaus angenehmer Stimme«, »das Wasser ist in Ordnung. Wir haben nicht die Absicht, Sie mehr als unbedingt notwendig mit Chemie zu belästigen. Wir werden Sie auch nicht schlagen oder quälen und nur so viel Gewalt anwenden, wie notwendig ist, um sie an der Flucht zu hindern.« Sie nahm auf einem Stuhl etwa fünf Meter von Marianne entfernt Platz.

»Zunächst die gute Nachricht: Ihrem Mann geht es gut, wie wir wissen. Er befindet sich derzeit in der Wohnung einer gewissen Andrea Pelz in Heidelberg.« Das war eine der Gespielinnen ihres Mannes, wusste Marianne, offiziell Marketingassistentin in der Landesbank.

»Das eine wird Sie sicher erleichtern«, vermutete die Frau, »das zweite wird Ihnen wahrscheinlich nicht neu sein. Es tut uns leid, dass wir Sie mit diesem Trick aus Wien weglocken mussten, aber es war notwendig.«

»Was soll das Ganze?« Marianne hatte sich gefasst und war jetzt wieder bereit, sich zumindest verbal zur Wehr zu setzen. »Falls ich mich morgen oder ...«, sie korrigierte sich, »heute nicht melde, wird meine Familie die Polizei einschalten. Und an der Universität werde ich auch vermisst. Falls Sie auf Lösegeld aus sind, so sollten Sie wissen, dass sowohl mein Vater als auch mein Mann zwar ganz gut verdienen. Aber mehr als 100.000, maximal 150.000 Euro sind sicher nicht drin.«

»Wir sind über die Vermögensverhältnisse Ihrer Angehörigen informiert und wissen, dass wir ohne weiteres 500.000 für Sie bekommen könnten. Aber das ist nicht das, was wir anstreben …«

Die Frau hielt inne, ganz so, als ob sie Marianne Gelegenheit geben wollte, das Gehörte erst einmal zu verarbeiten.

»Aber warum dann das Ganze?«, wiederholte Marianne ihre Frage.

»Unser Auftraggeber erwartet von Ihrem Freund bei der Polizei in Singen für die nächsten zwei, drei Tage ein bestimmtes Verhalten. Das soll durch Ihre Anwesenheit hier sichergestellt werden«, erklärte die Frau. »Also verhalten Sie sich ruhig, entspannen Sie sich, und sobald wir das Aviso bekommen, werden Sie wieder freigelassen. So einfach ist es, wenn Sie sich ruhig verhalten und auf keine dummen Gedanken kommen. Übrigens, der junge Mann, der sie abgeholt hat, ist ein engagierter Schauspieler. Er glaubt, dass er eine kleine Rolle in einer Billigproduktion gespielt hat.« Sie lachte auf. »Nur für den Fall, dass Sie sich schon überlegen, wie Sie ihn der Polizei beschreiben sollen.«

Jetzt stand die Frau auf. »Das Bad ist gleich da hinten.« Sie deutete auf eine Türe an der Rückwand des Raums. »Haben Sie noch einen Wunsch, ehe ich gehe? Etwas zu essen, ein Glas Wein oder sonst etwas?«

Marianne verneinte durch ein schlichtes Kopfschütteln.

»Und wünschen Sie Tee oder Kaffee zum Frühstück?«

Verrückt, dachte Marianne, nachdem sie sich für Tee entschieden hatte und die Frau wieder gegangen war. Da wird man in bester Krimimanier entführt und dann behandelt wie in einem guten Drei-Sterne-Hotel. Ein Positives hatte die Situation aber. Sie brauchte sich jetzt keine Sorgen mehr um ihren windigen Gatten zu machen und konnte sich wieder der angenehmen Vorstellung einer Zukunft mit Anselm hingeben. Sie machte es sich auf der breiten Couch bequem und war bald darauf eingeschlafen.

7

Montag, 28. Oktober, vor 18 Uhr

Nach der nicht sonderlich angenehmen Nachtfahrt in einem dieser neuen Schlafwägen, die für irgendwelche Zwergenmenschen, nicht aber für ausgewachsene Europäer gebaut worden zu sein schienen, war Wiegele kurz nach 8 Uhr am Morgen in Singen angekommen. Unter diesen Umständen war er froh, dass Marianne nicht mit ihm gereist war, denn an eine Liebesnacht wäre in diesem Verschlag nicht zu denken gewesen.

Würde die Polizei jemanden in so etwas einsperren, die Menschenrechtsorganisationen würden protestieren. Und das war richtig so. Aber mit zahlenden Kunden konnte man so etwas ja machen.

Nicht einmal mit dem Frühstück hatte es geklappt. Und da er beim Umsteigen in Zürich nicht genug Zeit dafür gehabt hatte, hatte er sich im Anschlusszug mit einem, allerdings ausgezeichneten, Cappuccino begnügen müssen.

Dass er unter diesen Umständen froh war, ohne Marianne gereist zu sein, stimmte natürlich nicht. Aber der Gedanke daran und der dadurch genährte Zorn auf die Schlafwagengesellschaft halfen ihm, seine Sorgen besser zu ertragen.

Er hatte den größten Teil der wachen Zeit, und das war bei dem kurzen, harten Bett eine ganze Menge gewesen, damit verbracht zu überlegen, wie er sich verhalten und angemessen auf die Drohung reagieren sollte.

Einerseits konnte er nicht ›business as usual‹ mit allen möglichen Konsequenzen betreiben, andererseits auch nicht die Hände in den Schoß legen und nichts tun. Und so hatte er sich entschlossen, bis auf weiteres, also, bis er etwas von Palinski hörte, seinem geplanten Tagesablauf nachzugehen. Das bedeutete aber auch, nicht alle Möglichkeiten auszuschöpfen, was gegebenenfalls irreversible Folgen nach sich ziehen würde. Eine Gratwanderung möglicherweise, aber was sollte er sonst tun?

Was stand denn heute überhaupt auf dem Programm? Da war diese italienische Haushälterin von Webernitz und die raffgierige Verlobte des Herrn Konsul, die aus Zürich kommen wollte. Beide Damen musste er eingehend befragen.

Und am Abend würde es ihm großes Vergnügen bereiten, die Komplizin des Mistkerls, der Vondermattens ›Unfall‹ zu verantworten hatte, beim Betreten der Bundesrepublik verhaften zu lassen.

Dagegen konnten die Entführer Mariannes eigentlich nichts haben. Und die Recherchen nach der undichten Stelle in Konstanz, der die Warnung der Bande im ›Schlosshotel Gabensberg‹ zu verdanken war, mussten eben so diskret erfolgen, dass sie zunächst überhaupt nicht auffielen.

Hoffentlich würde sich Palinski bald melden.

*

In Wien hatte Oberinspektor Wallner, der für die ergänzenden Untersuchungen im ›Falle Mahrburger‹ zuständige Kriminalist, bereits die ersten Ergebnisse der noch in der Nacht tätig gewordenen Spurensicherung vorliegen.

Und siehe da: Ein einziger Umstand ließ bereits sehr

großen Zweifel daran aufkommen, dass die bisherigen Ergebnisse und die darauf basierenden Schlussfolgerungen richtig waren.

Die Bürste, der die angeblichen Haare Gerda Mahrburgers entnommen worden waren, wies keinerlei Fingerabdrücke auf. Ebenso wie die Zahnbürste des angeblichen Opfers. Da nicht anzunehmen, ja nach menschlicher Erfahrung auszuschließen war, dass sich die Architektengattin mit Handschuhen frisiert und die Zähne geputzt hatte, stellte sich die Frage: Warum waren an beiden Gegenständen die Fingerabdrücke offenbar fein säuberlich abgewischt worden?

Als erste Konsequenz hatte Wallner der Versicherung mitgeteilt, dass es bei der Identifizierung der angeblichen Leiche Frau Mahrburgers noch einige Unklarheiten gäbe und damit die Auszahlung der fünf Millionen vorerst gestoppt.

Bereits eine knappe Stunde später hatte sich Mahrburgers Anwalt gemeldet und sich fürchterlich aufgeregt. Wieso und warum seinem Mandanten noch immer Steine in den Weg gelegt würden. Wo er doch ohnehin so schwer vom Schicksal geprüft worden sei. Und derlei mehr.

Wallner hatte zwar mit so etwas gerechnet, aber nicht so schnell.

Auf der Suche nach DNS-fähigen Proben der echten Gerda Mahrburger waren die Experten nach äußerst gründlicher Suche im Hause des Architekten auf einige interessante Dinge gestoßen. Darunter zwei Leintücher mit Spermaflecken, Kontaktlinsen, die angeblich der Verblichenen gehörten, und als Krönung des Ganzen: Madames Trost für einsame Stunden, ein Vibrator, Modell ›Blue night‹, Luxusausführung. Vielleicht gehörte die Verwenderin ja zu jenem Schlag Frauen, die nach einem Höhepunkt nicht sofort ans Waschen dachten.

In einer alten, offenbar nicht mehr verwendeten Handtasche hatte sich dann noch ein Lippenstift gefunden, auf dessen Gehäuse sich, sogar mit bloßem Auge erkennbar, Fingerabdrücke befanden. Vielleicht würde man diese zur Überführung der möglicherweise doch noch unter den Lebenden weilenden Gerda Mahrburger dringend benötigen.

Dann war da noch die kleine Gaby, die dreijährige Tochter der Mahrburgers. Bei einer Befragung durch eine Psychologin hatte die Kleine ausgesagt, dass ihr der Papa versprochen habe, sie werde die Mami schon bald wiedersehen.

Was zunächst als liebevoll gemeinte Notlüge des Vaters verstanden worden war, hatte nach den letzten Entwicklungen aber eine realistischere Bedeutung bekommen. Vielleicht war es ratsam, die weitere Entwicklung rund um das kleine Kind im Auge zu behalten. Wallner nahm sich vor, mit dem Jugendamt in Kontakt zu treten.

Der Oberinspektor war optimistisch. Zwar war noch kein Beweis vorhanden. Zu diesem Zeitpunkt hätte er aber keinen Cent mehr darauf verwettet, dass der Architekt auch nur einen Euro aus der Lebensversicherung sehen würde.

Ja, ja, da sah man es mal wieder: ›Crime doesn't pay‹.

*

Das Fliegen auf Kurz- und Mittelstrecken war nichts für unausgeschlafene Menschen, fand Palinski. Nachdem er Wiegele gestern Abend zu seinem Zug gebracht hatte, hatte er Wilma erst einmal klarmachen müssen, dass aus dem morgigen gemeinsamen Konzertbesuch leider, leider nichts werden würde. Nach Nennung der Gründe hatte sie natürlich vollstes Verständnis gezeigt. Andererseits waren ihr die näheren Umstände, die zu Marios plötzlichem Trip in den Süden geführt hatten, etwas unheimlich.

»Das hat doch irgend etwas von ›1984‹ an sich«, hatte die Belesene gemeint. Was angesichts der aktuellen Jahreszahl einigermaßen lächerlich klang. Aber Palinski hatte gewusst, dass sie Orwell gemeint und was sie damit hatte sagen wollen. »Oder von Kafka«, hatte er hinzugefügt. Froh, dass ihm der Name gerade noch eingefallen war.

So war er erst kurz nach 1 Uhr morgens ins Bett gekommen und hatte bereits um 5 Uhr wieder aufstehen müssen.

Kaum war er dann im Flugzeug eingeschlafen, befand sich dieses auch schon wieder im Anflug auf Milano Linate. Oder war es Malpensa? Egal, er musste seinen kuscheligen Platz in der Business Class räumen. Ja, die Bannzonis hatten sich wirklich nicht lumpen lassen.

Im Vogel nach Catania hatte er sich dann gar nicht mehr aufs Einschlafen eingelassen, sondern lieber mit seiner Sitznachbarin geblödelt. Natürlich in allen Ehren. Die 32-jährige Produktmanagerin eines deutschen Elektronikkonzerns war auf dem Weg nach Taormina, wo sie sich von ihrer eben geschiedenen Ehe erholen wollte. Beim Aussteigen drückte sie ihm heimlich ihre Visitenkarte in die Hand und meinte, sie würde im ›Bristol Palace‹ logieren und sich freuen, ihn bei Gelegenheit auf einen Drink zu treffen.

Palinski wäre kein Mann gewesen, hätte ihm das Angebot nicht geschmeichelt. Aber es kam für ihn nicht in Frage. Und das nicht nur, weil er so gut wie keine Zeit für so etwas haben würde.

Da er nur Handgepäck hatte, hatte er schon kurz darauf Enrico Bannzoni unter den Wartenden entdeckt, den inzwischen 22-jährigen jungen Mann, der ihm wahrscheinlich sein Leben verdankte.

Kurz darauf waren sie auch schon unterwegs Richtung Norden und erreichten eine knappe Stunde später die Ferienanlage in der Nähe von Letoianni.

*

Helga Martens hatte bald erkannt, dass mit Wiegele heute etwas nicht in Ordnung war. Zunächst war sie versucht, das damit zu erklären, dass jeder einmal einen schlechten Tag hatte. Das musste man akzeptieren und dem Kollegen nach Möglichkeit über die Runden helfen.

Nachdem aber die mangelnde Konzentration ihres Chefs zu handfesten Fehlern zu führen drohte, nahm sie all ihren Mut zusammen und sprach ihn darauf an.

Wiegele reagierte völlig anders, als sie und auch er selbst vermutet hatten. Statt sie in ihre Schranken zu weisen oder ihre Bedenken lächerlich zu machen, blickte er sie einige Sekunden nur stumm an. Dann nickte er mit dem Kopf und sagte knapp: »Das ist richtig.«

Falls er die Tage bis zur Freilassung Mariannes durchstehen wollte, musste er jemanden haben, dem er voll vertraute. Der ein wenig auf ihn achtete und ihn vor Fehlern bewahrte. Soweit er das im Moment beurteilen konnte, war Helga Martens, die ja schließlich auch beruflich sein Vertrauen hatte, dafür nicht die schlechteste Wahl. Also fasste er einen raschen Entschluss, vertraute seinem Bauch und erzählte ihr, was geschehen war.

Die Kommissaranwärterin hörte fassungslos zu, mit welcher Belastung Wiegele fertig werden musste. Dann sagte sie ihm vorbehaltlos ihre Unterstützung zu, ohne auch nur eine Sekunde zu zögern.

Als dann plötzlich Wiegeles privates Handy klingelte, wussten beide, was das zu bedeuten hatte. Während sich der Hauptkommissar zögernd meldete, holte die Martens rasch ein kleines Diktafon aus ihrer Tasche, stellte es auf Aufnahme und hielt es Wiegele hin. Der verstand sofort, was sie damit meinte und schnitt den Rest des kurzen Gesprächs mit.

Der Inhalt brachte wenig Neues. Dennoch war er erleichtert.

Man hatte ihm mitgeteilt, dass es Frau Kogler gut ginge und sie nichts zu befürchten hatte, wenn er sich die nächsten zwei, drei Tage zurückhielt. »Bis Ihr Vermittler zurück ist und Sie sich mit den Bedingungen einverstanden erklären. Dann ist Ihre Freundin sofort wieder frei.«

Diesen Teil seines Geheimnisses hatte er der Kommissaranwärterin noch nicht gebeichtet. Nachdem er das nachgeholt hatte, sagte sie nur kurz: »Jetzt kennen wir zumindest eine Stimme. Vielleicht findet sich irgendwo ein Profil dazu im Computer. Um mehr zu erfahren, sollten wir Ihr Handy abhören lassen. Vielleicht lässt sich der nächste Anruf ja zurückverfolgen.«

Wiegele ärgerte sich, nicht selbst an diese selbstverständlichen Maßnahmen gedacht zu haben. Dann gratulierte er sich neuerlich zur Wahl, die Konstanz hinsichtlich der Vertretung Vondermattens getroffen hatte.

Apropos, den wollte er ja heute auch noch besuchen. Und um die Verlängerung von Helga Martens' Einsatz in Singen musste er sich auch gleich noch kümmern. Langsam kam er wieder in Schwung.

*

Marianne hatte erstaunlich gut geschlafen und fühlte sich nach einem ausgezeichneten Frühstück relativ gut. Die ruhige, achtungsvolle Art der Frau, die sie betreute, hatte ihr das Gefühl vermittelt, dass ihr keine unmittelbare Gefahr drohte. Beiläufig hatte sie mitbekommen, dass außerdem noch zwei Männer im Hause waren. Die sie, das stand für sie fest, am Verlassen ihres derzeitigen Aufenthaltsortes hindern würden. Und das notfalls auch mit Gewalt, da war sie sich sicher.

Aber sie dachte gar nicht an Flucht. Marianne Kogler war eine Frau, die durchaus auch Risiken einging. Aber diese mussten kalkulierbar sein oder dem Druck einer noch erschreckenderen Alternative gegenüberstehen. Beides war momentan aber nicht der Fall.

Dazu kam, dass sie als Psychologin das Verhalten ihrer Entführer natürlich besser einschätzen konnte als ein Laie. Und da hatte sie keinerlei Hass, Aggression oder sonst irgendwelche negativen Gefühle erkennen können. Sondern ein tendenziell durchaus freundliches, höfliches, eher geschäftsmäßiges Interesse.

Also, wozu sollte sie irgendetwas riskieren? Sie war sicher, dass Anselm derselben Meinung sein würde.

Das leise Klopfen an der Türe erwies sich als sinnentleertes Ritual, da ihre Bewacherin nicht daran dachte, Mariannes Aufforderung zum Eintreten abzuwarten.

»Sie haben Besuch«, kündigte die Maskierte an, »da ist jemand, der mit Ihnen sprechen möchte. In Ihrem Interesse werde ich Ihnen jetzt eine Augenbinde umlegen. Bitte nehmen Sie diese erst wieder ab, wenn ich es Ihnen sage. Andernfalls könnten Sie uns in sehr große Verlegenheit bringen.« Marianne verstand die dezent versteckte Drohung und nickte zustimmend mit dem Kopf.

»Keine Angst«, meinte sie, »ich weiß, was gut für mich ist und was nicht.«

Kaum hatte sich die temporäre Dunkelheit über sie gesenkt, da hörte die Entführte auch schon die kräftigen Schritte eines wohl jüngeren Mannes. Da war aber noch eine zweite Person, die offenbar verhindern wollte, dass Marianne ihre Anwesenheit bemerkte. Das vorsichtige, leise Schlurfen eines eher älteren Mannes kam ihr seltsam vertraut vor. Es war dieses kurze Schleifen des linken Beines, ehe es wieder gehoben wurde, um den nächsten Schritt zu setzen. Wieso kam sie eigentlich auf die Idee, dass es das linke Bein war?

Das Rücken eines Stuhles verriet Marianne, dass der eine Mann, der offizielle Besucher sozusagen, inzwischen Platz genommen hatte. Wenn sie sich nicht sehr irrte, verwendete er ›Lacoste pour homme‹ als Duftwasser. Kein schlechter Geschmack.

Viel interessanter war aber das After Shave der zweiten Person. Ein dezenter, eher herber, männlicher Duft, dessen Namen sie nicht kannte. Und eine unverwechselbare Note, die ihr sehr vertraut war und die sie bisher nur bei einem einzigen Menschen gerochen hatte.

In der Schule hatte Marianne eine blinde Freundin gehabt, Inez. Um sich eine Vorstellung von der Welt machen zu können, wie sie von Inez wahrgenommen wurde, hatte sich Marianne immer wieder für Stunden die Augen verbunden. Und dabei festgestellt, in welch erstaunlichem Ausmaß der Ausfall eines Sinnesorgans die anderen schärfte. Auf diese Art hatte sie sowohl ihr Gehör als auch Tast- und Geruchssinn systematisch verbessert. Das half ihr nicht nur in ihrem Beruf, in dem sie häufig mit blinden Menschen zu tun hatte, sondern und vor allem auch hier und jetzt.

»Guten Tag, Frau Kogler«, begann der offizielle Besucher. »Ich bin nur hier, um mich zu vergewissern, dass es Ihnen unter den gegebenen Umständen gut geht und Sie alles bekommen, um es zwei, drei Tage hier auszuhalten.«

Marianne nickte kurz mit dem Kopf. »Danke, es geht mir nicht schlecht. Ich protestiere aber nicht nur gegen die Art, wie man mich hierher gebracht hat, sondern vor allem auch gegen die Tatsache meiner Entführung überhaupt.«

Im Hintergrund hörte sie ein verhaltenes Hüsteln und erstarrte. Das war ein Zufall zuviel, schoss es ihr durch den Kopf. Und dennoch war es unmöglich. Die zweite, offenbar nicht offiziell im Raum anwesende Person ging wie ihr Vater, roch wie ihr Vater und das mühsam unterdrückte ›Hchn, hchn‹ klang ganz wie die heuer besonders hartnäckige Bronchitis ihres Vaters. Aber das konnte doch nicht sein. Nein, nicht ihr Vater.

Mühsam versuchte sie, ihrer Erregung wieder Herr zu werden.

Ihre nächsten Worte entfuhren ihr rein instinktiv. »Können Sie meinem Vater eine Information zukommen lassen?«

Der Angesprochene reagierte hörbar irritiert. »Schreiben Sie einen Brief und ich werde versuchen, ihn weiterzuleiten«, meinte er schließlich. »Aber in zwei, höchstens drei Tagen können Sie ihm das alles selbst sagen.«

»Aber ich möchte, dass er es noch heute erfährt«, erwiderte sie in leicht gereiztem Ton. »Sagen Sie ihm, dass ich ihn liebe und ihm vertraue. Was immer er auch tut.«

Das trockene, von einem nervösen ›Hchn, hchn, hchn‹ gefolgte Schluchzen war leise, aber unüberhörbar. Gleichzeitig erhob sich jemand und schlurfte eilig aus dem Zimmer. Auch der offizielle Besucher war aufgestanden und schickte sich an zu gehen.

»Passen Sie bloß gut auf sich auf«, meinte er noch zu Marianne. Mit einem Unterton, der ihr eine Gänsehaut über den Rücken jagte. Oder bildete sie sich diesen Ton nur ein? Genauso, wie sie sich einbildete, eben von ihrem Vater besucht worden zu sein.

Marianne konnte es nicht verhindern. Sie brach in Tränen aus.

*

Die erste der drei Damen, die Wiegele heute vernehmen wollte, war Francesca Doppoli, die Haushälterin Konsul Webernitz'.

Die rassige Italienerin war von der Kanzlei Bittner zunächst einmal an die Polizei verwiesen worden, da sich der Anwalt noch außer Haus befand und etwas verspäten würde.

Die üppige, im rubenschen Sinne durchaus attraktive Frau wusste bereits von dem Tod ihres Arbeitgebers, machte aber keinen sonderlich betroffenen Eindruck. Im Gegenteil, sie knallte dem Hauptkommissar eine Lebensversicherungspolice auf den Schreibtisch und wollte wissen, wann das Geld ausbezahlt werden würde.

Dabei ging es immerhin um einen Betrag von 200.000 Euro, für Frau Doppoli in ihrer derzeitigen Einkommenssituation zweifellos eine höchst interessante Summe. Dass sie inzwischen gut zehn Millionen schwer war, konnte die Gute ja noch nicht wissen. »Da müssen Sie die Versicherung fragen«, ging Wiegele trotz sachlicher Unzuständigkeit auf diese Frage ein. »Aber falls es sich wirklich um Selbstmord handelt, gibt es gar nichts. Das wäre nämlich ein Haftungsausschluss«, klärte er ohne überflüssige Rücksichtnahme auf.

Da fing Signora Doppoli an zu jammern. »Aber das geht doch nicht. Das isse doch Teil von meine Arbeitsvertrag gewesen. Walter immer at gesagt, wenn tot, dann ich muss keine Sorgen mehr aben. Und jetzt keine Geld? Che miseria.« Ihre Verzweiflung klang wirklich echt.

Auf den ersten Blick schien die Tatsache einer Lebensversicherung die Doppoli als Täterin oder zumindest Mitwisserin zu entlasten. Vorausgesetzt, dass sie nichts vom Inhalt des Testaments gewusst hatte. Denn sie würde durch einen erfolgreich fingierten Selbstmord eine Menge Geld verlieren.

Andernfalls konnte das aber auch nur ein geschicktes Ablenkungsmanöver sein. Falls sie nämlich einen Mord in Auftrag gegeben hatte oder an einem Komplott beteiligt gewesen sein sollte, dann machte es durchaus Sinn, es zunächst wie einen Selbstmord aussehen zu lassen. Quasi als Antimotiv. Wurde der Selbstmord dann als Mord aufgeklärt, so würde die Versicherung ja wieder zahlen müssen, und Signora Doppoli hätte doppelt gewonnen. Nomen est Omen.

Wiegele merkte, wie seine Gedanken immer wieder von dem konkreten Fall weg und zu Marianne gingen. Er musste das alles noch mit der Martens durchsprechen, in Ruhe darüber nachdenken.

»Glauben Sie, dass Sie etwas erben werden?«, versuchte es Wiegele jetzt in dieser Richtung.

»Ick glauben schon, si«, gab die Doppoli zu. »Walter at immer gesagt, dass icke die schön Porzellan von Meissen bekomme, auch die Bestecke von die Sterling Silber. Molto bello. Ick denken, er gute Mann, nix nur versprekken, auch macken.« Sie lachte verschämt. »Ick lieben schöne Saggen.«

Also das war wirklich nicht das Auftreten einer ausgefuchsten Erbschleicherin, fand der Hauptkommissar. Andererseits, vielleicht log die Frau ganz einfach nur perfekt.

»Wissen Sie, Frau Doppoli, ob Herr Webernitz in den letzten Wochen oder Monaten eine oder mehrere andere Frauen getroffen hat?«, wollte er jetzt noch wissen.

Nach einigen Sekunden erinnerte sich die Haushälterin. »Da war eine Signora aus Zurigo, die at der Walter eine bisschen getroffen. Ick aben diese Weib aber nix gesehen, nur was Walter erzählen«, radebrechte sie weiter. »Muss aber dumme Kuh sein.«

»Warum?«, wunderte sich Wiegele. »Wieso ist jemand eine dumme Kuh, der mit Webernitz ausgeht?«

»Weil sie glauben, dass sie wird Frau von Walter.« Sie lachte hell auf, ganz so, als ob diese Vorstellung an Absurdität nicht zu übertreffen wäre.

»Und was ist daran so unglaublich?«, wunderte sich der Hautkommissar aufs Neue. »Zugegeben, er war schon ein alter Zausel, aber trotzdem.«

»Er waren vor allem aber eine finocchio, eine schwule Sausel«, sie grinste. »Nur manckemale ein wenig Grappsche femmine. Ein eckte wilde Saue, die Walter. Aber schwul.«

Das war endlich einmal eine Neuigkeit. Konsul Webernitz ein Homosexueller. Ja, warum eigentlich nicht? Komisch nur, dass es sonst niemand gewusst zu haben schien.

Ein letzte Frage hatte Wiegele noch. »Was würden Sie eigentlich mit soviel Geld machen?«, wollte er wissen. »200.000 Euro sind ja doch eine ganz schöne Stange Geld.«

»Icke nicht viel brauchen«, antwortete die Doppoli. »Die meiste Geld ick geben an die famiglia in Calabria. Arme Menschen, gute Menschen.«

Die Antwort versetzte den Hauptkommissar in Erstaunen. Vielleicht sollte man sich die Verwandtschaft der Frau einmal näher ansehen.

*

Das Treffen zwischen Don Vito Bannzoni und Palinski war für 18 Uhr im wunderschönen Garten des sagenhaften ›Gran Albergo San Domenico‹ in Taormina angesetzt. Das ehemalige Kloster war sicher der rechte Rahmen für dieses denkwürdige Treffen, man konnte fast schon Audienz sagen. Der Wiener hatte keine Ahnung, was ihn erwartete, war aber schon von nervöser Anspannung erfüllt.

Der Empfang in der herrlich gelegenen, derzeit vor allem von skandinavischen und deutschen Senioren bevölkerten Ferienanlage war so herzlich gewesen, dass er ernsthaft ins Auge gefasst hatte, demnächst einmal einen Urlaub mit der Familie hier zu verbringen. Natürlich gegen Bezahlung, denn alles, was ihm die Bannzonis möglicherweise oder auch nicht schuldeten, würde er heute einfordern. Und auch mehr, falls es notwendig sein sollte. Das hatte sich Palinski fest vorgenommen.

Er hatte das herrliche Essen und das Appartement, das man ihm zum Ausruhen zur Verfügung gestellt hatte, nur zum geringen Teil genießen können. Auch aus Zeitgründen, denn er wollte, musste so rasch wie möglich wieder zurück beziehungsweise nach Stuttgart. Vor allem war es aber dieses Gefühl, hier und heute mit der Mafia als Repräsentant einer, nein, *der* Internationale des Verbrechens klüngeln zu müssen und damit ein für alle Mal seine Unschuld zu verlieren, was ihm latentes Unbehagen bescherte. Vielleicht sollte er sich dazu zwingen, die ganze

Angelegenheit pragmatischer zu sehen. Es gab ohnehin keine Alternative zu der Notwendigkeit, das bestmögliche Arrangement zu treffen, was immer darunter zu verstehen sein würde.

Um 15.30 Uhr hatte er sich in die alte, auf den Hängen des Monte Tauro gelegene Stadt Taormina bringen lassen und war den Corso Umberto entlang geschlendert. Dank der besonderen Lage dieses magischen Ortes hatte sich baulich fast nichts verändert, nur die gediegenen negozii seiner Jugend waren teilweise den dem Zeitgeist eher entsprechenden Shops der Fun- und Wegwerfgesellschaft gewichen. Das war schade, aber immer noch besser als die unpersönlichen, gesichtslosen Hoteltürme, die inzwischen die ehemals wunderschönen, historischen oder auch nur liebgewonnenen Ortsbilder zerstört hatten.

Dazu kam, dass die stagione eigentlich schon vorüber war. Die Massen der Sonnenhungrigen waren also schon zu Hause, wo sie von der schönsten Zeit des Jahres und dem Ausleben ihrer Sehnsüchte träumten. Es war wunderschön oder besser, es wäre wunderschön gewesen, hätte es nicht diese Aufgabe gegeben, die ihm wie ein Klotz aufs Gemüt drückte.

Zu allem Überfluss stand jetzt plötzlich auch noch seine sich offenbar als Ausweg aus dem sexuellen Notstandsgebiet der Klasse Römisch I fühlende Sitznachbarin aus dem Flugzeug vor ihm.

»Ja, wen haben wir denn da?«, gackerte sie los, als ob sie einen Zweijährigen auf Milupaentzug vor sich hätte. »Ein vertrautes Gesicht, das ist ja nett. Darf ich mich setzen?«

Ehe Palinski auch nur die Spur einer Chance gehabt hätte, saß die Gute, wie hieß sie bloß noch? Ach ja: Britta aus Bremen (»BB, das ist leicht zu merken«, hatte sie erklärt und das ganze Flugzeug hatte sich vor Lachen nicht mehr halten können) auch schon neben ihm. Die Signale, die sie aussandte, wären selbst für blinde Waschbären nicht zu übersehen gewesen. Nicht, dass er etwas gegen einen netten Flirt gehabt hätte, in Grenzen natürlich. Aber in seiner aktuellen Situation brauchte er nichts weniger als diese östrogenübersteuerte BB. Na ja, einen Cappuccino konnte er ihr ja spendieren, um Zeit für eine Fluchtstrategie zu gewinnen. Einfach unhöflich zu sein, lag Palinski eben nicht.

*

Oberinspektor Wallner war sehr zufrieden. Heute war wieder einer dieser sehr seltenen Tage, an denen alles zu klappen schien. Das Jugendamt hatte auf seine Intervention hin sehr rasch agiert und festgestellt, dass sich die dreijährige Gaby Mahrburger angeblich in der Obhut eines US-amerikanischen Au-pair-Mädchens in Salzburg befand. Dass es für diese Nancy Miller aus Cedar Rapids, Iowa, offenbar keine Arbeitserlaubnis gab, interessierte Wallner im Augenblick überhaupt nicht. Was ihn wesentlich mehr faszinierte und seinen Verdacht in eine ganz bestimmte Richtung lenkte, war, dass die auf dem Anrufbeantworter in Mahrburgers Wohnung vorgefundene, angebliche Stimme Nancys so überhaupt keinen Akzent erkennen hatte lassen und absolut nicht wie die Stimme einer 23-Jährigen geklungen hatte. Die Salzburger Kollegen waren bereits unterwegs, die junge Dame etwas näher unter die Lupe zu nehmen. Natürlich mit aller Diskretion.

Noch schöner fand er aber den ersten telefonischen Befund des Labors zum Vibrator. Tatsächlich hatten sich auf dem guten Stück noch Reste eingetrockneter Körperflüssigkeit gefunden, die für eine Analyse ausreichten. Das konnte auch noch recht interessant werden.

Wallner war mit Spekulationen im Allgemeinen sehr vorsichtig. Im vorliegenden Fall war er aber ziemlich sicher, bereits zu wissen, wie der wirkliche Name der im gerichtsmedizinischen Institut liegenden, verkohlten Leiche lautete. Bis er diesen aber auch aussprechen würde, würde noch einige Zeit ins Land gehen.

*

Am späteren Nachmittag stand plötzlich eine reichlich aufgetakelte Person vor Wiegele und stellte sich als Sylvia Leckmarein vor. Sie war exakt der Typ Frau, bei dem etwas weniger entschieden mehr gewesen wäre. Wobei sich das ›weniger‹ nicht nur auf ihre monatlichen Investitionen in die Kosmetikbranche bezog.

»Sind Sie mit den Umständen des Todes von Walter Webernitz vertraut?«, herrschte sie den über des Konsuls Geschmack bei Frauen doch etwas erstaunten Hauptkommissar an.

»Die Untersuchungen sind noch nicht abgeschlossen«, teilte er ihr mit. »Daher kann ich Ihnen dazu noch nichts sagen.«

»Der Kerl hat mir die Ehe versprochen«, jammerte sie, »und jetzt das. Es ist immer das Gleiche mit den Männern. Zuerst drehen sie dir ein Kind an, und dann lassen sie dich sitzen.«

Wiegele hatte nur halb hingehört. Er wollte schon erwidern, dass man in diesem Falle doch kaum von ›Sitzenlassen‹ sprechen konnte, als ihn auch der Inhalt des ersten

Halbsatzes mit etwas Verspätung erreichte. »Herr Webernitz hat was?«

»Er hat mich geschwängert und jetzt stehe ich da. Das ungeborene Kind hat doch auch schon Rechte gegenüber dem Vater. Oder?«

Der Hauptkommissar konnte es nicht fassen. Der biedere, streng katholische und immer auf die Wahrung der Form bedachte Herr Konsul erwies sich nach seinem unvermuteten Abgang plötzlich als schwuler Begrapscher seiner Haushälterin, der einer pummeligen und zu stark geschminkten Zürcherin angeblich ein Kind angedreht hatte. Welche Abgründe würden sich im weiteren Verlauf des Falles noch auftun?

»Natürlich hat das Ungeborene bereits Rechte. Hat Webernitz übrigens gewusst, dass er Vater wird?« Nicht, dass das etwas ändern würde, aber es interessierte Wiegele.

»Nein«, räumte die Leckmarein ein, »ich wollte ihn sozusagen als Verlobungsgeschenk damit überraschen.«

»Am besten, Sie sprechen mit Rechtsanwalt Dr. Bittner darüber, wie Sie die Rechte Ihres Kindes sichern können«, empfahl er der werdenden Mama.

Nachdem Wiegele die Angaben der Frau zu Protokoll genommen hatte, verabschiedete er sie und machte sich auf den Weg nach Freiburg. Er wollte unbedingt noch nach seinem Kollegen Vondermatten sehen, ehe er sich am späteren Abend mit der Dame aus dem ›Chez Nous‹ in Schaffhausen befasste.

8

Montag, 28. Oktober, nach 18 Uhr

Palinski hatte Mühe gehabt, sich der penetranten Anbiederungen Brittas aus Bremen zu entziehen, ohne allzu grob werden zu müssen. Allerdings hatte er sich etwas verspätet und war erst kurz nach 18 Uhr im ehrwürdigen ›San Domenico Palace‹ erschienen. Bereits am Eingang wurde er von zwei Leibwächtern Don Vitos in Empfang genommen und dezent nach Waffen abgeklopft.

Nachdem er den ersten Schock über diese Zumutung verdaut hatte, musste er lächeln. Er und eine Waffe, was für eine Vorstellung. Dann begleiteten ihn die beiden Männer durch den vorderen Teil des wunderschönen, parkähnlichen Gartens zu einer weiter hinten gelegenen kleinen Terrasse. Schon von weitem konnte Palinski die noch immer imponierende Gestalt des inzwischen schon deutlich über 70 Jahre alten Patriarchen erkennen. Oder war für Don Vito die Bezeichnung ›Pate‹ zutreffender?

»Als Junge ist er gegangen, als Mann kommt er wieder.« Don Vito war aufgestanden, um den Besucher aus Wien zu begrüßen. Dabei zitierte der kunstsinnige, hoch gebildete Mann die Worte irgendeines weniger bekannten Dichters seiner engeren Heimat.

»Ich erinnere mich noch gut, wie Sie vor 19 Jahren vor mir gestanden sind, Mario.« Er streckte Palinski seine Pranke entgegen. »Lang, schlaksig, ein beliebter ›capogruppo‹ bei seinen Schäfchen und der Schwarm der Mädchen. Und jetzt ein gestandener Mann mit einem guten Gesicht, in dem das Leben bereits seine Spuren hinterlassen hat. Dazu mehrere Kilogramm Übergewicht, wie wir alle.« Er klopfte sich zufrieden auf die mächtige Wampe. »Ein anderer und auch wieder derselbe. Nehmen Sie doch bitte Platz.«

Er deutete auf einen bequemen Stuhl.

»Leider kann ich nicht so schön formulieren wie Sie«, entgegnete Palinski, »darum sage ich ganz einfach herzlichen Dank für Ihre Einladung.« Er setzte sich und blickte auf das wunderbare Panorama, das sich vor ihnen auftat. Unter ihnen die Küstenlinie, das herrliche Meer und im Hintergrund der majestätische Ätna.

»Immer, wenn ich mir etwas Gutes antun möchte«, gestand er dem Don, »dann setze ich mich hin, schließe die Augen und sehe dieses Bild vor mir. Ist es nicht immer wieder zum Niederknien?«

»Da würden meine Knie nicht mehr mitmachen«, schmunzelte der Alte. »Abgesehen davon, geht es mir auch so. Aber jetzt genug der Freundlichkeiten und Liebeserklärungen. Befassen wir uns mit den Gründen, die uns hier zusammengeführt haben.«

Palinski hatte schon die ganze Zeit überlegt, was ihm an diesem Don Vito neu vorkam. Im Vergleich zu dem Don, den er vor fast 20 Jahren kennengelernt hatte. Abgesehen von den altersbedingten Veränderungen natürlich. Mit einem Mal wusste er es. Bei ihrem ersten Treffen hatte Enricos Großvater ausschließlich Italienisch gesprochen, noch dazu mit einem fast unverständlichen sizilianischen Einschlag. Heute sprach der große Mann überraschenderweise ein perfektes, fast akzentfreies Deutsch.

»Gestatten Sie mir vorweg noch eine Frage?«, warf Palinski ein. »Wie kommt es, dass Sie derart hervorragend meine Sprache sprechen?«

»Ich habe als junger Mann 12 Jahre in Deutschland gearbeitet«, erklärte Don Vito, »in den verschiedensten Jobs. Und daneben habe ich in München Betriebswirtschaft studiert und auch abgeschlossen.« Er grinste verschmitzt. »Sie haben es also nicht mit einem unkultivierten sizilianischen Bauern zu tun, sondern mit einem gewieften Geschäftemacher. Also Vorsicht.«

»Das war mir immer schon bewusst«, gestand Palinski, »aber trotzdem danke für die Warnung.«

So ging es noch einige Minuten mit gegenseitigen Höflichkeiten hin und her. Plötzlich beendete der Don aber den inhaltsleeren Smalltalk, indem er einen Packen Papier auf den Tisch legte. Palinski glaubte seinen Augen nicht zu trauen: Es handelte sich ganz ohne Zweifel um eine Kopie seines Manuskripts ›Spiele im Schatten‹. Wie, um Himmels Willen, war die hierher gekommen?

»Da schauen Sie aber, was ich alles habe.« Der alte Mann lachte. »Übrigens eine sehr gute Geschichte, sehr gut geschrieben«, anerkannte er. »Sie haben wirklich Talent. Auch wenn Ihnen Ihre Fantasie zeitweise durchgeht wie eine Herde Wildpferde.«

»Darf ich einen Blick auf Ihre Kopie werfen?« Palinski hatte die Deckblätter aller versandten Manuskripte durchnummeriert. Ein Blick und er würde wissen, bei welchem seiner Lektoren die undichte Stelle zu finden war.

Don Vito reichte ihm das Gewünschte, doch das ursprüngliche Deckblatt war offenbar ausgetauscht worden, bewusst oder unbewusst. Enttäuscht blätterte er einige Seiten durch und fand etwas, mit dem er nicht gerechnet hatte. Auf Seite 8 fand sich ein Kommentar. Unübersehbar stand da zu lesen: »Ist das nicht etwas übertrieben?« Diese Handschrift hätte Palinski unter tausenden erkannt, hier aber absolut nicht erwartet. Das würde ihm jemand sehr genau erklären müssen.

»Sie dürfen Ihrer Frau keinen Vorwurf machen«, ermahnte ihn Don Vito. »Sie hat keine Ahnung davon, dass ihre Kopie des Manuskripts mehrfach vervielfältigt worden ist und eine dieser Kopien den Weg hierher gefunden hat.«

»Wieso wissen Sie das, Don Vito?«, sprudelte es aus Palinski heraus, »und woher haben Sie all die anderen Informationen über mich und meine Lebensumstände her? Woher haben Sie zum Beispiel offenbar schon vor mir gewusst, dass ich mit Ihnen sprechen wollte?«

»Tatsächlich ist es ja anders gewesen«, korrigierte der alte Mann. »Eigentlich wollte ja ich mit Ihnen sprechen. Meine Freunde haben das dann so arrangiert, dass Sie den Eindruck bekamen, die Initiative habe bei Ihnen gelegen.«

Palinski fiel von einer Überraschung in die nächste. Dass ihm dabei das Bild von der Marionette wieder spontan vor Augen erschien, machte die ganze Angelegenheit noch mysteriöser. Trotz aller Gastfreundschaft fühlte er sich zunehmend verunsichert und hilflos.

»Einer Ihrer Freunde heißt wohl Juri Malatschew«, kam es trotzig aus dem Wiener heraus. »Ein Exspion im Dienste der …« Um sich nicht selbst in eine möglicherweise noch unangenehmere Situation zu manövrieren, ließ er den Satz unvollendet stehen. Schließlich durfte er das eigentliche Ziel seiner Reise, die Freilassung Marianne Koglers, nicht aus den Augen verlieren.

»Ach, Sie meinen wohl den ehemaligen Major Kusnezow vom KGB.« Don Vito lachte wieder dieses ganz spezielle Lachen, das klang wie das gutmütige Knurren eines Löwen, bevor er sich über seine Mahlzeit hermachte. »Wissen Sie überhaupt, in welcher Funktion Juri seine ersten weltpolitischen Sporen verdient hat?« Wieder lachte er, diesmal allerdings gluckernd. Richtig belustigt, wie es schien. »Er war für die Verpflegung der Mitarbeiter der Hauptverwaltung und der Moskauer Stellen des Komitees für Staatssicherheit zuständig. Ihm unterstanden also alle Kantinen. Major Kusnezow war, ich glaube, bei euch nennt man das Großküchenleiter, und als solcher verantwortlich dafür, dass es am 26. Oktober 1962 zu Mittag gebratenes Huhn gegeben hat. Die meisten dieser Tiere waren aber salmonellenverseucht gewesen und noch dazu nicht ausreichend erhitzt worden. Die Folge war, dass mehr als 300 Mitarbeiter des KGB, darunter fast die komplette Spitze, ab dem frühen Nachmittag für mehrere Tage nicht mehr dienstfähig waren.« Sein Lachen klang jetzt richtig schadenfroh. »Angeblich soll es in dem riesigen Gebäude gestunken haben wie in einem vollgekotzten Scheißhaus.«

Don Vitos Gedächtnis schien sagenhaft zu sein.

»Wieso kennen Sie dieses Datum so genau?« Palinski war wider Willen ausgesprochen beeindruckt.

»Weil diese Tage im Oktober 1962 weltpolitisch äußerst wichtige Daten waren«, wusste Don Vito im Gegensatz zu seinem Gast. »Klingelt es da nicht bei Ihnen?«

So sehr Palinski auch in sich hineinlauschte, ein Klingeln konnte er dabei beim besten Willen nicht hören.

»In die Geschichtsbücher sind diese Tage als Höhepunkt und Ende der so genannten Kubakrise eingegangen. Die Welt ist damals knapp an einem Atomkrieg vorbeigeschrammt. Chruschtschow hat am 28. etwas überraschend eingelenkt.« Don Vitos Grinsen wurde wieder breiter.

»Es gibt aber auch eine inoffizielle Erklärung dafür, warum die UdSSR zurückgesteckt hat. Es wird gemunkelt, dass die Führungsspitze des KGB und die meisten der wichtigen Mitarbeiter wegen einer Salmonellenvergiftung nicht in der Lage waren, die eingehenden Informationen zu analysieren und zu interpretieren. Da soll Chruschtschow angeblich keine andere Wahl geblieben sein als nachzugeben.«

Jetzt musste auch Palinski lachen. »Das würde ja bedeuten, dass Juri mit seinen Hendln den Weltfrieden gerettet hat.«

»Ja, das kann man sagen. Das hat ihm auch den Spitznamen ›Hähnchen-Kusnezow‹ eingebracht.«

Seine Vorgesetzten im KGB und das Politbüro hatten Juris Beitrag zum Weltfrieden natürlich etwas anders gesehen und ihn in die Außenstelle nach Wladiwostok strafversetzt. Dort hatte Major Kusnezow den Namen Malatschew angenommen, und seine Hendlnummer war langsam in Vergessenheit geraten. Später war er dann als Verbindungsoffizier zur Stasi nach Berlin versetzt worden. »Aber die Salmonellengeschichte hat ihn ohne Zweifel den General gekostet«, war Don Vito sicher. »Mehr als Oberst war nicht mehr für ihn drin.«

Dieser Juri, dachte Palinski, wer hätte das von dem alten Russen gedacht. Aber so interessant dieser Exkurs in die Weltgeschichte auch gewesen war, Antworten auf seine Fragen hatte er keine bekommen.

»Du wolltest also wissen, warum ich mit dir sprechen möchte.« Don Vito war jetzt plötzlich auf das vertrauliche Du umgestiegen und kam wieder zur Sache. »Seit unserer ersten Begegnung vor fast 20 Jahren habe ich dich regelmäßig beobachtet. Ich weiß von deinen Kindern, dass du deine Frau trotz allem, was sie mit dir durchgemacht hat, noch immer nicht geheiratet hast.« Er griff nach dem vor ihm stehenden Weinglas und nahm einen Schluck. »Ich habe mitbekommen, wie du arbeitslos gewesen bist und wie du dich schrittweise selbst wieder aus dem Schlamassel geholt hast. Wie dieser Baron, der sich selbst am Zopf aus dem Sumpf gezogen hat. Beeindruckend, sagt auch Dr. Metzler.«

Das war wieder ein Name aus Palinskis jüngerer Vergangenheit, dessen Nennung durch Don Vito ihn verwirrte. »Meinen Sie Dr. Metzler, den Geschäftsführer der ›Global Film‹ in Frankfurt?«

»Genau den«, der alte Mann nickte. »Er ist mir für meine seinerzeitige Empfehlung heute noch dankbar. Du hast bisher offenbar sehr gute Arbeit für ihn geleistet.«

Palinski beschloss, sich über gar nichts mehr zu wundern. In seinem Kopf nahm der alte Mafioso immer mehr die Gestalt einer riesigen Krake an, die auch in ihrem weiteren Lebensbereich alles und jeden einfing und kontrollierte. Oder die einer riesigen Spinne, deren Netz allgegenwärtig war.

»Unser aus vielen Organisationen bestehendes Netzwerk spannt sich um die ganze Welt«, fuhr der große Mann fort. »Jede einzelne dieser Organisationen stellt ein gut funktionierendes Gebilde dar, das nach ganz bestimmten, strengen Regeln funktioniert.« Don Vito nippte neuerlich an seinem Glas. »Willst du nicht auch einen Schluck trinken?« Ohne Palinskis Antwort abzuwarten, gab er einem seiner Männer ein Zeichen, dem Wiener einzuschenken.

»Wir kümmern uns um unsere Kinder, um die Alten

und um die Kranken. Und natürlich auch um die, die uns bescheißen wollen. Sowohl um jene aus den eigenen Reihen als auch um Fremde. Im Grunde genommen funktionieren wir wie eine Gemeinde, eine Stadt oder auch ein Staat.« Er kratzte sich heftig hinter dem linken Ohr. »Wir pflegen Beziehungen zu den anderen Organisationen und unterwerfen uns in der Regel dem Schiedsspruch einer Art globalen Komitees, das Streitigkeiten regelt und ausgleichend wirkt. So ähnlich wie die UNO, meistens nur wirkungsvoller. Und manchmal führen wir auch Krieg.«

»Aber genau das ist doch der springende Punkt«, warf Palinski ein, dem das pseudosoziale Geschwafel um die ach so netten, missverstandenen Verbrecher langsam aber sicher die Innereien umdrehte. »Der Staat hat innerhalb seiner Grenzen nun einmal als einziger das Gewaltmonopol, ebenso wie die UNO auf globaler Ebene. Wenn das nicht zumindest prinzipiell akzeptiert wird, ist jedes Zusammenleben zum Scheitern verurteilt, Chaos nicht zu verhindern.«

»Das mag in der Theorie schon stimmen«, räumte der Don ein. »Aber das setzt voraus, dass der Staat intelligent und verantwortungsvoll mit diesem Monopol umgeht. Und es nicht zu seinem Vorteil oder gar aus Jux und Tollerei missbraucht.«

»Aber das macht doch niemand«, protestierte Palinski. »Das sind doch nur Behauptungen derer, die den Staat anzweifeln oder gar ablehnen.«

Don Vito blickte Palinski prüfend an. »Bist du wirklich so naiv, das zu glauben oder sprichst du nur nach, was dir immer vorgekaut wird? Ich gebe dir ein Beispiel.«

Er begann von einer internationalen Tagung zu berichten, die im Mai 1983 in Miami stattgefunden hatte. »Am

Abend haben wir noch in einer bunt gemischten Runde in der Hotelbar zusammengesessen. Einer unserer Kollegen von einem der wichtigen US-Geheimdienste war ziemlich betrunken. Schließlich hat er sich damit gebrüstet, dass seine Organisation innerhalb weniger Monate einen Krieg, eine Invasion oder sonst eine militärische Handlung initiieren könnte, ohne dass irgendein Verdacht auf sie als Urheber fallen würde.«

In der Folge war es zu einer Wette gekommen. Der Kollege aus den Reihen der ›Guten‹ hatte 50.000 Dollar darauf gesetzt, dass es innerhalb eines halben Jahres zur Invasion eines harmlosen, bis dahin völlig unauffälligen Landes kommen würde.

»Na und?«, wollte Palinski wissen.

»Am 25. Oktober 1983 fand die Invasion Grenadas durch US-Truppen statt. Ich habe damals 10.000 Dollar verloren«, brummte der alte Mann.

Durch Zufall waren Palinskis Geschichtskenntnisse in diesem Fall etwas besser. »Aber so stimmt das doch nicht. Es gab ja einen konkreten Anlass für diese Aktion«, wusste er. »Immerhin ist der Premierminister des Landes sechs Tage vor dem Einmarsch ermordet worden.«

»Da siehst du wieder einmal, wie man so etwas aufzieht«, der Don nickte nachdenklich mit dem Kopf. »Soweit wir wissen, hat der Präsident keine Ahnung gehabt, was sich da in Wirklichkeit abgespielt hat.« Er zuckte resigniert mit den Achseln. »Aber wir werden sofort fertig gemacht, wenn einmal etwas aus dem Ruder läuft. Nur ein ganz kleines bisschen. Dabei haben wir uns unserem Land gegenüber immer loyal und verantwortungsbewusst verhalten. Wie das zum Beispiel die Landung der Alliierten in Sizilien im Juli 1943 bewiesen hat. Oder die immer wieder stattfindenden Prozesse. Wenn es unsere schwarzen Schafe zu bunt treiben, dann lassen wir durchaus zu, dass der Staat sie zur Verantwortung zieht. Das wissen unsere Leute auch und richten sich danach. Meistens zumindest.«

Inzwischen hatte sich die Dämmerung über die Insel gelegt und es wurde langsam kühl.

»Was hältst du davon, wenn wir jetzt zum Abendessen gehen? Ich habe hier im Haus einen Raum reservieren lassen.« Ohne Palinskis Antwort abzuwarten, stand er auf. »Du solltest unbedingt die Meeresfrüchte nehmen, die sind sensationell.«

*

Kurz nach 20.30 Uhr hatte Willi Buchhammer Tamara Salud wie vereinbart in Schaffhausen abgeholt. Zwanzig Minuten später erreichten sie das Stadtgebiet von Singen, wo sie bereits von einer speziell dort postierten Polizeistreife erwartet wurden.

Die folgende Verkehrskontrolle hatte für den Lenker des angehaltenen Fahrzeugs keine weiteren Konsequenzen, außer der Zahlung des noch ausstehenden Honorars von 100 Euro. Josefa Bütterli, wie Tamaras richtiger Name lautete, wurde allerdings wegen des dringenden Verdachts der Beihilfe zum versuchten Mord an Just Vondermatten vorläufig festgenommen und in eine Zelle gesteckt.

Daraufhin fühlte sich Wiegele gleich viel besser. Wenn jetzt bloß noch Marianne frei und wieder bei ihm sein würde, wäre die Welt wieder in Ordnung. Fast zumindest.

*

Nach dem Abendessen, die Meeresfrüchte waren wirklich sensationell gewesen, verließ das Servicepersonal auf einen Wink Don Vitos hin das kleine, fast intime Speisezimmer. Ein Leibwächter postierte sich vor der einzigen Türe, der zweite blieb im Raum. Vielleicht war sich der Don noch immer nicht ganz sicher, ob sein Gast nicht doch noch durchdrehen und ihm ans Leder gehen würde, dachte Palinski mit einem Anfall von Ironie.

Ganz zutreffend war diese Einschätzung nicht, denn der Bodyguard kümmerte sich vor allem rührend um den Kaffee und servierte den Marsala mit wahrer Grandezza. Danach brachte er einen dicken Umschlag und legte ihn seinem Chef vor.

»Hier habe ich etwas für dich«, meinte der Don und schob den Umschlag Palinski hin. Der griff vorsichtig hinein und holte ein säuberlich gebundenes Kompendium dicht beschriebener Seiten in italienischer Sprache hervor. Auf dem Deckblatt konnte Mario ›Maledito e ammazzato‹ lesen, was nach seinen bescheidenen Kentnnissen der Sprache so viel bedeutete wie ›Verdammt und umgebracht‹.

Don Vito freute sich sichtlich über den völlig überraschten Gesichtsausdruck seines Gastes. »Ja«, sagte er, »du irrst nicht. Das ist die von einem ausgezeichneten Literaturübersetzer erarbeitete italienische Fassung deines ersten Romanes. An der Übersetzung des zweiten arbeitet er derzeit noch.«

Palinski war derart perplex, dass er kein Wort herausbrachte. Schließlich gelang ihm aber doch ein gestottertes: »Wwwarum? Wollen Sssie mich bbbestechen?«

»Nein, wo denkst du hin. Ich möchte nur nicht, dass so ein spannender Kriminalroman den italienischen Lesern vorenthalten bleibt. Noch dazu einer, der in diesem sympathischen Wiener Ambiente spielt, das vor allem meine norditalienischen Landsleute so lieben. Übrigens, einer der größten italienischen Verlage wird sich demnächst mit deinem Verleger in Verbindung setzen«, kündigte der Don an. »Wegen der Weltrechte.«

Ein schrecklicher Verdacht durchzuckte Palinski. »Kennen Sie einen Georg Maynar Verlag?«

»Keine Angst, bei der Annahme deines Manuskripts ist es völlig korrekt zugegangen. Soviel ich weiß«, beruhigte ihn sein …, ja, was war der Don inzwischen für ihn geworden? Oder würde er werden, falls Palinski dies zuließ? Mäzen war wohl der treffendste Ausdruck. Palinski wusste wieder einmal nicht, ob ihm das gefiel.

Klar gefiel es ihm! Aber wie alles im Leben war es eine Frage des Preises, den er dafür würde bezahlen müssen. Und die Höhe des Preises war noch völlig offen.

»Also, wie soll das ›Arrangement‹ aussehen, dessen Annahme über die Freilassung dieser jungen Frau entscheiden soll?«, fragte Palinski energischer als ursprünglich beabsichtigt. Aber die Zeit verrann, und Wiegele wartete wahrscheinlich schon sehnsüchtig auf seinen Anruf.

»Wir sind an der Aufrechterhaltung des komplizierten, aber doch recht ausgewogenen Status quo zwischen uns und dem Staat beziehungsweise der Gesellschaft interessiert«, erklärte Don Vito. »Wir sind bereit, dem Kaiser zu lassen, was des Kaisers ist. Aber auch unsere Existenz muss respektiert werden und gesichert bleiben. Ganz naive Geister meinen ja, dass das Böse aus der Welt vertrieben, völlig vernichtet werden kann. Aber du und ich wissen, dass das Böse ebenso zum Leben gehört wie das Gute. Wenn man es tatsächlich schaffte, uns zu vernichten, würde sich das entstehende Vakuum sofort wieder füllen. Im Gegensatz zu den bisher meist bekannten Größen ständen deiner Welt dann aber einige Unbekannte gegenüber. Ein bekannter Feind ist aber besser als ein unbekannter Freund.«

Er zündete sich eine Monte Christo an und zog genussvoll daran.

»Es geht also nicht um ein ›entweder oder‹, sondern um ein ›sowohl als auch‹. Friedliche Koexistenz hat man das früher in der Weltpolitik genannt. Und die Grenzen zwischen eurer und unserer Welt sind schwimmend, durchlässig. Wir möchten dich bitten, diese Koexistenz mit pragmatischer Vernunft zu sehen und ausgleichend auf überzogene Forderungen fundamentalistischer Idealisten des so genannten Guten zu reagieren.«

»Und wen muss ich umbringen?«, scherzte Palinski, obwohl ihm gar nicht danach war.

»Überhaupt niemanden.« Don Vito lachte wieder dieses bestimmte Lachen. »Das erledigen wir schon selbst.«

»Und Sie würden nicht versuchen, mich über ein gewisses Maß an, nennen wir es einmal ›pragmatischer Toleranz‹ hinaus vereinnahmen zu wollen?«

»Nein, nein, da kann ich dich wirklich beruhigen. Das würde ja die dir zugedachte Rolle eines ›Intermondiales‹, eines Mediators zwischen unseren beiden Welten, gefährden«, besänftigte ihn der Don.

Das leuchtete ein, fand Palinski. »Und wann würden Sie Marianne Kogler freilassen?«

»Das liegt ganz bei dir. Du bekommst von mir eine Telefonnummer und ein Codewort. Sobald du anrufst und das Wort nennst, wird diese Frau innerhalb weniger Stunden wieder zu Hause sein. Gleichzeitig bekommt die Polizei eindeutige Hinweise zur Lösung der beiden Verbre-

chen, die der aktuelle Anlass für dieses Treffen waren.«
Die Stimme des Dons bekam plötzlich einen verärgerten Unterton.

»Eine Weltmeisterschaft der Killer müssen sie machen, diese Idioten. Als ob wir nicht schon genügend Probleme auch ohne so einen Blödsinn hätten. Und ausbügeln müssen wir Alten dann den Schlamassel.«

Er blickte Palinski direkt an. »Es tut mir übrigens sehr leid, dass deine pointierten literarischen Ideen gestohlen und so plump in die Praxis umgesetzt worden sind. Noch dazu mit einem Polizisten als Opfer.« Der Don klang ganz so, als ob er die Angelegenheit ehrlich bedauerte. »Ich selbst habe absolut nichts damit zu tun. Ich werde mich aber persönlich darum kümmern, dass die Initiatoren dieser dummen, unüberlegten Aktionen zur Verantwortung gezogen werden. Der verletzte Polizist erhält übrigens ein Schmerzensgeld von uns.«

»Ich muss also nur anrufen und das bestimmte Wort sagen«, wiederholte Palinski, »und dann wird Marianne Kogler freigelassen?«

»So ist es. Du musst dir aber über eines im Klaren sein: Dein Anruf ist für uns gleichzeitig das Zeichen dafür, dass du dem vorgeschlagenen Arrangement zustimmst. Das bedeutet aber, dass alles, was wir besprochen haben, auch so eintreffen muss. Und es gibt kein Zurück mehr. Also überlege genau, ehe du die Nummer wählst. It's all or nothing, baby.«

Das war noch teuflischer, als es klang.

»Und was wird jetzt wirklich von mir erwartet?«, wollte Palinski noch einmal wissen.

»Nichts, außer ausgleichend zu wirken«, antwortete der Don. »Ja, eines noch. Ein Mindestmaß an Fairness und

Stillschweigen. Also, wenn du über uns sprichst, dann nenne bitte keine konkreten Namen und Fakten, triff nur generelle Aussagen. So wie Malatschew es dir vorgemacht hat.« Jetzt blickte Don Vito ernst drein. »Details ausplaudern wäre der einzige Verstoß, den wir dir wirklich übel nähmen. Und wenn wir jemandem etwas übel nehmen, können wir sehr, sehr böse werden.«

»Eine letzte Frage noch«, bat Palinski. »Was geschieht mit Frau Kogler, falls ich dem Arrangement nicht zustimme?«

Der Don sagte kein Wort, blickte an Palinski vorbei in die Nacht hinaus. Dann griff er in die Westentasche und holte einen Zettel heraus. Den schob er seinem Gast hin. Auf dem Zettel stand ›I Pagliacci‹ und eine Handynummer. Sonst nichts.

Palinski steckte den Wisch ein und schwieg ebenfalls. Diese Nachricht war auch so angekommen.

»Komm jetzt«, sagte der Don in die lastende Stille hinein, »ich habe noch eine Überraschung für dich, die dir Freude machen wird. Dazu müssen wir uns aber ins Griechische Theater begeben.«

*

Es ging bereits auf 22.30 Uhr zu, und Palinski hatte sich noch immer nicht gemeldet. Wiegele ging unruhig in seinem spartanischen Junggesellenappartement auf und ab. Wahrscheinlich saß der verantwortungslose Schlawiner irgendwo in einer Bar oder einer Trattoria und machte sich ein schönen Abend. Und das zu Lasten seiner, Wiegeles Nerven, dachte der Hauptkommissar. Wusste aber gleichzeitig ganz genau, dass das lediglich Reflexionen seiner schlechten Laune, Reaktionen auf die Anspannung eines langen Tages waren. Denn Palinski mochte vieles sein, sicher aber nicht verantwortungslos.

Der Hauptkommissar überlegte, ob er Palinskis Frau, oder wie auch immer der Status Wilma Bachlers offiziell lauten mochte, anrufen sollte. Vielleicht hatte sie etwas gehört und konnte ihm helfen, mit seiner fast nicht mehr zu ertragenden Spannung besser fertig zu werden. Er verwarf den Gedanken aber gleich wieder, da er Palinkis Privatnummer im Büro gelassen hatte.

Langsam wurde der Hauptkommissar müde und setzte sich in den einzigen bequemen Stuhl. Automatisch griff er zur Fernbedienung und schaltete das kleine TV Gerät an. Desinteressiert betrachtete er das Geschehen auf dem Bildschirm und war bald darauf eingeschlafen. Wenigstens in diesem Punkt war noch Verlass auf das Fernsehprogramm.

*

Noch ein weiterer Akteur unserer Geschichte, ein Nebendarsteller, der bisher noch nicht aktiv ins Geschehen eingegriffen hatte, machte sich große Sorgen an diesem Abend: nämlich Dr. Erwin Kogler.

Dass ihn seine Frau Marianne verlassen und die Scheidung eingereicht hatte, war ihm egal. Gefühlsmäßig hatte er sich schon lange abgenabelt und seine seelischen, geistigen und körperlichen Bedürfnisse seither auf mehrere Damen verteilt. Das war ohne Zweifel viel spannender und weniger anstrengend gewesen. Und als nicht unattraktiver Enddreißiger in der Position eines Vorstandsdirektors der Landesbank hatte er bisher noch nie über mangelnde Auswahl klagen können.

Was ihm an der Verbindung aber immer sehr attraktiv erschienen war und in Zukunft fehlen würde, war die Zugehörigkeit zur Familie Bittner. Der Name hatte selbst in Berlin einen ausgezeichneten Klang, stand quasi für uraltes Großbürgertum im wahrsten Sinne des Wortes. Äußerst wohlhabend und kultiviert. Mit hervorragenden Beziehungen weit über die Grenzen des Landes hinaus.

Auf diese Kontakte, aber auch auf den beruhigenden finanziellen Hintergrund würde er schon grundsätzlich nur ungern verzichten. In seiner konkreten Situation würde er sich die Einwilligung zur Scheidung daher teuer abkaufen lassen.

Was nur wenige wussten, war, dass Dr. Erwin Kogler ein Zocker war. Nicht im Casino oder im privaten Spielklub, nein. Was ihn immer schon fasziniert hatte, waren die Spiele an der Börse. Während des Booms der New Economy hatte er durch geschickte Manöver, vor allem aber durch das rechtzeitige Erkennen des Zeitpunkts, an dem die gigantische Blase platzen würde, ein Vermögen verdient.

Plötzlich war es aber mit seiner Fortune vorbei gewesen. In der Folge hatte er bei der Finanzierung seiner immer panischer werdenden Aktionen immer öfter die Grenzen zwischen seinen eigenen, sonstigen privaten und den Geldern einiger Kunden missachtet. Langer Rede kurzer Sinn: Dr. Kogler war nicht nur pleite, sondern auch gewaltig verschuldet. Dazu hatte er noch eine beachtliche Summe fremder Gelder veruntreut. Falls er es nicht schaffte, innerhalb der nächsten zwei Tage mindestens 500.000 Euro auf die Beine zu stellen, würde er nicht nur seinen lukrativen Posten los werden, sondern voraussichtlich auch im Gefängnis landen.

Für seinen Schwiegervater war ein derartiger Betrag zwar auch kein Klacks, aber durchaus im Rahmen des Möglichen. Mal sehen, wieviel ihm das Glück seiner älteren Tochter wert war.

Wieder etwas optimistischer gestimmt, schenkte er sich den nächsten Drink ein.

*

Noch ehe der Wagen mit Don Vito und Palinski den Eingangsbereich des weltberühmten Teatro Greco in Taormina erreicht hatte, war die Nacht um sie herum bereits mit wunderbarer Musik erfüllt. Wie viele Wiener war Mario ein ausgesprochener Opernfan, vorzugsweise von Werken italienischer Komponisten. Auf dem Weg hierher hatte ihm der Don erklärt, dass die regelmäßig vor dieser grandiosen Kulisse stattfindenden Gästekonzerte ein riesiger Erfolg waren. Dabei handelte es sich um eine spezielle, technisch verfeinerte Art des Karaokesingens, das die Stimmen der sich als Placido Domingo, Anna Netrebko oder auch Robbie Williams und Britney Spears präsentierenden Amateure erheblich besser klingen ließ, als die Natur das vorgesehen hatte.

Der Jahreszeit und damit einer älteren Klientel entsprechend, stand heute klassische Musik auf dem Programm, aufgelockert durch das eine oder andere ›O sole mio‹ und ›Granada‹. Im Moment war es der Prolog aus Leoncavallos ›Bajazzo‹, der die etwa 200 in warme Decken gehüllten Zuhörer im Auditorium begeisterte.

Wie sinnig, dachte Palinski und wurde wieder an Marianne Kogler erinnert. Sollte er noch heute Abend anrufen und ihre Freilassung erwirken? Wahrscheinlich schlief sie aber ohnehin bereits. Etwas Zeit zum Überlegen musste er schon noch haben.

Am Eingang hatte sie Enrico, der völlig unschuldige und dennoch eigentliche Verursacher des aktuellen Dilemmas, erwartet und in einen Umkleideraum hinter der Bühne geführt. »Der Junge hat jetzt seine eigene Eventagentur«, berichete der stolze Nonno, »er veranstaltet diese Abende.«

»Wunderbar«, fand Palinski, »aber was hat das mit mir zu tun?«

»Ich weiß, dass du einen Traum hast, eine Vision«, begann Don Vito zu erklären. »Du stehst auf der Bühne des Teatro Greco und singst die Arie ›Nessun dorma‹ aus Puccinis ›Turandot‹. Und das abschließende ›Vincero‹ brüllst du derart hinaus, dass es dich von allen deinen Sorgen und quälenden Gedanken befreit.«

Verdammt, fuhr es Palinski durch den Kopf, woher wusste der Kerl das schon wieder? Das hatte er bei seinem allerersten Versuch zu schreiben dem geduldigen Papier anvertraut. Er konnte sich im Moment gar nicht erinnern, wem er diese seinerzeitige Egotherapie zu lesen gegeben hatte.

»Na und«, begehrte er jetzt auf, »was hat das damit zu tun?« Dabei begann er langsam, die Antwort zu erahnen.

»Und das wirst du jetzt auch machen können«, grinste Don Vito. »Entweder erfüllt sich dein Traum oder du wirst diese unsinnige Vorstellung ein für alle Mal los.« Er holte eine schwarze Perücke aus einer Schachtel. »Willst du auf Pavarotti machen oder als Original Palinski in den Ring steigen?«

Mario wollte schon protestieren, ließ es dann aber bleiben. Er hatte keine Chance gegen diesen freundlichen Despoten. Zumindest heute Abend nicht.

Und so geschah es, dass Mario Palinski sich als Luciano Pavarotti ausstaffieren ließ und dann plötzlich, mit dem unvermeidlichen weißen Tuch in der Hand, auf der Bühne stand. Als er sich gleich darauf das erste Mal den Schweiß von der Stirn tupfte, wusste jeder im Publikum, wen er glauben sollte, da vor sich zu haben.

Leise und doch kraftvoll setzte jetzt die Musik ein und Palinski versuchte, sich an die Worte des Textes zu erinnern. Was völlig überflüssig war, weil von ihm nur erwartet wurde, die Lippen zu bewegen.

Na, die würden sich in ihm aber ganz schön täuschen, frohlockte er insgeheim und begann, laut in das nicht angeschlossene Mikrofon zu singen, oder besser: zu brüllen. Dennoch hörte ihn niemand, zumindest hörte ihm keiner zu.

Je länger das Schauspiel andauerte, desto mehr genoss Palinski das Spektakel. Und als dann das berühmte ›vincero, vincero‹ dieses wundersame Tun beendete, war er etwas verwirrt und fast so glücklich, wie er sich das in seinen Fantasien vorgestellt hatte.

Aber eben nur fast. Don Vito hatte schon recht gehabt mit seiner Vermutung. Nur mit dem Unterschied, dass beide Effekte eingetreten waren. Sein Traum hatte sich erfüllt, und er war diese wirklich unsinnige Vorstellung jetzt endgültig losgeworden.

Aber das war nicht das Einzige, das er nach diesem Tag in Taormina losgeworden war.

9

Dienstag, 29. Oktober

Josefa Bütterli, die sich im ›Chez Nous‹ in Schaffhausen Tamara Salud nannte, saß Hauptkommissar Wiegele und Helga Martens gegenüber. Die junge, bei ihrer Einlieferung gestern Abend noch frech herumtönende Frau, sah zum Erbarmen aus. Ihr im Hinblick auf die erwartete Junggesellenparty besonders raffiniert ausgefallenes Make-up hatte die offenbar tränenreiche Erkenntnis über ihre beschissenen Zukunftsaussichten schlecht überstanden. Sie wirkte mehr wie ein tragischer Clown als eine Tänzerin, als die sie sich selbst bezeichnete.

Josefa verzichtete auf die Hinzuziehung eines Anwalts. Sie versuchte erst gar nicht, ihre Anwesenheit in dem Auto sowie ihr provokantes, der Ablenkung des ›gegnerischen‹ Fahrers dienendes Verhalten zu bestreiten. Aber sie habe nicht gewusst, was Benedikt, so der Vorname des Mannes, der den Laser bedient hatte, in Wirklichkeit vorgehabt hatte. Er habe das Ganze zunächst als Scherz, als eine Art spielerische Rache an einem Freund, dargestellt. »Ich kann doch nichts dafür, dass der Spinner plötzlich so durchdreht, odr?«

»Das wird das Gericht zu entscheiden haben«, stellte Wiegele fest. »Aber Sie können Ihre Situation verbessern, wenn Sie uns alles erzählen, was sie über diesen Benedikt und die Tat wissen.«

Und so erzählte sie, wie sie den angeblich in Südtirol beheimateten ›Benni‹ Saliner am Abend des 22. Oktober im ›Chez Nous‹ kennen gelernt und mit ihm das Lokal verlassen hatte. Sie hatten die Nacht und den nächsten Vormittag in einem Hotel in Gottmadingen verbracht. Am frühen Nachmittag des 23. hatte Saliner einen Anruf erhalten. Daraufhin waren die beiden rasch aufgebrochen und eine Zeit lang nur so durch die Gegend gefahren. In der Zeit hatte Benni einige Telefongespräche geführt.

»Plötzlich war da der weiße Golf vor uns auf der Straße«, berichtete Josefa, »und er hat mich aufgefordert, den Mann am Steuer beim Vorbeifahren mit provokanten Gesten und Bewegungen abzulenken.« Das habe sie getan, ohne gewusst zu haben, dass Benni die Ablenkung nutzen wollte, um den Lenker des anderen Wagens in einen Unfall zu drängen.

»Nachdem der andere Wagen von der Straße abgekommen ist, war ich vor Entsetzen wie gelähmt und bin im Wagen sitzen geblieben. Benni ist ausgestiegen und hat noch in die Schlucht hinuntergesehen.« Nein, einen Schuss habe sie nicht gehört.

»Und auf die Idee, dass der verunglückte Fahrer Hilfe brauchen könnte, sind Sie nicht gekommen?«

Sie habe schon daran gedacht, aber Benni hatte nur gesagt: »Der braucht keine Hilfe.« Dann war er wieder ins Auto gestiegen und habe sie nach Singen zum Bahnhof gebracht. Sie hätte dann den Zug zurück nach Schaffhausen genommen.

»Und das ist alles, was Ihnen zu diesem Vorfall einfällt?«, mischte sich jetzt Helga Martens in die Vernehmung ein.

Josefa Bütterli nickte zunächst bejahend. Aber dann schien ihr doch noch etwas eingefallen zu sein.

»Eines vielleicht noch«, begann sie zögernd, »ich bin sicher, der Kerl ist nicht ganz normal, eher ein Perverser.«

»Und wieso?«, wollte Wiegele wissen.

»Während der Nacht im Hotel in Gottmadingen und auch am Vormittag bin ich meistens unbekleidet herumgelaufen. Aber Benni hat mich nicht ein einziges Mal angemacht, geschweige denn versucht, mit mir zu schlafen«, berichtete sie. »Soweit ich sehen konnte, war er überhaupt nicht sexuell erregt.«

»Wahrscheinlich ist er schwul«, vermutete die Martens.

»Möglich«, meinte Josefa, »aber eines steht fest. Der Unfall hat ihn richtig stimuliert. Als er vom Unfallort zum Auto zurückgekommen ist, hat er eine ausgewachsene Erektion gehabt. Er hat kaum gehen können.«

*

Über Nacht hatte das Wetter in Taormina völlig umgeschlagen. Dem angenehmen, sonnigen Herbstklima des Vortages war ein grau verhangener Himmel gefolgt. Gegen 8 Uhr hatte es dazu noch zu regnen begonnen.

Das Grau in Grau vor den Fenstern seines Appartements in der Ferienanlage ›Bonnzani‹ entsprach ziemlich genau der Stimmung, in der sich Palinski jetzt befand. Von dem durch das vorabendliche ›Vincero‹ ausgelöste Hochgefühl war nichts mehr übrig. Die durch das Gespräch mit Don Vito verursachte Ambivalenz seiner Empfindungen machten ihm zu schaffen wie ein ausgewachsener Kater. Bloß war der spätestens am folgenden Tag vorbei. Die Kopfschmerzen, die er hatte, würde er wahrscheinlich bis zu seinem Lebensende nicht mehr völlig loswerden.

Er blickte auf die Uhr, es war kurz vor 9 Uhr und damit

noch eine Stunde Zeit, bis ihn Enrico abholen und zum Flughafen bringen würde. Zeit, die er nutzen wollte, um endlich zu der unaufschiebbaren Entscheidung zu kommen, derentwegen er hierhergekommen war.

Eigentlich hatte er ja überhaupt keine Chance, nicht auf das von Don Vito vorgeschlagene Arrangement einzugehen. Immerhin hatte der Mann keinen Zweifel daran gelassen, was mit Marianne andernfalls geschehen würde.

Wobei er sich nicht vorstellen konnte, dass dieser kultivierte, hochgebildete Herr ohne mit der Wimper zu zucken den Tod einer jungen, unschuldigen Frau befehlen würde. Aber wer konnte das schon wissen? Immerhin war Marianne nicht nur die Freundin Wiegeles, sondern auch die Schwester seines präsumtiven Schwiegersohns.

Was sollte der Blödsinn eigentlich? Seine Gedanken hörten sich fast so an, als ob er lediglich Marianne oder sonst einem ihm näher stehenden Menschen helfen würde. Könnte er eine wildfremde Person ganz einfach ihrem Schicksal überlassen? Die Vorstellung, diese Frage einfach zu bejahen erschreckte ihn.

So kam er nicht weiter. Vielleicht sollte er seine Situation einmal nach streng rationalen Kriterien untersuchen. In der Art einer betriebswirtschaftlichen Kosten-Nutzen-Analyse.

Auf der Nutzen-Seite war die Freilassung Mariannes an erster Stelle zu nennen. Dann der italienische Verlag, der die Rechte an seinen Romanen erwerben wollte. Oder würde der das auch unabhängig von seiner Entscheidung tun? Dann wäre wenigstens die Familie einigermaßen versorgt, falls ihm etwas zustoßen sollte.

Also, der finanzielle Vorteil sollte bei einer solchen Entscheidung wirklich nicht im Vordergrund stehen. Oder war er wirklich der Mensch, der seine Seele wegen des schnöden Mammons an den Teufel verkaufte? Oder gegen etwas anderes wie weiland Goethes ›Faust‹? Was war es dort noch gewesen? Ach ja, die ewige Jugend.

Don Vito mit dem Teufel zu vergleichen war aber ein starkes Stück. Der Mann hatte an ihm ganz einfach einen Narren gefressen, nachdem Palinski seinem Enkel das Leben gerettet hatte. Er hatte ihn beobachten lassen, sich für alles interessiert, was Palinski tat und würde ihn sicher auch in Zukunft nicht fallenlassen.

Aber zu welchem Preis? Er würde nicht mehr alles tun und sagen können, was er wollte und musste als Lobbyist für Menschen und Systeme agieren, die ihm zumindest höchst suspekt waren. Eine Marionette sein. Was für eine widerliche Vorstellung.

Andererseits, konnte er heute tun und sagen, was er wollte? Und musste er nicht schon heute gelegentlich Partei ergreifen, auch wenn er das eigentlich gar nicht wollte?

Falls er sich auf das Arrangement einließ, würde das ohne Zweifel seinen Einfluß und seine Möglichkeiten steigern. Würde er dieses Plus an Macht auch positiv nutzen und damit ein Gegengewicht zu seinem zwangsläufig tieferen Eintauchen in den Graubereich schaffen können?

Und last, but not least: Welche Auswirkungen würde seine Entscheidung für seine Familie haben?

Keine Ahnung, er hatte einfach keine Antworten auf alle diese Fragen. Was blieb, war die Frage, ob er es verantworten konnte, durch seine Weigerung Marianne Kogler einem zumindest ungewissen Schicksal zu überlassen.

Wild entschlossen, das Unaufschiebbare nicht mehr länger vor sich her zu schieben, griff Palinski jetzt zu seinem

Handy, um die Nummer mit dem ›I Pagliacci‹ durchzuziehen.

Da klopfte es an der Tür. Es war Enrico und es war Zeit, zum Flughafen zu fahren.

*

Oberinspektor Helmut Wallner vom Kommissariat auf der Wiener Hohen Warte war auch heute wieder bester Laune. Die neuerlichen, unter der Annahme einer manipulierten DNS-Analyse gestarteten Erhebungen im Falle ›Mahrburger‹ entwickelten sich prächtig und näherten sich zielstrebig ihrem Ende.

Dem jüngsten Telefonbericht des Labors zufolge stimmte die von Madames intimem Handwerkszeug abgenommen Probe nicht mit der DNS der bei dem Brand angeblich umgekommenen Gerda Mahrburger überein. Wer also hatte das gute Stück zuletzt benutzt und dann in einer diskreten Plastikverpackung in den Tiefen des riesigen Kleiderschranks der Hausfrau versteckt?

Dazu kam, dass die Abdrücke auf der in einer älteren, offenbar schon länger nicht mehr benutzten Handtasche gefundenen Lippenstifthülse mit denen auf dem Vibrator sichergestellten Fingerprints übereinstimmten. Dass diese Tasche Gerda Mahrburger gehörte, konnte als sehr wahrscheinlich angenommen werden, da sie auf einem Foto mit der Hausfrau deutlich zu erkennen war.

Nicht zuletzt hatte die Überprüfung des angeblich erst 23-jährigen amerikanischen Au-pair-Mädchens Nancy Miller ergeben, dass die mit diesem Ausweis angetroffene Person mindestens 10 Jahre älter sein musste und dem Foto im Reisepass der Miller nur sehr vage entsprach.

Die Frau, die sich der Kontrolle zunächst durch Flucht mit dem PKW entziehen wollte, wurde daraufhin festgenommen. Die kleine in ihrer Obhut befindliche Gaby Mahrburger, die der Verhafteten »Mami, Mami« nachrief, war vorläufig dem Jugendamt Salzburg übergeben worden.

Was jetzt noch zum Abschluss dieses ungewöhnlichen Falles fehlte, waren die Fingerabdrücke der in Salzburg verhafteten Frau sowie der genetische Fingerabdruck Nancy Millers.

Für Wallner stand aber bereits jetzt mit an Sicherheit grenzender Wahrscheinlichkeit fest, dass das angebliche Au-pair-Mädchen tatsächlich Gerda Mahrburger hieß. Die traurige, aber logische Konsequenz dieser Annahme war, dass es Nancy Millers Leichnam sein musste, der verkohlt im gerichtsmedizinischen Institut lag.

Dieser Fall würde wohl als Exempel für ›intelligente Idee, stümperhafte Ausführung‹ in die kriminologischen Lehrbücher eingehen, vermutete der Oberinspektor.

*

Kogler hatte bei seinen Gläubigern noch einen letzten Zahlungsaufschub von 72 Stunden erreichen können. Durch eine vorgetäuschte Dienstreise hatte er es auch geschafft, die für ihn höchst peinlich zu werden versprechende Vorstandssitzung auf Anfang nächster Woche zu verschieben.

Die Dienstreise hatte ihn nach Singen geführt, wo er jetzt mit seinem Schwiegervater die alles entscheidende Aussprache führen würde. Dafür hatte er sich eine Strategie zurechtgelegt, die Bittner nur eine einzige Möglichkeit ließ. Nämlich ihm, seinem Schwiegersohn, ein Darlehen von mindestens 500.000 Euro einzuräumen. Unbefristet natürlich. Andernfalls ..., aber daran wollte er jetzt gar nicht denken.

Als Kogler das Restaurant im Hotel ›Jägerhaus‹ betrat, wartete sein Schwiegervater bereits in einer ruhigen Nische des heute nur schwach besetzten Gastraumes. Nach einer knappen, die nicht vorhandene Herzlichkeit zwischen den beiden nicht einmal vortäuschenden Begrüßung nahmen die Männer einen Aperitif. Kogler einen doppelten Malt, Bittner einen ›Tio Pepe‹ extra dry.

»Ich habe in den letzten Monaten sehr viel Pech gehabt«, leitete der Banker das entscheidende Gespräch nach dem nur angedeuteten Zuprosten ein. »Meine Frau, deine Tochter«, als ob Bittner das nicht ohnehin gewusst hätte, »verlässt mich und ist tagelang verschollen. Treibt sich wohl wieder mit diesem Kerl von der Kripo herum, die Schlampe.«

»Wenn du nicht aufhörst, in diesem Ton von Marianne zu sprechen, dann gehe ich sofort.« Bittner funkelte sein Gegenüber böse an. »Du warst es doch, der sie mit seinen Affären schon drei Monate nach der Hochzeit hintergangen hat. Da darf es dich nicht wundern, wenn eine junge, gesunde Frau sich eben auch umorientiert. Es war ein riesiger Fehler von mir, Marianne seinerzeit nicht vor einer Heirat mit dir zu warnen.«

Das war zumindest die Untertreibung des Jahrzehnts. Bittner hatte seine von Erwin Kogler zwar durchaus angetane, aber nicht wirklich verliebte Tochter in diese Ehe förmlich hineinargumentiert. Er hatte sich einige Vorteile für seine Kanzlei aus der Verbindung mit dem smarten Banker erhofft. Hoffnungen gehegt, die sich nur zum geringen Teil verwirklicht hatten.

»Aber die Aufträge, die dir über die Bank zugegangen

sind, haben dir nicht missfallen, oder?«, ächzte Kogler. »Aber jetzt bin ich plötzlich nicht mehr gut genug für das geliebte Töchterlein.«

Er winkte den Kellner herbei und bestellte noch einen Malt.

»Gut, lassen wir das«, besänftige Bittner. »Auch andere Ehen gehen auseinander und die Welt dreht sich weiter. Ihr werdet demnächst geschieden. hchn, hchn.« Er wurde sein Hüsteln dieses Jahr einfach nicht los. »… und wir bleiben gute Freunde.«

Die letzten beiden Worte betonte er so, dass auch wirklich keinerlei Missverständnisse entstehen konnten.

»Das sagt sich so leicht«, widersprach Kogler. »In meinem steten Bemühen, deiner Tochter einen entsprechenden Lebensstandard bieten zu können, habe ich mich etwas übernommen. Wenn kein Wunder passiert, bin ich in 48 Stunden arbeitslos, möglicherweise sogar ein Fall für den Staatsanwalt. In so einer Situation kann ich doch den einzigen sicheren Hafen, die Familie, nicht so ohne weiteres aufgeben.« Er blickte sein Gegenüber frech an. »Das kann doch niemand ernsthaft von mir erwarten.«

Bittner wäre nicht so ein erfolgreicher Anwalt geworden, hätte er nicht gelernt, zwischen den Zeilen zu lesen und Zwischentöne richtig zu deuten.

»Wieviel brauchst du?« Bittner ließ jetzt alle Höflichkeit außer Acht und kam auf den Punkt.

»Ich will nicht lange herumreden, ich brauche mindestens 800.000 Euro.« Schonungslos knallte Kogler seinem Schwiegervater die Zahl um die Ohren. Etwas nachlassen konnte er immer noch.

»Mein Gott«, pfiff Bittner durch die Zähne, »was hast du denn mit deinem Jahresgehalt von mindestens 600.000 in den letzten Jahren gemacht. Hchn, hchn, hchn …« Unter dem Eindruck dieser unerhörten Forderung nahm sein Husten fast schon asthmatische Dimensionen an. »Hchn, hchn, habt ihr goldene Armaturen bei euch zu Hause? Oder was sonst?«

»Ich lasse mich nicht auf dein Niveau ein«, konterte Kogler kalt. »Entweder ich kann in 48 Stunden bezahlen oder der Skandal wird auch dich und deine Familie nicht verschonen. Immerhin hat mich ja dein exzellenter Ruf erst in diese fatale Situation gebracht.«

Dieser Logik konnte selbst der alte Fuchs Bittner nicht folgen. »Wie ist das denn zu verstehen?«, wollte er wissen.

»Glaubst du wirklich, ich hätte immer wieder soviel Kredit bekommen, wenn ich nicht der ›Schwiegersohn von Dr. Bittner aus Singen‹ gewesen wäre?«, höhnte der Banker. »Dein Name ist ja besser als eine Golden Card von American Express.«

Bittner war sprachlos über diese ungeheuerliche Frechheit. »Das ist unerhört. Was bist du bloß für ein Mensch?«

»Ein Mensch, der überleben möchte. Nicht mehr und nicht weniger.« Kogler hatte seinen Schwiegervater dort, wo er ihn haben wollte. Dachte er zumindest. »Und zwar nicht nur so, sondern standesgemäß, mit entsprechenden Perspektiven. Also mache etwas für mich, damit machst du auch etwas für dich.« Er nahm die Speisekarte zur Hand. »Wollen wir jetzt bestellen?«

Bittner war aber schon aufgestanden. »Danke, mir ist der Appetit vergangen. Hchn, hchn …, rufe mich morgen früh an. Ich werde sehen, was sich machen lässt.« Dann verließ der Anwalt grußlos das Lokal.

*

Nach der Landung in Mailand war Palinski soweit. Das ewige Hin- und Herschieben der Argumente musste ein Ende haben, sonst würde er noch verrückt werden. Vor allem war jedes weitere Abwägen angesichts der Tatsache hinfällig, dass es um Marianne Kogler, wahrscheinlich sogar um ihr Leben ging. Und dass er letztlich, zumindest indirekt, für den ganzen Schlamassel verantwortlich war. Immerhin waren es seine Wirklichkeit gewordenen Fantasien, die alles ausgelöst hatten.

Während er in einer Cafeteria auf seinen Anschlussflug nach Stuttgart wartete, holte er kurz entschlossen sein Handy heraus, wählte die bestimmte Nummer und wartete. Nach wenigen Sekunden wurde das Gespräch angenommen.

»Welche Oper wird heute gespielt?«, fragte ihn eine weibliche Stimme. Das war zwar nicht sehr originell, aber eindeutig.

»I Pagliacci«, antwortete Palinski.

»Wie schön«, antwortete die Frau. »Die Dame wird innerhalb der nächsten beiden Stunden bereit sein, an der Vorstellung teilzunehmen.« Damit war das Gespräch auch schon wieder zu Ende.

Als Nächstes teilte Palinski Wiegele die frohe Nachricht mit und vereinbarte, sich am Abend mit ihm in Singen zu treffen.

So, jetzt war sein Kopf wieder frei, sich mit seinen ureigensten Problemen auseinander zu setzen.

An erster Stelle stand da nach wie vor die Frage, wie sein unveröffentlichtes Manuskript ›Spiele im Schatten‹ zu jenen Menschen, soweit man diese Kreaturen überhaupt noch als solche bezeichnen konnte, gelangt war, die seine Fantasien so grauenvoll in die Tat umgesetzt hatten.

Jetzt konnte er sich auch nicht mehr länger der unangenehmen Tatsache entziehen, dass es Wilmas Exemplar war, das quer durch halb Europa bei Don Vito und wer weiß, bei wem noch angekommen war. Ursprünglich wollte er dieser Frage in einem persönlichen Gespräch nachgehen, aber die Zeit drängte und er konnte nicht länger auf die Antwort warten.

Er hatte Glück und erreichte Wilma gleich beim ersten Versuch.

»Schön, dass es dich auch noch gibt«, meinte die Frau, mit der er seit fast 25 Jahren nicht verheiratet war. Die Säure, die aus ihren Worten troff, machte ihm klar, wie verärgert seine Beste sein musste.

Der Hinweis auf Mariannes bevorstehende Freilassung beruhigte sie aber wieder einigermaßen und machte sie einem vernünftigen Gespräch zugänglich.

»Ich verspreche dir, wir holen alle versäumte Zeit nach und noch mehr«, beschwor er sie. »Und du wirst alles verstehen sobald ich dir alles erklärt habe. Jetzt benötige ich aber dringend deine Hilfe.« Die Tatsache, dass eine Kopie des ihr übergebenen Manuskripts bei einem ›Capo di tutti capi‹ aufgetaucht war, machte sie einigermaßen betroffen.

»Und wie kann ich helfen?«, wollte sie wissen.

»Bitte denke einmal nach, wem du das Manuskript zum Lesen überlassen hast, oder wer Gelegenheit gehabt hat, dieses Manuskript zu kopieren«, schärfte er ihr ein. »Das ist ganz wichtig.«

»Du machst mir doch keinen Vorwurf, oder?«, Wilma wirkte leicht eingeschnappt.

»Nein, mein Schatz«, versicherte er ihr. »Aber ich habe nun einmal deinen handschriftlichen Vermerk auf dem Manuskript gesehen, das Don Vito vorliegt. Irgend jemand in der Reihe der Leser nach dir muss es ja schließlich weitergegeben haben.«

Wilma versprach ihm, der mysteriösen Sache sofort nachzugehen. Sie vereinbarten, abends wieder zu telefonieren.

Einige Minuten später wurde Palinskis Flug aufgerufen.

*

Marianne Kogler war gegen 14.30 Uhr am Stadtrand von Singen abgesetzt worden. Nachdem sie die Augenbinde entfernt hatte, erkannte sie, dass sie lediglich knapp 500 Meter vom Haus ihrer Eltern entfernt war. Zehn Minuten später stand sie mit ihrem kleinen Koffer vor der Türe und wurde von ihrer vor Erleichterung weinenden Mutter umarmt.

Nachdem sich die ersten Gefühlswallungen etwas gelegt hatten, informierte Emma Bittner ihren Mann telefonisch über Mariannes Heimkehr.

»Papa hat noch einen Klienten, danach kommt er sofort nach Hause«, teilte sie ihrer Tochter mit. »Willst du vielleicht ein Bad nehmen? Ich richte inzwischen etwas zu Essen her.«

Nach einem erfrischenden Bad und einem kleinen Imbiss machte es sich Marianne in dem großen Lehnstuhl in ihres Vaters Bibliothek bequem. Die Spannung der letzten Tage war völlig von ihr abgefallen und sie fühlte sich richtig wohl. Beinahe zumindest, denn auf eine quälende Frage fehlte ihr noch die Antwort.

Offenbar war Marianne eingenickt. Als sie das Geräusch hörte, war es schon dämmrig im Raum. Schnell schloss sie die Augen wieder und stellte sich schlafend.

Da war es wieder, das leichte Schlurfen, das sie gestern zum letzten Mal gehört hatte. Dann der unverwechselbare Duft dieses Rasierwassers. Und als letzte Bestätigung das leise ›Hchn, hchn, hchn‹.

»Du wirst deinen Husten heuer aber gar nicht los, Vater« sagte sie ganz einfach so.

Ernst Bittner war zu seiner Tochter getreten und küsste sie auf die Stirne. »Ja, dieses Jahr ist er besonders hartnäckig.«

»Und der Duft deines Rasierwassers ist einmalig. Ich kenne niemanden, der es sonst verwendet«, setzte sie nach.

»Dein Geruchssinn ist noch immer phänomenal«, erkannte ihr Vater an.

»Das leichte Schlurfen nach deinem Unfall hört man aber nur mehr, wenn man sich mit verschlossenen Augen darauf konzentriert«, setzte sie noch einen drauf.

»Ich habe mich also nicht geirrt. Du hast mich erkannt!« Bittner setzte sich in den Stuhl gegenüber. »Hchn, hchn, hchn. Das habe ich nicht vorhergesehen.«

»Ich glaube, du wolltest insgeheim, dass ich dich erkenne.« Marianne sprach ganz leise und gelassen. »Ich habe mich zuerst sehr aufgeregt über deine Anwesenheit. Später hat mich die Tatsache deines Besuchs aber ungemein beruhigt. Komisch, nicht?«

Sie setzte sich auf und blickte ihren Vater direkt an. »Ich möchte nur eines wissen: warum? Warum hast du zugelassen, dass diese Kerle mich festgehalten haben? Während du dort ein- und ausgegangen bist wie bei guten Freunden? Also: warum?« Jetzt erhob sie ihre Stimme, brüllte fast: »Warum, Vater? Ich will es verstehen!«

Plötzlich hatte Ernst Bittner Tränen in den Augen. Marianne hatte ihren Vater noch nie zuvor weinen gesehen, und sie wusste nicht, ob ihr diese Premiere hier gefiel.

»Ich fürchte, das wirst du nicht verstehen.« Er schüttelte betroffen den Kopf. »Ich verstehe es selbst nicht. Aber ich will versuchen, es dir zu erklären. Wenn jemand einen Anspruch darauf hat, dann du.« Er musste wieder hüsteln.

Dann erzählte er ihr, wie er vor vielen Jahren über einen anscheinend überaus zufriedenen Klienten immer neue Kunden und Geschäfte vermittelt bekommen hatte. Die großzügigen Honorare hatten ihm und seiner immer größer werdenden Familie ein angenehmes, schließlich sogar luxuriöses Leben ermöglicht.

»Irgendwann bist du dann der Sklave deines Lebensstils und tust alles, um ihn zu erhalten«, bekannte er. »Nicht nur des angenehmen Lebens wegen, sondern auch als äußeres Zeichen dafür, dass du es geschafft hast. Wenn du einmal einen Mercedes 450 gefahren hast, möchtest du in keinen Opel mehr einsteigen.« Er schüttelte den Kopf. »Der Vergleich klingt unglaublich banal, trifft den Nagel aber exakt auf den Kopf.«

Mit der Zeit hatten ihm diese Klienten immer ausgefallenere Aufträge erteilt, Dinge verlangt, die ihn immer weiter in einen Graubereich hineingezogen hatten. »Ich habe nie etwas gemacht, was eindeutig verboten gewesen wäre. Aber nach einiger Zeit bin ich das Gefühl nicht mehr losgeworden, dass ich auf eine völlig harmlos wirkende Weise an Dingen beteiligt war, die zumindest im Grenzbereich zwischen Recht und Unrecht lagen. Hchn, hchn, da war es aber schon zu spät.«

Danach hatte Bittner seine Bedenken verdrängt. Sich eingeredet, dass die Informationen, die er an bestimmte Personen weitergab, seinen Klienten gewisse Vorteile im Geschäftsleben verschafften.

»Nichts Großes, nichts wirklich Verbotenes, in jedem

Fall aber standeswidrig«, bekannte er. »Aber da waren dann das neue Haus, die Privatschulen, die Segeljacht in La Spezia und so weiter. Ich habe mich prostituiert, die Ideale meiner Jugend verraten und verkauft.«

Marianne starrte ihren Vater ungläubig an. War das der Mann, den sie ihr Leben lang als Vorbild für Unbestechlichkeit, Gerechtigkeit und Fairness angesehen hatte? Und jetzt das.

Bittner fuhr fort. »Eines Tages starb dann plötzlich ein Mann. Einer, über den ich einige Tage vorher scheinbar völlig harmlose Informationen weitergegeben hatte. Es war ein Unfall mit Fahrerflucht. So was kam eben vor, hatte die Polizei gemeint. Und die Akte nach einem Jahr unerledigt geschlossen. Seit damals bin ich mir nicht so sicher, ob meine Tätigkeit wirklich immer so harmlos war, wie sie mir erschienen oder eingeredet worden ist.«

Diesem Unfall waren über die Jahre hinweg noch weitere gefolgt.

»Und plötzlich fängst du an, dich zu fürchten. Zu überlegen, ob nicht auch du eines Tages das Opfer eines Autorowdys werden könntest. Oder als kerngesunder Mensch plötzlich einen Herzinfarkt bekommst.«

Dann war Konsul Webernitz gestorben, angeblich von eigener Hand. Und Bittner hatte sich erinnert, dass er vor etwas mehr als einem Jahr seinen geheimnisvollen Kontaktmann über den Inhalt des Testaments seines Freundes und Klienten informiert hatte.

»Seither geht mir der Gedanke nicht mehr aus dem Kopf, dass Walters Tod etwas mit dieser Information zu tun haben könnte.«

In diese Stimmung hinein kam dann ein Anruf, der von Bittner verlangte, etwas zu unternehmen, um die Nachforschungen Hauptkommissar Wiegeles einige Tage wirkungsvoll zu verzögern. Am besten, Druck über die Freundin des Hauptkommissars auszuüben, also über seine Tochter.

Falls er, Bittner sich nicht dazu in der Lage sähe, sollte er es ruhig sagen, aber gleich. Dann würde man eben jemand anderen mit dieser Aufgabe betrauen.

»Ich weiß, dass du und dein Anselm euer Verhältnis geheim gehalten habt, hchn, hchn, hchn, aus verständlichen Gründen.« Bittner lachte fast schüchtern. »Aber deine Mutter und ich haben dennoch davon gewusst. Und wie ich befürchte, auch andere Menschen, die mit offenen Augen durchs Leben gehen. So habe ich mich eben entschlossen, dich selbst entführen zu lassen, um die Kontrolle über diese Aktion zu behalten.« Wieder hatte er Tränen in den Augen. »Ich würde es wieder machen, falls ich das müsste.«

»Und dann konntest du nicht anders, als dich selbst davon zu überzeugen, dass es mir gut geht?« Marianne war aufgestanden und zu ihrem Vater getreten. Sie bückte sich zu ihm und umarmte ihn. »Es ist dir sicher nicht leicht gefallen«, sagte sie gerührt. »Ich danke dir, Vater.«

»Und was jetzt? Wirst du mich bei der Polizei anzeigen?« Bittner blickte seine Tochter unsicher an.

»Ich denke, das Ganze bleibt unser Geheimnis.« Marianne lächelte. »Und zwar auch Mama gegenüber.«

»Besonders deiner Mutter gegenüber.« Bittner lächelte scheu. »Aber wird sich dein Hauptkommissar damit zufrieden geben?«

»Den überlasse nur mir«, beruhigte ihn seine Tochter. »Vielleicht erzähle ich ihm alles. Aber erst, wenn unsere Enkelkinder volljährig sein werden.«

»Vielleicht musst du gar nicht so lange warten«, meinte ihr Vater vieldeutig, aber Marianne achtete im Moment nicht darauf.

»Jetzt musst du mir aber noch eines versprechen«, verlangte sie. »Morgen früh gehst du zum Arzt. Dein Husten klingt gar nicht gut.«

*

Der Zug mit Palinski an Bord erreichte Singen um 19.48 Uhr. Hauptkommissar Wiegele erwartete seinen Freund am Bahnsteig und brachte ihn ins ›Bodenseehotel Lamm‹, wo er ein Zimmer für ihn reserviert hatte.

Auf der Fahrt hatte er ihm kurz von Mariannes Rückkehr erzählt und davon, dass sie sich von jetzt an zu ihrer Liebe bekennen würden, da ohnehin schon alle Bescheid wussten. »Ich bin froh, dass wir uns nicht mehr verstecken müssen. Übrigens, wir sind zum Abendessen eingeladen. Ich hoffe, das ist dir recht?«

Palinski wollte sich noch kurz frisch machen und vor allem mit Wilma telefonieren. Um den ungeduldigen Freund nicht zu lange von seiner Marianne fernzuhalten, schickte er Wiegele schon einmal los. »Du musst nicht warten, ich komme mit einem Taxi nach. Gib mir eine Stunde.«

Der Hauptkommissar protestierte kurz halbherzig und fuhr dann los. Palinski duschte kurz und klemmte sich dann sofort hinter das Telefon. Wilma schien schon auf seinen Anruf gewartet zu haben, denn sie meldete sich sofort.

Nachdem sich die beiden nach Art eines alten Ehepaares einige Nettigkeiten signalisiert hatten, hatte Wilma eine erste interessante Neuigkeit für ihn.

»Helmut Wallner hat dich gesucht«, berichtete sie aufgeregt. »Stell dir vor, der Fall mit der verbrannten Leiche ist jetzt gelöst. Bei der Toten handelt es sich um das amerikanische Au-pair-Mädchen. Die Frau des Architekten lebt noch. Sie hat sich als diese junge Frau ausgegeben und sich mit ihrer kleinen Tochter in Salzburg versteckt. Also Sachen gibt es.« Der Oberinspektor hatte noch ausdrücklich gebeten, Kommissar Wiegele seinen besten Dank auszurichten. »Ohne das Videoband wären die Mahrburgers mit ihrem Verbrechen durchgekommen.«

Na bitte, so hatte wenigstens sein Freund Helmut schon sein Erfolgserlebnis, dachte Palinski. »Ich bin etwas später bei den Bittners zum Abendessen. Anselm wird sich freuen, das zu hören.«

»Und Marianne kannst du ausrichten, dass sich Tina schon auf die Südamerikareise mit Guido freut. Das war eine hervorragende Idee von ihr«, merkte Wilma an.

»Ist dir schon etwas zu dem Manuskript eingefallen?«, wollte Mario jetzt endlich wissen.

»Nun ja«, bekannte seine Lebenspartnerin etwas kleinlaut, »das scheint so gewesen zu sein: Tina hat das Manuskript herumliegen sehen und es gelesen, als sie Grippe hatte. Dann hat sie Guido davon erzählt, und der wollte es auch lesen. Der Bub kann sich noch erinnern, eine Kopie gemacht und bei seiner nächsten Fahrt nach Hause mitgenommen zu haben. Die hat dann allem Anschein nach sein Vater in die Hände bekommen. Mehr weiß ich nicht.«

»Sehr gut«, freute sich Palinski, »das ist ja eine ganze Menge. Wenn jetzt auch noch Emma und Marianne ›Spiele im Schatten‹ gelesen haben, haben wir ja einen Gesprächsstoff beim Abendessen«, scherzte er. Irgendetwas in seinem Unterbewusstsein begann sich wieder zu melden. Er wusste noch nicht was, aber das würde sich erfahrungsgemäß auch noch herausstellen.

*

Eine halbe Stunde später traf Palinski bei den Bittners ein. Das schöne Haus am Stadtrand Singens war ihm bereits von seinem Besuch im Herbst des vorigen Jahres bekannt. Inzwischen fühlte er sich hier bereits heimisch, ein bisschen war man schon so etwas wie eine Familie. Auch wenn sich die Kinder noch zu keinem Hochzeitstermin hatten durchringen können.

Die Damen des Hauses umarmten den ›Helden aus Wien‹ mit Tränen in den Augen und dankten ihm für seinen Einsatz zur Freilassung Mariannes. Ganz so, als ob er sie höchstpersönlich aus den Klauen blutrünstiger Mädchenhändler befreit hätte. Ja sogar die altersbedingt noch etwas spröde 17-jährige Verena, Mariannes jüngere Schwester, küsste ihn auf die Wange. So viel Getue um seinen Abstecher nach Taormina war ihm richtig unangenehm.

Von seinem Gespräch mit Don Vito berichtete er gerade soviel wie notwendig war, um gewisse Zusammenhänge zu erklären. Dann ging er auf das Manuskript ein, unterließ es aber, den von Wilma aufgezeigten Weg bis zum Anwalt zu erwähnen. Er achtete aber auf mögliche Reaktionen Bittners, doch der zeigte keinerlei Reaktionen. Na gut, dann würde er sich den Ernst eben noch unter vier Augen vornehmen müssen, dachte Palinski.

Wiegele schien sich bei den Bittners wohl zu fühlen. Wohl auch, weil Mariannes Eltern merkten, wie glücklich ihre Tochter mit diesem Mann zu sein schien. Und dem

Anselm – was für ein seltener Name – einen entsprechend freundlichen Empfang bereiteten.

Er war zwar kein Banker, dachte Emma, aber immerhin Hauptkommissar. Mit guten Chancen, im Landeskriminalamt weiter Karriere zu machen, hatte ihr Mann gemeint. Das war ja auch nicht schlecht. Hauptsache, er behandelte ihre Tochter gut.

*

In seinen zweiten Abendnachrichten berichtete das Schweizer Fernsehen, dass die 34-jährige Geschäftsfrau Sylvia Leckmarein beim Verlassen ihrer Boutique in Zürich von einem mit überhöhter Geschwindigkeit fahrenden Motorradfahrer niedergerissen worden war. Für die schwer verletzte Frau war jede Hilfe zu spät gekommen. Sie war noch auf dem Weg ins Krankenhaus gestorben. Wie das Kantonsspital Zürich später mitteilte, war die Tote im dritten Monat schwanger gewesen.

Von dem flüchtigen, mit Vollvisierhelm fahrenden Lenker fehlte noch jede Spur. Sachdienliche Hinweise wurden an die Kantonspolizei Zürich erbeten.

10

Mittwoch, 30. Oktober

Bittner hatte die halbe Nacht damit verbracht, über eine Lösung des Problems ›Erwin Kogler‹ nachzugrübeln. So sehr es ihm auch widerstrebte, dem miesen Kerl Geld zu geben, war er doch gewillt, sich und vor allem Marianne loszukaufen. Falls es nicht anders ging und seine liquiden und leicht zu Geld zu machenden Mittel dafür ausreichten. Auf keinen Fall würde er so weit gehen, das Haus zu verkaufen oder auch nur mit einer Hypothek zu belasten. Darüber hinaus würde er auch das als eiserne Reserve beziehungsweise als Polster für den Ruhestand gedachte Wertpapierpaket nicht antasten. Das kam überhaupt nicht in Frage. Eher wollte er den Kerl ...

Während Bittner so dasaß und überlegte, wie viel Geld er aufbringen konnte, um Kogler den stinkenden Rachen zu stopfen, drang ein seltener, doch aber irgendwie vertraut klingender Name an sein Ohr. Rasch drehte er das Radio etwas lauter, in dem gerade die Kurznachrichten um 2 Uhr liefen.

»... eine Zürcher Geschäftsfrau, die Gerüchten nach mit dem vor kurzem verstorbenen Konsul Webernitz aus Singen liiert gewesen sein soll, starb noch auf dem Weg ins Krankenhaus. Wie sich später herausgestellt hat, war die Frau im dritten Monat schwanger. Von dem flüchtigen Motorradfahrer fehlt derzeit noch jede Spur.«

Sylvia Leckmarein, schoss es ihm durch den Kopf. Das war die Frau, die Walter angeblich heiraten wollte und die den Erbanspruch ihres ungeborenen Kindes bei ihm deponiert hatte. Mein Gott, doch nicht schon wieder ein Mensch, den er zumindest mittelbar auf dem Gewissen hatte. Nahm denn das kein Ende mehr? Das Schreckliche an seiner Situation war, dass es gar nicht mehr darauf ankam, ob sein Fehlverhalten wirklich ursächlich mit gewissen unklaren Todesfällen in seiner Umgebung in Zusammenhang stand oder nicht. Nein, inzwischen reichte schon die hypothetische Annahme, es könnte so gewesen sein, um sein Schuldbewusstsein zum Ausbruch kommen zu lassen.

War es die Möglichkeit der Testamentsanfechtung, die potenzielle Gefahr, das reichliche Erbe mit einem Kind teilen zu müssen, die diese Leute zu diesem ultimativen Schritt veranlasst hatte? Leute, die von ihm erst auf diese Möglichkeit aufmerksam gemacht worden waren. Wenn dem so war, dann hätte er die Leckmarein auch gleich selbst erwürgen können. Direkt in seinem Büro. Damit wäre wenigstens endlich Schluss mit diesem schrecklichen Zustand gewesen, in dem er sich jetzt schon seit Jahren befand. Aus dem er keinen Ausweg sah, außer einem.

Er versuchte, sich wieder auf dieses Aas von einem Schwiegersohn zu konzentrieren. Er konnte es drehen und wenden, wie er wollte und dann noch drei Mal addieren. Aber mehr als 350.000 Euro, vielleicht 400.000, wenn er seine geliebte Münzsammlung auch noch opferte, waren einfach nicht drin.

Also entweder der Mistkerl nahm den Betrag oder er ließ es bleiben. Mehr gab es nicht. Dann musste er sich eben etwas anderes einfallen lassen.

Bittner wäre nie so ein erfolgreicher Anwalt geworden, hätte er sich nicht schon früh angewöhnt, immer in Alternativen zu denken und jederzeit noch mindestens eine weitere Option bereit zu haben.

Im Augenblick wusste er zwar noch nicht, wie diese Option im gegenwärtigen Fall aussehen würde. Aber er wusste, dass diese Option vorhanden sein würde, sobald er sie benötigte.

In seinem Hinterkopf begann bereits ein Plan zu reifen. Und was für einer. Auch Bittner konnte teuflisch gemein sein.

*

Auch Palinski hatte noch während der Nacht schwere Gedanken gewälzt. Nachdem der unmittelbare Druck der Entscheidung in Zusammenhang mit Marianne Kogler weggefallen war, beschäftigten ihn Zweifel philosophischer Natur. Auf einen Nenner gebracht, liefen diese Zweifel auf die Frage hinaus, welche Verantwortung ein Autor eigentlich für sein Tun, für durch seine Fantasien inspirierte oder sogar ausgelöste Verbrechen und ihre Folgen zu übernehmen hatte.

Auch jetzt, auf dem Weg vom Hotel zu seinem Freund Wiegele ließ ihn die Problematik nicht los.

Sicher, man konnte sich immer auf die Argumentationslinie der Waffenhersteller zurückziehen und sagen, dass nicht der Colt oder die Winchester einen Menschen töten, sondern immer der Mensch selbst. Juristisch war das möglicherweise sogar in Ordnung, aber moralisch? So leicht durfte man es sich nicht machen.

Wahrscheinlich kam es auf den Vorsatz an. Es musste ja

wohl ein Unterschied sein, ob man eine ›Anleitung zum Morden‹ schrieb oder einen Kriminalroman. Was aber, wenn man einen Krimi schrieb und ihn ohne Hintergedanken ›Anleitung zum Morden‹ nannte? Und irgendein Idiot die Ironie nicht begriff, die mit diesem Titel transportiert werden sollte. Oder man vielleicht gar nicht in der Lage war, diese Ironie richtig ›rüberzubringen‹, wie es so schön hieß?

Mord war eine sehr ernste Sache, die man auch entsprechend ernst behandeln musste. Oder in einer unmissverständlichen Art und Weise so überzeichnen musste, dass das ›Augenzwinkern‹ des Autors permanent erkennbar war. Aber welchem Leserniveau musste man die Ironie, manchmal auch den Zynismus, anpassen? Um von möglichst vielen verstanden und gleichzeitig von möglichst wenigen milde belächelt zu werden?

Palinski hatte sich bei seiner bisherigen schriftstellerischen Tätigkeit immer um einen qualitativ vertretbaren Mittelweg bemüht. Und das war ihm auch ganz gut gelungen, hatte er bis jetzt gefunden. Bis dann plötzlich so ein Kretin daher kam, jemanden mit einem Laserpointer attackierte und fast zu Tode gebracht hätte. Der Gedanke an Wiegeles Kollegen, der Gott sei Dank überleben, wahrscheinlich aber auf einem Auge blind bleiben würde, trieb ihm die Tränen in die Augen.

Am besten, er hörte mit dem Schreiben überhaupt auf. Aber so leicht wollte er es sich doch auch wieder nicht machen.

Entschlossen, auch mit diesem moralisch-ethischen Problem fertig zu werden, betrat Palinski die Polizeidienststelle in Singen.

*

Dr. Erwin Kogler versuchte jetzt schon zum dritten Mal, seinen Schwiegervater zu erreichen. Er war sicher, dass sich der alte Taktiker bisher hatte verleugnen lassen, um ihn zu verunsichern. Aber nicht mit ihm. Diese Spielchen hatte er bei den diversen Seminaren und Coachings auch kennengelernt und gelegentlich schon durchaus erfolgreich eingesetzt. Wenn sich der Alte weiter so aufführte, würde er den Preis einfach auf 600.000 Euro hinaufsetzen. Ihm konnte das eigentlich nur recht ein.

Jetzt schien es endlich zu klappen. Im Gegensatz zu den früheren Versuchen hatte Herma, Bittners Chefdrachen im Vorzimmer, nur gesagt: »Ich verbinde.« Und jetzt wartete er darauf, dass sich sein Gesprächspartner endlich meldete.

Und das tat Bittner schließlich auch. »Guten Morgen, Erwin, tut mir leid, dass du warten musstest. Aber ich musste noch einige Sachen klären.«

Alles nur psychologische Finten, wusste Kogler, aber was sollte es. Hauptsache, es klappte mit dem Geld.

»Na, und?«, brachte er sein übermächtiges Interesse in die knappste Frageform.

Bittner schien sich an der demonstrativen Unhöflichkeit seines Schwiegersohns nicht weiter zu stoßen. »Ich kann dir 350.000 Euro anbieten, langfristig auf 12 Jahre, verzinst zu 3,5 Prozent, also Vorzugskonditionen«, bot der Anwalt an. »Im Gegenzug unterschreibst du endlich die Scheidungsvereinbarung und verzichtest auf weitere Ansprüche gegenüber Marianne oder sonst jemanden aus unserer Familie.«

»Aber so geht das nicht«, protestierte Kogler. »Mit diesem Betrag ist mir nicht geholfen. Ich brauche mindestens 500.000, eher noch mehr. Mit den anderen Bedingungen bin ich einverstanden.«

»Tut mir leid, Erwin, aber mehr gibt es nicht. Ich bin zwar ein durchaus wohlhabender Mann, aber kein Krösus.« Bittner war fast froh über die Ablehnung, denn die mögliche Alternative hatte bereits Konturen angenommen. Nicht, dass ihm diese Ersatzoption wirklich besser gefiel, immerhin aber von Minute zu Minute mehr. Ihm war bewusst, dass er Blödsinn dachte, betrachtete das aber als gutes Zeichen. Erwin konnte ihm keine Angst mehr einflößen und hatte daher jede Macht über ihn verloren.

»Also, etwas wirst du dich schon noch anstrengen müssen, Ernst«, meldete sich Kogler wieder. »Sonst werdet ihr mich nicht los und ich teile mit euch die Schande.« Er lachte hässlich.

»Gut, dann muss ich mir noch etwas einfallen lassen«, lenkte der Anwalt scheinbar ein. »Ruf mich abends noch einmal an.«

»Gut.« Kogler war hörbar zufrieden. »Ich habe mir gleich gedacht, dass du deine Karten noch nicht gänzlich aufgedeckt hast. Aber vergiss nicht, morgen früh ist deadline.« Dann legte er auf.

Das könnte durchaus zutreffen, ging es Bittner durch den Kopf. Dabei summte er zufrieden vor sich hin, nahm den Hörer nochmals ab und wählte eine auswärtige Nummer. Gleich darauf meldete er sich mit einem Namen, der nicht der seine war, zumindest nicht offiziell und gab seinem Gesprächspartner einige sehr präzise Anweisungen.

So, jetzt musste er noch zum Arzt, erinnerte er sich nach dem Auflegen. Ganz so, wie er es Marianne versprochen hatte.

*

Palinskis Bericht über sein Gespräch mit Don Vito war eine Gratwanderung. Ein Kompromiss zwischen dem eher extrovertierten Plauderer, der normalerweise nicht hinter dem Berg hielt, und dem vorsichtigen ›Intermondiales‹, dem die Warnungen des alten Paten fest eingemauert im Hinterkopf saßen. Es war das erste Mal, dass er ein heikleres Gespräch führen musste und dabei die unmissverständlichen Warnungen des alten Mafioso zu beachten hatte. Er hoffte nur, dass Wiegele diese gewisse Befangenheit nicht bemerkte oder zumindest nicht falsch interpretierte.

»Der Mann ist einerseits sehr einnehmend. Charmant, intelligent und hoch gebildet«, erzählte er gerade. »Auf der anderen Seite habe ich mich zeitweise gefühlt wie der berühmte Hase, der von der Schlange hypnotisiert wird. Dann hatte ich wieder das gute Gefühl, dass er mir nach wie vor wegen der Sache mit seinem Enkel durchaus wohl gesonnen war. Letztlich ist das Ganze ja deswegen so gut und problemlos gelaufen, weil er mir gegenüber noch eine Dankesschuld abzustatten gehabt hat.«

Das musste genügen. Die Erklärung war zwar nicht ganz richtig, aber auch nicht falsch. Ohne die seinerzeitige Rettung Enricos wäre er sicher nicht in diese Situation gekommen.

»Don Vito hat vor allem den Vorfall mit deinem Kollegen Vondermatten sehr bedauert. Sie wollen ihm sogar ein Schmerzensgeld bezahlen.«

Palinski ertappte sich dabei, wie er unbewusst um Sympathie für diese Verbrecherbande zu werben begann. Also setzte er schnell hinzu: »Als ob das etwas ändern würde.«

Wiegele sah das offenbar etwas pragmatischer. »Also, falls der Kollege eines Tages 10.000 Euro auf seinem Konto vorfindet, werde ich ihn nicht zu überreden versuchen, das

Geld zurückzuschicken. Immerhin wird er bald Vater und von der staatlichen Versehrtenrente wird er wohl kaum leben können. Die Frage ist nur, was das Finanzamt dazu sagen wird.«

Während diese rhetorische Frage im Raum stand, betrat ein Beamter der Schutzpolizei den Raum. Er trug ein Paket mit sich, das er vor Wiegele auf den Schreibtisch legte. »Das wurde eben für Sie gebracht, von UPS angeliefert.«

»Danke«, sagte der Hauptkommissar und versuchte einen Absender auf der Vorderseite der Lieferung auszumachen. »Muss ich etwas unterschreiben oder ist etwas zu bezahlen?«

»Nein, Herr Wiegele, das hat schon der Diensthabende erledigt.« Dann ging der Beamte wieder.

Vorsichtig öffnete der Hauptkommissar die Verpackung und holte drei Videokassetten sowie einen Brief hervor. »Was nehmen wir uns als Erstes vor?« meinte er zu Palinski. »Willst du lieber etwas sehen oder hören?«

Gleichgültig zuckte der Besucher mit den Achseln. Wiegele stand auf, legte eines der Bänder in das an der Wand stehende Abspielgerät und betätigte den Startknopf.

Plötzlich füllte das Heck eines vor der Kamera fahrenden Autos den Bildschirm. »Das ist ja Vondermattens Golf«, entfuhr es dem überraschten Hauptkommissar. Plötzlich wurde der Wagen mit dem Kameramann von einem Chrysler Cabrio mit offenem Dach überholt, das sich neben den Golf setzte und einige Zeit auf gleicher Höhe blieb. Jetzt erkannte Wiegele auch Josefa Bütterli alias Tamara Salud, die zumindest oben nur minder bekleidet offensichtlich obszöne Gesten in Richtung Vondermattens machte.

Dann war genau zu sehen, wie der Fahrer mit einem kleinen Gerät auf das Gesicht des Polizisten deutete und dann am Golf vorbeizog. In derselben Sekunde verriss Vondermatten den Golf, schlingerte mehrmals hin und her und durchstieß dann die Straßenbegrenzung, als er die nächste Rechtskurve nicht einlenkte, sondern geradeaus weiter fuhr.

Der dahinter fahrende Wagen mit dem Kameramann oder der Kamerafrau hielt nun an, und die Kamera bewegte sich von dem Fahrzeug weg in Richtung Absturzstelle.

Das nächste Bild zeigte den jungen Mann, der den Laser betätigt hatte, Arm in Arm mit Josefa Bütterli an der Absturzstelle. Beide lachten, als ob jemand gerade einen guten Witz erzählt hätte.

»Ui, da wird aber jemand ganz schönen Erklärungsbedarf haben«, brummte Wiegele vor sich hin. Dann blickten Josefa und der Fahrer in die Tiefe und die Kamera folgte. Weit unten sah man das schräg am Fuß des steilen Hanges auf dem Dach liegende Fahrzeug Vondermattens.

Die nächste Einstellung zeigte den jungen Killer, der einen Revolver aus der Tasche zog und einen gezielten Schuss auf das Fahrzeug abgab. Dann noch ein Kamerablick auf das brennende Fahrzeug, zum Abschluss noch einen auf die beiden höchst amüsiert wirkenden Akteure des schrecklichen Spiels, und dann war es vorbei.

Beide Zuseher standen deutlich unter Schock. »So was gibt es doch nicht«, entfuhr es schließlich Palinski. »Was sind das bloß für Menschen?«

»Das sind keine Menschen, das sind Monster«, stellte Wiegele fest. »Der Unterschied zwischen dem, was uns die Bütterli erzählt hat und der Wahrheit macht mindestens zehn Jahre Knast aus. Mein Gott, dass es so etwas gibt. Wie gut, dass der Richter sie nicht hat gehen lassen. Wegen Fluchtgefahr.«

Das zweite Band gab das Geheimnis des ›Selbstmordes‹ von Walter Webernitz in jedem einzelnen schrecklichen Detail wieder und lieferte Palinski einen neuen, erschreckenden Ansatz für seine moralisch-ethischen Zweifel von heute Morgen.

Was diese Dokumentation einer Hinrichtung so besonders absurd wirken ließ, war der Kerl mit der Startnummer 8 auf dem Rücken, der ständig vor der Kamera herumhüpfte und hineinlachte.

»Wir haben deinen Fingerabdruck«, entfuhr es Wiegele und es klang fast schadenfroh. »Dich Schwein bekommen wir mit Hilfe der Bilder.«

Die Aufzeichnung des dritten Bandes wirkte zunächst wie die Folge eines Society-Magazins eines privaten TV-Senders. »Das ist ja die Halle im ›Schlosshotel Gabensberg‹, erkannte Wiegele. Da tummelten sich eine Menge offenbar fröhlich gestimmter Menschen, Kellner servierten Drinks, und dem Angebot des Buffets an der rückwärtigen Seite des riesigen Raumes wurde eifrig zugesprochen. Zahlreiche Gesichter der herumstehenden Gäste waren unkenntlich gemacht worden. Der Hauptkommissar konnte einige örtliche Prominenz aus Beuren und Umgebung erkennen. Offenbar hatte man die Honoratioren eingeladen, um überflüssigem Gerede vorzubeugen. Das hatte wahrscheinlich nichts weiter zu bedeuten.

Plötzlich versteifte sich sein Rücken und er setzte sich ruckartig auf. Er hatte in der Menge ein bekanntes Gesicht entdeckt, das in dieser Umgebung absolut nichts verloren hatte. Und schon gar nicht in dieser Gesellschaft.

»Was macht denn Dr. Wanz in dieser Runde?«, entfuhr

es ihm. »Oh, oh, das sieht aber nicht gut aus. Eher nach einer Menge Erklärungsbedarf.«

Palinsiki sah ihn fragend an.

»Das ist Kriminaloberrat Dr. Wanz.« Wiegele deutete auf einen mittelgroßen Mann, der gerade einer auffallenden Blondine ein Häppchen in den Mund schob. »Ein ziemlich hohes Tier beim LKA. Was der hier verloren hat, ist mir nicht klar. Ich habe eigentlich nur eine einzige Erklärung dafür und die wird seinem Chef gar nicht gefallen.«

»Du meinst …«, setzte Palinski an, aber Wiegele unterbrach ihn sofort.

»In den letzten Monaten hat es immer wieder so seltsame Vorfälle gegeben, scheinbar kleine Pannen, die sich aber immer zu unseren Lasten ausgewirkt haben. Ich meine, zu Lasten der Polizei«, erklärte Wiegele. »Verzögerungen, die dazu geführt haben, dass Verfolgungen scheiterten, verlegte Papiere und ähnliches Zeug.« Er überlegte. »Wer weiß, vielleicht hat mein Chef letzten Freitag ja mit Wanz gesprochen und der hat ihn veranlasst, mir Oberkommissar Bellmann aufs Auge zu drücken. Die halbe Stunde Wartezeit hat gereicht, um die schrägen Vögel ausfliegen zu lassen.«

Er notierte sich, Dr. Münzauer in Konstanz oder Bellmann zu befragen und vorsorglich die am letzten Freitag ein- und ausgegangenen Gespräche des ›Schlosshotels Gabensberg‹ zu überprüfen. Man wusste ja nie, selbst die besten Leute machten dumme Fehler. Vor allem unter Druck.

Er rief nach Helga Martens und beauftragte sie, die entsprechenden Nachforschungen anzustellen.

»Meine neue Assistentin«, erklärte er Palinski, nachdem die Kommissaranwärterin wieder gegangen war. »Vertritt

Vondermatten bis auf weiteres.« Der positive Bescheid auf sein diesbezügliches Ansuchen hatte ihn am Morgen erreicht. »Eine sehr tüchtige Frau, ein richtiger Gewinn für uns hier.«

Während sie weiter spekulierten, welche möglicherweise harmlosen Erklärungen es doch noch für Dr. Wanz' Anwesenheit bei dem »gesellschaftlichen Ereignis des organisierten Verbrechens, Europagruppe I« geben mochte, meldete der Diensthabende telefonisch, dass ein Besuch für Palinski in Wiegeles Büro wartete. Nachdem Wiegele erfahren hatte, um wen es sich handelte, bat er den Kollegen, die Dame zu ihm zu geleiten.

»Besuch für dich. Eine Dame, du wirst nie erraten, wer.«

Der Wiener zuckte nur mit den Achseln, machte aber keinen Versuch zu raten. Das war auch gar nicht mehr notwendig, denn die Angekündigte stand bereits an der Türe.

Es war ... Wilma. Wiegele hatte völlig recht gehabt. Das hätte er tatsächlich nie erraten.

*

Wilma Bachler, die Mutter von Tina und Harry Bachler und jene Frau, der das Kunststück gelungen war, sich seit fast 25 Jahren vor einer Heirat mit Palinski zu drücken, war am Abend vorher von einem eigenartigen Gefühl befallen worden. Nach ihrem Gespräch mit Mario und dem als etwas peinlich empfundenen Eingeständnis, dass das verhängnisvolle Informationsleck seinen Ausgang immerhin bei ihr genommen hatte, hatte sie das Gefühl gehabt, etwas unternehmen zu müssen. Sie wollte ihrem Mario helfen, ihm zeigen, dass ihr das leid tat. Weiß Gott, was sie sich von ihrem plötzlichen Drang zum Aktionismus versprochen hatte.

Wie auch immer, sie hatte sich bis zum Wochenende bei ihrem Arbeitsplatz entschuldigt, einem Gymnasium, an dem sie Französisch unterrichtete, schnell ihren Koffer gepackt und heute Morgen einen der ersten Züge nach Stuttgart genommen, mit Umsteigen in München.

Jetzt stand sie hier im Büro von Hauptkommissar Wiegele und strahlte den völlig überraschten Vater ihrer Kinder freudig an.

»Ja, was machst denn du hier?«, wollte der wissen, und das klang zunächst einmal gar nicht sonderlich erfreut.

»Ich wollte dich diese Woche noch einmal sehen«, scherzte sie. Oder war das wirklich ihr Ernst gewesen, fragte sich Palinski. Er stand auf und schloss sie in die Arme. »Eine wunderbare Überraschung, die ist dir wirklich gelungen.«

»Ich habe mir gedacht, wenn er nicht zu dir kommt, musst du eben zu ihm gehen«, lachte sie, aber es war kein belustigtes Lachen. »Harry hat mir vorgestern sogar schon einen Wellensittich geschenkt, den ›Burschi‹. Damit ich nicht ganz so alleine bin.«

Jetzt war auch Wiegele näher getreten. »Guten Tag, Frau Palinski. Oh Pardon, so heißen Sie ja gar nicht. Herzlich willkommen in Singen.«

»Am besten, Sie sagen Wilma zu mir«, antwortete die Angesprochene, »dann gibt es keine Irrtümer. Wie geht es Marianne?«

Der Hauptkommissar nutzte die Anfrage, um sich selbst nach dem Befinden seiner Herzdame zu erkundigen. Es war nicht zu übersehen, dass er es genoss, jetzt jederzeit offiziell mit ihr Kontakt aufnehmen zu können. So ein

Outing hatte schon seine Vorteile. An sich völlig normale Handlungen waren zunächst ganz wunderbare Unterbrechungen des Alltags. So lange, bis sie den Reiz des Neuen verloren und zur Selbstverständlichkeit geworden waren.

Marianne Kogler wiederum nahm die Information von der Ankunft Wilmas zum Anlass, sich sofort auf den Weg zur Polizeidienststelle zu machen. Einerseits, um Wilma persönlich zu sagen, wie es ihr ging. Andererseits hoffte sie darauf, die Gelegenheit auch für einen kleinen zärtlichen Kontakt mit Anselm mißbrauchen zu können.

Die fast familiäre Atmosphäre wurde durch Helga Martens gestört, die mit neuen Meldungen kam.

Oberkommissar Bellmann, den sie gut kannte, hatte ihr in einem eher privaten Telefonat bestätigt, dass die Auflage an Wiegele, ihn zu dem Einsatz in Beuren mitzunehmen und daher auch auf ihn warten zu müssen, definitiv nach Rücksprache mit dem Landeskriminalamt in Stuttgart erfolgt war.

Wiegele war sehr zufrieden mit dem Ergebnis. Vor allem aber auch damit, wie rasch die Martens diese Information beschafft hatte. Der inoffizielle Weg war doch der bessere. Am Dienstweg hätte er eine Antwort auf diese Frage, wenn überhaupt, nicht vor einer Woche erhalten.

In dem ganzen Trubel um die überraschende Ankunft von Wilma wäre der mit den Videobändern gelieferte Brief fast vergessen worden.

Aber eben nur fast. Als sich nämlich die beiden Frauen zum Gehen aufmachten und die Männer aufforderten, sich ihnen anzuschließen, entschuldigte sich der Hauptkommissar mit dem Hinweis auf die Dringlichkeit der noch einzusehenden Beweise. Dabei dachte er an eben diesen Brief.

Und dabei wollte Palinski natürlich nicht fehlen. Also zogen Marianne und Wilma alleine los.

Fast andächtig öffnete Wiegele den Umschlag und entnahm ihm mit einer Pinzette vorsichtig ein einziges Blatt.

›Sehr geehrter Hauptkommissar‹, stand da. ›Der Mann, der für die schwere Verletzung Ihres Kollegen verantwortlich ist, heißt François Delanger und wohnt in Colmar, Rue de Martin 17. Wir bedauern diesen Zwischenfall, der ausdrücklich gegen unsere Intentionen erfolgt ist, ganz besonders‹. Weiter stand da: ›Für den Tod Herrn Webernitz' war ein gewisser Gianni Pontresino verantwortlich. Da wir mit diesem Herren noch eine Rechnung offen hatten, mussten wir die Sache selbst in die Hand nehmen. Er ist gestern bei einem Unfall in der Metrostation ›Porte Dauphine‹ ums Leben gekommen.

Als Ausgleich möchten wir Ihre Aufmerksamkeit auf einen Ihrer Kollegen richten, der Ihnen sicher bekannt sein wird. Was immer Sie mit dieser Information anfangen werden, wird uns recht sein‹.

»Fehlt gerade noch die Hoffnung auf weiterhin gute Zusammenarbeit und freundliche Grüße«, ätzte Wiegele. »Also so etwas habe ich auch noch nicht erlebt.« Er steckte den Brief und die drei Videobänder in einen Plastiksack und verschloss ihn. »Mal sehen, ob das Labor etwas damit anfangen kann.«

»Und wie geht es jetzt weiter?«, wollte Palinski wissen.

»Na ja, als Erstes geht ein internationaler Haftbefehl gegen diesen François hinaus. Und dann müssen wir uns überlegen«, Wiegele kratzte sich an der Stirne, »wie wir den guten Dr. Wanz am besten packen.«

*

Inzwischen hatte Dr. Ernst Bittner einen Plan entwickelt. Einen etwas radikalen, insgesamt aber guten Plan, der ihm geeignet erschien, sämtliche Probleme mit einem Schlag zu lösen. Dann hatte er die restlichen Bedenken zur Seite geschoben und beschlossen, diesen Plan auch in aller Konsequenz durchzuführen.

Komisch, dachte der Anwalt. Nach seinem Besuch beim Arzt war er richtig bedrückt gewesen. Der sorgenvolle Blick seines alten Freundes Dr. Besele und dessen dringende Empfehlung, so rasch wie möglich einen Spezialisten aufzusuchen, hatten Bittners unbestimmte Befürchtungen noch verstärkt. Nein, eher noch bestätigt. Er brauchte keinen Spezialisten, um zu wissen, was mit ihm los war. Dabei hatte er heute kaum gehustet. Was für eine Ironie.

Jetzt aber, nachdem er wusste, wie es weitergehen würde, war er plötzlich bester Laune und frei von Angst. Das Leben hatte schon eigenartige, ja makabre Überraschungen für einen bereit.

In seine heiteren, vielleicht etwas melancholischen Gedanken hinein platzte der schon überfällige Anruf Erwin Koglers.

»Also, wie sieht es aus«, hielt sich der zukünftige Exbanker nicht lange mit Höflichkeiten auf. »Hast du das Geld?«

»Ich habe alles, was du brauchst, um dir keine Sorgen mehr machen zu müssen«, erwiderte Bittner etwas gespreizt. Fand zumindest sein Schwiegersohn, aber dem war das eigentlich egal. Hauptsache, er bekam das Geld. Offenbar sogar mehr, als er erhofft hatte. Er hatte gewusst, dass auf den alten Trottel Verlass sein würde. Der würde eher seinen Ehering verkaufen, ehe er zuließ, dass sein ach so toller Name in negative Schlagzeilen geriet.

»Sehr gut, und wie geht es weiter?«

»Hol mich morgen um 15 Uhr von der Kanzlei ab. Wir fahren dann los, um die Sache hinter uns zu bringen«, wies ihn Bittner an. »Und eines noch. Kannst du mir einen kleinen Gefallen tun?« Er erklärte Kogler, worum es ging.

»Aber das mache ich doch gerne, Schwiegervater«, meinte der. Wenn es so einfach war, dem Alten eine Freude zu machen, an ihm sollte es nicht scheitern. »Also, dann bis morgen.«

Bittner wollte nur noch nach Hause und den Abend im Kreise seiner Familie genießen.

11

Donnerstag, 31. Oktober

Die vielen Überraschungen, die der gestrige Tag für ihn bereit gehalten hatte, hatte Palinski den eigentlichen Anlass für seinen Besuch in Singen vergessen lassen. Er wollte vor seiner Abreise heute Mittag im Gespräch mit Bittner noch klären, wie sein Manuskript zu Don Vito gelangt sein konnte. Und welche Stationen sein Werk auf diesem Weg genommen hatte oder haben konnte.

Da er sicher war, dass es Bittner nicht angenehm sein würde, die Frage bei sich zu Hause zu diskutieren, hatte er noch gestern Abend ein Gespräch für heute Morgen vereinbart.

»Und ihr brecht noch heute auf, zurück nach Wien?«, erkundigte sich Bittner, nachdem Palinski Platz genommen hatte. »Nimmst du Kaffee oder Tee?«

»Kaffee, bitte. Zur ersten Frage lautet die Antwort ja, kurz nach Mittag. Ich bin jetzt seit Montag unterwegs und zu Hause türmt sich die Arbeit auf dem Schreibtisch.« Er holte eines seiner Zigarillos heraus und zündete es an. Allerdings erst, nachdem sein Gastgeber zustimmend genickt hatte.

»Mariannes Freilassung hatte absolute Priorität, aber das ist glücklicherweise bereits Geschichte.« Er wischte sich einen Tabakkrümel aus dem linken Mundwinkel. »Und das bedeutet nun einmal die Rückkehr zu business as usual.«

»Nehmt ihr den Zug oder das Flugzeug«, wollte Bittner wissen.

»Wir haben uns für den Zug entschieden«, antwortete Palinski, »das dauert zwar länger, ist aber weniger stressig.«

»Könnte ich euch eventuell dazu überreden, die Fahrt mit dem PKW anzutreten, mit einer Übernachtung in der Hochzeitssuite im ›Schlosshotel Fuschl‹?«, lockte der Anwalt.

»Gott ja, warum nicht«, Palinski verstand nicht, worauf Bittner hinauswollte. »Aber warum sollte ich einen Leihwagen nehmen?«

»Keinen Leihwagen, sondern meinen Audi A 8. Ich habe ihn einmal Guido versprochen. Jetzt brauch ich den großen Wagen nicht mehr. Es wäre nett, wenn du mir die Überführung nach Wien abnehmen könntest.«

»Also, an mir soll es nicht scheitern. Falls Wilma nichts dagegen hat, geht das in Ordnung.« Palinski hatte immer schon einmal in diesem teuren Hotel übernachten wollen. Bisher aber nie das Geld dafür gehabt. Beziehungsweise das Herz, es dafür auszugeben. »Aber womit wirst du in Zukunft fahren?«

»Ach, da mach dir keine Sorgen«, erwiderte Bittner lächelnd, »ich werde schon nicht zu Fuß gehen müssen. Danke für die Bereitschaft, es wäre schön, wenn die Sache klappte.«

»Jetzt muss ich dich etwas fragen, was dir möglicherweise anmaßend erscheinen wird.« Palinski runzelte die Stirne. »Aber die Sache ist so wichtig, dass ich darauf keine Rücksicht nehmen kann. Ich hoffe auf dein Verständnis.«

»Nur zu«, ermunterte ihn der Anwalt, »ich werde es schon aushalten.«

Palinski rief den Zusammenhang zwischen dem inzwischen zweifelsfrei als Mord festgestellten Tod Konsul Webernitz', dem Unfall Vondermattens und seinem Manuskript in Erinnerung. Dann berichtete er davon, dass er ein Exemplar bei einem hochrangigen Vertreter der Mafia vorgefunden hatte.

»Aufgrund einer handschriftlichen Anmerkung war zweifelsfrei festzustellen, dass es sich dabei um eine Kopie des Exemplars handelte, das ich seinerzeit Wilma gegeben habe.« Er blickte Bittner direkt an. »Diese Kopie ist über Tina und Guido zu dir, lieber Ernst, gelangt. Wie es von dir zu dem Mafioso gelangt ist oder zumindest sein kann, möchte ich jetzt gerne von dir wissen.«

»Willst du damit andeuten, dass du mich für den Tod Webernitz' und den tragischen Unfall dieses Polizisten verantwortlich machst?« Bittner schien erregt. »Steht denn überhaupt schon zweifelsfrei fest, dass die beiden Vorfälle auf die in deinem Manuskript beschriebenen Verbrechen zurückzuführen sind?«

»Also, für Don Vito Bannzoni war der Zusammenhang eindeutig. Er hat sich sogar davon distanziert und entschuldigt.«

Die Nennung des Namens bewirkte eine eigenartige Reaktion Bittners. Er erblasste und sackte in sich zusammen wie eine aufgeblasene Plastikpuppe, aus der plötzlich die Luft entwichen war. »Du hast mit Don Vito gesprochen. Mit *dem* Don Vito?«

»Ich weiß nicht, wieviele es gibt«, das hatte ein bisschen arg schnoddrig geklungen, fand Palinski. Aber jetzt war nicht die Zeit für vornehme Zurückhaltung. »Ja, ich habe mit *dem* Don Vito gesprochen. Einem führenden Mann in dieser Verbrecher-Internationale, die sich nicht scheut, eine Weltmeisterschaft der Killer durchzuführen. Um ihre pubertierenden Adrenalinjunkies mit den jederzeit lockeren Abzugsfingern bei der Stange zu halten. Das kotzt mich alles so an.«

Palinski war jetzt so aufgewühlt, dass er kein Blatt mehr vor den Mund nahm. »Jetzt werde ich dir einmal etwas sagen, Ernst. Ich habe in den paar Stunden mit Don Vito einiges gelernt. Ein Gefühl für gewisse Dinge entwickelt, die man logisch kaum erklären kann. Und mein Gefühl sagt mir, dass du in diese ganze Geschichte mindestens genauso involviert bist wie ich. Und wie ein paar Tausend weitere Menschen alleine in diesem Land, die in diesem Graubereich zwischen Gut und Böse agieren. Bewusst oder unbewusst, aus Idealismus oder gegen Geld. Was sind deine Gründe, Ernst?«

Bittner, der während Palinskis leidenschaftlicher Attacke immer blasser geworden war, straffte sich wieder etwas.

»Ich sehe, man hat dich auch schon an die Leine genommen …, hchn, hchn, hchn … mein lieber Mario.« Den vermuteten Protest seines Gesprächspartners erstickte Bittner mit einer Handbewegung bereits im Ansatz. »Sei ruhig, jetzt bin ich an der Reihe mit dem Reden.«

Dann erzählte er Palinski die gleiche Geschichte, mit der er bereits am Tag zuvor seine Tochter schockiert und dann zu Tränen gerührt hatte. Seine Rolle bei der Entführung Mariannes behielt er aber für sich.

Der Wiener hatte zwar mit einer Reaktion gerechnet, mit einer derart schonungslosen Beichte aber nicht. Wie es aussah, war Ernst Bittner durch geschickte finanzielle Manipulation sukzessive in eine Rolle hineingeschlittert, für die sich er, Mario Palinski, aktiv entschieden hatte.

Trotz des moralischen Drucks, Marianne wieder freizubekommen, hatte er immerhin eine Wahlmöglichkeit gehabt. Und sich frei entschieden. Zumindest formell, theoretisch. Oder bildete er sich das nur ein?

»Ich kann dir nur versichern, dass mich der Tod Webernitz' und all der anderen, bei denen ich nicht ausschließen kann, zumindest mittelbar beteiligt gewesen zu sein, fürchterlich belastet«, sagte der Anwalt mit weinerlicher Stimme. »Diese Verantwortung ist etwas, mit dem ich in letzter Zeit immer … hchn, hchn, …« Bittners schluchzendes Hüsteln klang irgendwie lächerlich, fand Palinski, »… schwerer fertig werde.«

Der Anwalt stand auf, ging zum Fenster und blickte hinaus. Nach einigen Sekunden drehte er sich wieder zu Palinski um.

»Was wirst du jetzt unternehmen?«, fragte er zögernd.

»Ich? Gar nichts. Was soll ich denn unternehmen? Wiegele erzählen, dass sein zukünftiger Schwiegervater ein Lobbyist des weltweiten organisierten Verbrechens ist, so, wie sein Freund Palinski?« Der Wiener schüttelte den Kopf. »Nein, ich werde den Mund halten, Wilma bei der Hand nehmen und mit deinem schönen Auto nach Wien fahren. Eines möchte ich aber noch wissen: Wie heißt die Person, die nach dir mein Manuskript gelesen hat?«

Bittner schien zu zögern. Nach einer langen Minute zuckte er mit den Achseln und meinte: »Es ist ja ohnehin schon egal. Das war Kriminaloberrat Dr. Wanz vom Landeskriminalamt. Sein Nom de Guerre lautet ›Rigoletto‹. Hchn, hchn, ich werde übrigens der ›Marchese‹ genannt.

»War das nicht der Vater Leonoras? Ich halte das für keine glückliche Namenswahl«, meinte Palinski.

»Ich weiß«, sagte Bittner, »aber ich habe den ersten Akt

überlebt. Ich sterbe erst am Schluss. Das ist eben ›La Forza del Destino‹ im wirklichen Leben.«

Die bisherige Spannung war wieder gewichen und hatte einer fast kumpelhaften Flachserei zwischen den beiden ungleichen Männern Platz gemacht.

»Wo ein Rigoletto ist, dürfte aber auch ein Herzog nicht zu weit weg sein«, spekulierte Palinski. »Wer aber ist der ›Duca di Stoccarda‹, der Mann hinter Dr. Wanz?«

»Da gibt es jemanden«, war sich Bittner sicher, »aber der hält sich ungemein bedeckt. Wanz selbst ist nur ein Laufbursche.«

»Darum haben ihn seine Leute wohl auch zum Abschuss frei gegeben.«

Das war Palinski jetzt einfach herausgerutscht. Ganz gegen seinen Willen und er bereute es auch sofort.

Erstens die streng vertrauliche Information, die eigentlich nur für Wiegele bestimmt gewesen war. Und zweitens dieser gedankenlose, martialische Ausdruck ›zum Abschuss freigeben‹. War er auch schon von dieser menschenverachtenden Sprache angesteckt worden, die anscheinend immer mehr um sich griff?

»Und wer wird diesen Mistkerl Wanz erledigen?« Bittner war offenbar an Details interessiert.

»Das wird die große Profilierungschance für deinen neuen Schwiegersohn, Hauptkommissar Anselm Wiegele«, stellte Palinski klar. »Die Gelegenheit, sich wieder zurück in die kriminalistische Premium League des Landes zu spielen. Er muss nur noch die entsprechenden Beweise beschaffen.«

Bittner bückte sich, zog die unterste linke Lade seines Schreibtisches heraus, entnahm einen dicken gelben Umschlag und reichte ihn Mario.

»Hier, gib ihm das. Da müssten die Fingerabdrücke des Herrn Kriminaloberrates drauf sein. Vielleicht hilft das Anselm«, erklärte er dazu.

Palinski lugte vorsichtig in das große Kuvert hinein. Wie er vermutet hatte, handelte es sich bei dem Inhalt um eine Kopie seines Manuskripts. »Das ist wahrscheinlich der meistgelesene unveröffentlichte Roman der Literaturgeschichte«, scherzte er halbherzig. »Warum gibst du das Beweismaterial nicht selbst weiter?«

»Irgendwie tut mir der kleine beamtete Scheißer auch leid«, bekannte der Anwalt. »Im Grunde genommen ist er kein schlechter Kerl. Ein ganz normales Arschloch eben. Und wer weiß, falls ich das Material behalte, überlege ich mir die ganze Sache möglicherweise noch einmal.«

Auffallend an Bittners Ausdrucksweise an diesem Morgen war der vergleichsweise häufige Gebrauch deftiger Ausdrücke. Soweit Palinski sich erinnern konnte, verwendete der Anwalt sonst kaum Wörter wie ›Mistkerle‹ und hatte noch nie jemanden als ›Scheißer‹ oder gar als ›Arschloch‹ bezeichnet. Und auf einmal diese Häufung »schlimmer Worte.« Der Mann war heute überhaupt irgendwie eigenartig. Wollte plötzlich nicht mehr Auto fahren und wirkte seltsam melancholisch.

Palinski blickte auf die Uhr, es war bereits nach elf. »Ich denke, ich mache mich jetzt auf den Weg«, meinte er und stand auf. »Ich würde sagen, unser Gespräch bleibt unter uns. Schließlich sind wir ja so etwas wie Schicksalsgenossen.«

»Eines noch«, Bittner hielt ihn am Arm zurück. »Ich möchte dich bitten, ein wenig auf Emma und die Kinder zu schauen, falls mir etwas passieren sollte. Wirst du das für mich tun?«

»Aber natürlich, ich verspreche es. Aber was soll dir denn passieren?«, wunderte sich Palinski.

»Nun, das geht oft schneller als man denkt.« Bittners Einwand klang irgendwie resignativ. »Aber dein Versprechen gibt mir ein gutes Gefühl. Danke.«

Der Anwalt holte eine kleine Männerhandtasche aus einer Lade und reichte sie Palinski. »Hier, die Fahrzeugpapiere, Schlüssel und Reserveschlüssel. Am besten, du nimmst den Wagen gleich mit. Die Hotelsuite ist bereits bezahlt, inklusive einem Galadiner für zwei Personen am Abend. Du musst nur mehr berappen, was ihr euch aus der Minibar nehmt.« Er lachte. »Gute Fahrt und küsse Wilma von mir. Und umarme meinen Guido für mich.«

*

Marianne Kogler hatte ein eigenartiges Gefühl.

Zunächst hatte sich ihr Vater von der Familie verabschiedet, als ob er eine längere Auslandsreise anträte. Als er sie umarmt hatte, flüsterte er ihr ins Ohr, dass die Scheidung jetzt wohl nicht mehr lange auf sich warten ließe. Und dass er ihr alles Glück der Welt wünschte.

Dann hatte sie versucht, ihren Mann in Stuttgart zu erreichen, aber erfahren, dass er bis Ende der Woche verreist war. Daraufhin hatte sie ihren Anwalt angerufen, um zu hören, ob Dr. Meissner inzwischen vielleicht irgendetwas zum Thema Scheidung gehört hatte. Der hatte ihr aber auch nichts Neues sagen können.

Um sich etwas abzulenken, hatte sie versucht, eine alte Schulfreundin in Singen zu erreichen, um sich mit ihr in der Stadt zu treffen. Doch Vera Schusterer hatte im Moment leider keine Zeit für einen längeren Stadtgang, da sie einen Kuchen im Ofen hatte. Ihr kleiner Junge feierte heute Geburtstag und erwartete am Nachmittag eine Menge Freunde. Vera freute sich aber über einen kleinen Plausch mit ihrer ehemaligen Banknachbarin. »Übrigens, ich habe deinen Mann gesehen«, stellte sie irgendwann zwischen all dem Klatsch fest, den sich die beiden Frauen zu erzählen hatten.

»Ach so? Wann bist du denn in Stuttgart gewesen?«

»Heuer noch gar nicht«, teilte ihr Vera fröhlich mit. »Das war auch gar nicht notwendig. Wie ich heute Morgen beim Einkaufen war, habe ich Erwin ins Café ›Am Stadtgarten‹ gehen sehen.«

Diese Nachricht hatte Marianne einigermaßen irritiert und ihr die Lust am weiteren Plausch genommen. Nachdem sie sich von ihrer Freundin verabschiedet hatte, erkundigte sie sich bei ihrer Mutter, ob sie etwas von der Anwesenheit Erwins wusste. Emma Bittner war aber ebenso ahnungslos wie ihre Tochter.

Mit der Zeit hatte sich Mariannes komisches Gefühl zu einem ausgewachsenen Verdacht verwandelt, dass hier etwas Sonderbares, Beunruhigendes vor sich ging.

Sie kannte ihren Mann, der hoffentlich bald ihr Exmann sein würde, nur zu gut und wusste eines ganz sicher: Wenn Erwin in Singen war, dann konnte das nur bedeuten, dass er etwas mit ihrem Vater aushecke. Aber so ging das nicht, sie war eine erwachsene Frau und nicht Gegenstand von Verhandlungen zwischen ihrem früheren und ihrem gegenwärtigen Möchtegern-Machthaber. Sicher wollte diese miese Type von Ehemann noch irgendeinen Vorteil aus ihrem Vater herauspressen, ehe er endlich der erlösenden Vereinbarung zustimmte. Aber nicht mit ihr.

Nach zwei vergeblichen Versuchen, ihren Vater telefonisch zu erreichen, machte sie sich auf den Weg in die Stadt, um nach Anselm und dem Rechten zu sehen. Nicht unbedingt in dieser Reihenfolge.

*

Bittner konnte auch nicht aus seiner Haut. Einem angeborenen Gefühl der Fairness folgend, konnte er nicht anders, als Dr. Wanz in Stuttgart anzurufen und ihn zu warnen, dass ihm die eigenen Kollegen auf der Spur waren. Er wusste zwar, dass sein Verhalten hochgradig widersprüchlich, ja geradezu schizophren war. Aber so war er eben: Dr. Ernst Bittner, der Meister des Pelzwaschens, ohne diesen dabei nass zu machen.

Dr. Wanz war aber auswärts unterwegs und wurde erst für den Nachmittag zurückerwartet. So lange konnte sich Bittner aber nicht gedulden, und so bat er darum, dem Herrn Kriminaloberrat eine Nachricht zu übermitteln. Wie unter Freunden der italienischen Oper üblich, bestand der entsprechende Code in einer Aussage, in der es formal um dieses Genre ging.

»Bitte richten Sie Dr. Wanz aus, ich habe gehört, dass Jago in der nächsten Aufführung des ›Othello‹ umbesetzt werden soll. Nur für den Fall, dass er sich rechtzeitig Karten besorgen möchte«, ließ er die verdutzte Sekretärin notieren. Die hatte gar nicht gewusst, dass sich ihr Chef für diese Oper interessierte. Versprach aber, die Nachricht zuverlässig weiterzuleiten. Schönen guten Tag auch.

Sollte sich doch der Oberrat den Kopf über diesen Nonsens zerbrechen.

Dann hatte Bittner seinen Sekretariatsdamen mit einer

plausiblen Erklärung für den Rest des Tages freigegeben. Für das, was er jetzt vorhatte, brauchte er Ruhe und keine Zeugen.

*

Wilma hatte erwartungsgemäß nichts dagegen gehabt, mit Bittners ›dickem fetten Schlitten‹ nach Wien zu fahren, wie sie den großen Audi scherzhaft bezeichnete. Und die Nacht im ›Schlosshotel Fuschl‹ war genau das, was sie brauchte, um eine bisher eher durchwachsene Woche zu einem positiven Gesamterlebnis werden zu lassen.

Nachdem sie sich von Emma Bittner verabschiedet hatten, bestiegen sie das luxuriöse Fahrzeug. Dann nahmen sie noch Marianne mit, die eben das Haus verlassen wollte, um in die Stadt zu gehen. Sie brachten sie ins Zentrum und legten dann noch einen kurzen Stopp bei der Polizeidienststelle ein. Dort übergab Palinski Wiegele den Umschlag mit dem Manuskript. »Da sollten interessante Fingerabdrücke drauf sein«, erklärte er dem neugierig blickenden Hauptkommissar. »Aber achte darauf, dass die Ergebnisse nicht von irgendjemand«, dabei verzog er sein Gesicht vielsagend, »im Amte verwechselt oder verlegt werden. Mehr kann ich im Moment nicht dazu sagen.«

Dann war es soweit. Die beiden Männer, deren Freundschaft sich unter dem Eindruck der Ereignisse der letzten Tage weiter vertieft hatte, verabschiedeten sich. »Danke«, flüsterte der Hauptkommissar. »Bis zum nächsten Mal. Übrigens, kann ich mit dir als Trauzeuge rechnen, falls ich es mit Marianne riskieren sollte?«

»Sehr gerne«, versicherte sein Wiener Freund, ohne lange nachzudenken, »es wird mir eine Ehre sein.«

Zehn Minuten später waren Wilma und Mario bereits unterwegs in Richtung ›Hochzeitssuite‹.

*

Helga Martens hatte das Unmögliche geschafft und Dank eines Schulkollegen bei der Telefongesellschaft in Rekordzeit das vollständige Protokoll der ein- und ausgehenden Telefonate der letzten beiden Wochen im ›Schlosshotel Gabensberg‹ beschafft. Und siehe da: Vom Landeskriminalamt war in diesem Zeitraum insgesamt dreimal angerufen worden, zweimal alleine am Freitag, dem 25. Oktober. Das war der Tag, an dem der nicht ganz geglückte Einsatz in Beuren stattgefunden hatte. Der Verdacht, dass eine Warnung vor dem bevorstehenden Besuch der Polizei direkt aus Stuttgart gekommen war, wurde damit immer mehr zur Gewissheit.

Kurz danach hatte sich eine aufgeregte Erika Vondermatten beim Chef ihres Mannes gemeldet. Ihrem Mann ginge es besser, für das Auge bestünden zwar nur geringe, aber immerhin doch Chancen und vor allem »lässt Ihnen mein Mann ausrichten, dass wir einen Safeschlüssel für die Credit Suisse in Basel erhalten haben. Falls stimmt, was in dem Begleitschreiben steht, befinden sich darin Papiere im ungefähren Wert von 184.000 Euro. Er möchte wissen, was er damit anfangen soll.«

Mein Gott, dachte Wiegele, jetzt hatte es den Armen auch noch am Kopf erwischt. »Sagen Sie Ihrem Mann, er soll mit niemandem darüber sprechen. Wir werden uns der Frage widmen, wenn ich ihn das nächste Mal besuche.«

Ehrlichkeit war ja eine schöne Sache, aber wo verlief die Grenze zur Dummheit?, dachte Wiegele. Sofort überkamen ihn aber Selbstzweifel. War er schon so versaut, dass er sich ernsthaft solche Fragen stellte? Nicht mehr wusste, was richtig war und was nicht? Oder war das bloße ›Zeitgeist-Flexibilität‹?

※

Dr. Erwin Kogler hatte seine Sachen gepackt und das Hotelzimmer geräumt. Er wollte nach der Geldübergabe keine Zeit mehr verlieren und sofort nach Stuttgart aufbrechen. Man sollte die Geduld seiner Gläubiger nicht über Gebühr strapazieren. Er wollte die ganze Angelegenheit nach Möglichkeit noch heute erledigen, um unbelastet in das Wochenende gehen zu können. Frei im Kopf für neue Taten.

Er lachte in sich hinein. So war das Leben eben. Einmal war man oben, dann wieder unten. Wichtig war nur, dass man immer wieder nach oben kam, und genau das hatte er vor.

Beim Bezahlen der Rechnung beschiss er wieder einmal das Hotel um ein Mineralwasser und einen Fruchtsaft. Nicht, dass es ihm auf die paar Euro angekommen wäre, obwohl die deutsche Hotellerie schon Traumpreise für ihr Minibar-Angebot nahm. Nein, es machte ihm einfach Spaß, den Idioten hinter dem Rezeptionstresen alt aussehen zu lassen. Und darüber hinaus: Warum sollte er eigentlich doppelt bezahlen? Diese Gauner hatten doch sicher einen bestimmten Prozentsatz Schwund in den Zimmerpreis eingerechnet. Überall das gleiche Pack.

Er wollte schon gehen, als ihm die Bitte seines Schwiegervaters wieder einfiel. Also nochmals zurück zur Rezeption und das Gewünschte abgeholt. Weiß der Teufel, was da drinnen war, dachte er und warf das Paket auf die Rückbank seines BMW. Besser, er brachte das Zeug mit, als wieder völlig überflüssige Diskussionen mit dem Alten zu riskieren. Für 500.000 Euro oder mehr konnte man ruhig ein wenig gefällig sein. Dem Alten noch ein letztes Mal einen Gefallen tun.

Auf der kurzen Fahrt zur Kanzlei Bittners prüfte Kogler seine Optionen für die heutige Abendgestaltung. Schließlich entschied er sich dafür, Liselotte festlich auszuführen. Langfristig gesehen versprach eine etwas festere Beziehung mit der vor kurzem geschiedenen Euromillionärin den größten Nutzen. Darüber hinaus sah die Frau ja auch wirklich nicht schlecht aus, fand er.

*

Dr. Ernst Bittner stand am Fenster seines Büros und blickte auf die Straße hinunter. Noch war der BMW mit diesem Miststück von Schwiegersohn nicht zu sehen. Aber Erwins Geldgier war sein bester Verbündeter bei diesem Plan, den er eben noch Schritt für Schritt durchgegangen war. Dabei hatte sein scharfer, analytisch geschulter Verstand keinen Fehler entdecken können. Ein, zwei kleine Schwachstellen vielleicht, nicht alle Faktoren lagen schließlich in seinem Einflussbereich, aber keinen Fehler. Er hatte überhaupt keine Zweifel am Erfolg seines Vorhabens. Damit würde er heute nicht nur zwei, sondern mindestens drei Fliegen mit einer Klappe schlagen. Nein, sogar vier.

Womit er noch gewisse Probleme hatte, war der moralische Aspekt seines beabsichtigten Tuns. Also, in Ordnung war das, was er vorhatte, ganz und gar nicht. Aber es war die einzige erkennbare Chance, alle Probleme mit einem Schlag zu lösen. Marianne hatte das wirklich verdient, und er war es ihr auch schuldig. Insbesondere nach dem, was er ihr in den letzten Tagen angetan hatte.

Vor allem aber hatte Kogler mit seinem Verhalten gegenüber Marianne und ihm selbst jeglichen Anspruch auf Fairness und Beachtung moralischer Aspekte verspielt. Wer Wind sät, wird Sturm ernten, schoss es Bittner durch den Kopf. Wie schön, wenn man seine Bibel so gut kannte.

Nicht zuletzt war er es aber auch sich selbst schuldig, gewisse Probleme im Keim zu ersticken, ehe sie demnächst einmal außer Kontrolle geraten würden. Bittner war Zeit seines Lebens stolz darauf gewesen, immer die Kontrolle gehabt zu haben. Oder zumindest fast immer.

Endlich bog die dunkelblaue Luxuslimousine Koglers um die Ecke und parkte fast unmittelbar vor dem Eingang des Hauses, in dem sich die Kanzlei befand.

Bittner öffnete das Fenster und gab seinem Schwiegersohn durch Gesten zu verstehen, dass er gleich hinunter kommen würde. Kogler verstand und blieb im Wagen sitzen.

*

Auf dem Weg durch die Stadt war Mariannes Unruhe immer größer geworden. Sie hatte mit Anselm darüber sprechen wollen, aber der war da schon wieder bei einem Einsatz. Ein Ladendiebstahl irgendwo an der Peripherie, hatte ihr der Diensthabende von der Schutzpolizei anvertraut. Der tägliche Kleinkram eben. Natürlich würde er dem Herrn Hauptkommissar sofort ausrichten, dass er Frau Kogler dringend anrufen sollte.

Danach war sie zur Kanzlei ihres Vaters geeilt, doch

die Eingangstüre war verschlossen und blieb es auch nach wiederholter Betätigung der Klingel.

Die besonderen Umstände und das Verhalten ihres Vaters waren so untypisch für Rechtsanwalt Dr. Ernst Bittner, dass Mariannes Unruhe sich langsam, aber sicher in Angst verwandelte. Soviel sie wusste, war der Eingang zur Kanzlei seit dem Eintritt ihres Vaters vor mehr als 30 Jahren an Werktagen von 9 bis 18 Uhr noch nie verschlossen gewesen.

Vielleicht wusste ja Herma, Vaters langjährige Kanzleileiterin, was das alles zu bedeuten hatte. Marianne ging in die schräg vis-à-vis der Kanzlei liegende Coffeebar und stürzte sich auf das beim öffentlichen Fernsprecher aufliegende Telefonbuch. Wie hieß Herma bloß mit Nachnamen? Biermann, Bieringer oder so ähnlich. Sie hatte die ältere unauffällige, aber ungemein effiziente Frau immer nur mit Herma angeredet. Anfangs mit dem Zusatz Tante, später mit dem Vornamen.

Bierfahrer, nein, Biermeier. Ja, das war der Name, Biermeier. Wie aber schrieb sich das ›Meier‹ nach dem Bier? Mit ai, ei, ay oder ey? Keine Ahnung, musste sie sich eingestehen, nicht einmal ein Verdacht.

Da half nichts, sie musste eben alle möglichen Varianten durchgehen. Gott sei Dank waren es nicht allzu viele. Eher nicht genug, denn eine Herma war nicht darunter. Falls die Nummer nur unter dem Namen des Ehemanns vermerkt war, wurde das Problem schwieriger.

Marianne stellte sich schon darauf ein, sämtliche 31 unter allen denkmöglichen Schreibvarianten erscheinenden Teilnehmer des Namens anzurufen, als ihr der Zufall zu Hilfe kam. Da waren sie ja, weiter unten auf der nächsten Seite. Biermayr, Franz und Herma. Interessant, dass das Fehlen eines klitzekleinen ›e‹ einen so großen Unterschied bedeutete.

Der Franz Biermayr war erfreulicherweise zu Hause, ein leichter grippaler Infekt zwang ihn vorübergehend ins Bett. Er hatte keine Ahnung, wo seine Frau sein konnte, teilte Marianne aber immerhin Hermas private Handynummer mit.

Die nächste Runde begann vielversprechend. Herma meldete sich schon nach dem zweiten Klingeln des Mobiltelefons.

Der Chef hatte ihr und den beiden anderen Mitarbeiterinnen überraschend den Rest des Tages freigegeben. Sie nutzte die unverhoffte Freizeit und machte einige Besorgungen. »Franz hat nämlich nächste Woche Geburtstag«, verriet sie Marianne.

Sie hatte sich auch über das ungewöhnliche Verhalten ihres Chefs gewundert, aber ›der Herr Doktor hat das hin und wieder gemacht, wenn er über irgend einem besonders kniffligen Problem gesessen ist und nicht gestört werden wollte‹. Nein, sonst war ihr nichts Ungewöhnliches aufgefallen. Außer vielleicht, dass der ›Herr Doktor heute etwas ruhiger, aber auch fröhlicher war als sonst‹.

Nein, wohin er gegangen sein könnte, wusste sie nicht. Er hatte keinen Termin im Kalender vermerkt gehabt und auch nichts gesagt. »Tut mir sehr leid, Marianne«, bedauerte sie und verabschiedete sich.

Jetzt wusste Marianne wirklich nicht mehr, was sie als Nächstes tun könnte. Resigniert setzte sie sich an den Tresen und tat das Naheliegende. Sie bestellte einen Cappuccino. Das half meistens, heute aber nicht. Der Cappuccino ging und auch noch ein zweiter, die unbestimmte Angst aber blieb.

Plötzlich sah sie ihren Vater gestikulierend am Fenster seines Büros stehen. Auf der Straße parkte ein blauer Wagen, den sie als Fahrzeug ihres Mannes zu erkennen glaubte. Rasch leerte sie die Tasse, bezahlte und verließ entschlossen die Bar.

Als sie Koglers Wagen erreicht hatte und eben die rechte hintere Türe öffnen wollte, erschien auch ihr Vater. Beide blickten sich an, sie ihn vorwurfsvoll, er sie überrascht.

Das hatte ihm gerade noch gefehlt, schoss es Bittner durch den Kopf, als er Marianne sah. Wo kam seine große Kleine plötzlich her? Das war einer dieser unwägbaren Zufälle, vor denen er sich insgeheim gefürchtet hatte. Die sich nicht kontrollieren und daher auch nicht ausschließen ließen.

»Was macht du denn hier, Engelchen?«, wollte er wissen, obwohl er die Antwort instinktiv kannte.

»Dasselbe möchte ich dich fragen, Vater. Was läuft hier ab?« Marianne konnte sehr bestimmt klingen, wenn sie wollte.

»Was hast du mit diesem Menschen …«, sie deutete verächtlich in Richtung Kogler, »noch zu schaffen?«

»Ich habe mit ihm etwas Geschäftliches zu besprechen«, konterte Bittner nicht ungeschickt, »immerhin ist er ja nicht nur mein Schwiegersohn, sondern auch Vorstandsdirektor der Landesbank.«

»Das glaube ich dir nicht, Vater«, widersprach sie ungewöhnlich schroff. »Ich glaube vielmehr, dass du dich in etwas einmischen möchtest, das dich nichts angeht. Nämlich in meine Scheidung.«

»Abgesehen davon, dass mich deine Scheidung als Vater natürlich auch etwas angeht, liegst du falsch. Es geht um ein Warentermingeschäft, das möglichst diskret über die Bühne gehen muss.«

»Falls das stimmt und du tatsächlich noch Geschäfte mit diesem Schwein machst, bin ich sehr enttäuscht«, meinte sie trotzig. »Aber ich glaube dir nicht. Und du wirst mich auch nicht los.« Sie öffnete den Wagen und setzte sich auf die Rückbank. Das auf dem Sitz liegende Paket schob sie achtlos zur Seite.

»Mach kein Theater«, mischte sich jetzt Kogler ein. »Das ist eine Sache zwischen deinem Vater und mir. Also steig aus und gehe schön nach Hause. Wenn du weiter spinnst, wird es nichts mit der Scheidung.«

»Du hast mir überhaupt nichts mehr zu sagen«, begehrte sie auf. »Diese Zeiten sind endgültig vorbei. Also halt den Mund.«

»In meinem Wagen habe ich das letzte Wort und du hast mir überhaupt nichts zu verbieten«, brauste Kogler auf. »Du, du wildgewordene Emanze.«

Wider Willen musste Marianne lachen. »Besser eine wild gewordene Emanze als eine brave Frau Kogler«, ätzte sie.

Bittner war an die hintere Türe getreten. »Kinder, Kinder, beruhigt euch. Jetzt ist keine Zeit für eure infantilen Streitigkeiten. Aber in der Sache hat Erwin recht. Bitte verlasse jetzt das Auto und lass mich erledigen, was zu erledigen ist.« Der letzte Satz hatte sehr bestimmt geklungen.

»Nein, ich bleibe hier sitzen und wenn ihr euch auf den Kopf stellt«, beharrte Marianne. Woher sie wohl diese Sturheit hatte, überlegte ihr Vater. Und musste sich eingestehen, dass er diesen Zug auch an sich selbst kannte.

»Also gut«, lenkte er ein, nahm auf dem Beifahrersitz Platz und bedeutete Kogler, loszufahren.

Nach wenigen Metern griff er sich an den Kopf und stöhnte leicht, aber selbst auf den Rücksitzen unüberhörbar auf.

»Was hast du, Vater?«, erkundigte sich Marianne besorgt.

»Ach nichts, das ist nur wieder dieser Kopfschmerz. Dr. Besele meint, dass mein Blutdruck sprunghaft in die Höhe schnellt. Immer wenn ich mich aufrege. Das bedingt diesen stechenden Schmerz. Er hat mir etwas dagegen verschrieben.«

Er suchte in seiner Brieftasche und holte ein Stück Papier heraus.

»Erwin, bleib bitte kurz vorne bei der Apotheke stehen«, ersuchte er Kogler. »Ich besorge mir schnell das Mittel.«

Nachdem Kogler angehalten hatte, machte sich Bittner umständlich daran, den Wagen zu verlassen

»Bleib sitzen, Papa, ich hole das Medikament«, bot sich Marianne an und stieg aus.

»Danke«, sagte Bittner und blickte seiner Ältesten nach, wie sie in der Apotheke verschwand. »Gutes Kind. Und du gib Gas!«, forderte er seinen Schwiegersohn auf.

»Du bist doch wirklich …«, Kogler nickte anerkennend mit dem Kopf. »Also, ich bin glatt auf dein Theater hereingefallen.« Dann gab er Gas und der Wagen beschleunigte zügig.

»Tja, so ein alter Fuchs, wie ich es nun einmal bin, kann das Tricksen halt nicht lassen«, schmunzelte Bittner. »Und wir fahren jetzt zu dem kleinen Sportplatz neben der Tankstelle an der Straße Richtung Gottmadingen. Du weißt, wo das ist?«

*

Als Marianne wieder auf die Straße kam und weit und breit kein Wagen zu sehen war, kehrte das schlechte Gefühl mit einem Schlag wieder zurück. Und noch viel intensiver als vorher. Verdammt, dachte sie, Vater hat mich ausgetrickst wie eine Fünfjährige. Was konnte er vorhaben, dass er sie partout nicht dabei haben wollte? Machte er vielleicht irgendwelche linken Geschäfte mit Erwin und wollte verständlicherweise nicht, dass sie oder sonst wer aus der Familie davon wusste?

Nein, das konnte sie sich nicht vorstellen. Nicht ihr Vater. Aber was lief dann ab?

*

Nach rund fünf Minuten Fahrt hatten die beiden Männer den Parkplatz vor der kleinen Sportarena am Rande der Stadt erreicht.

»Und was jetzt?«, wollte Kogler wissen, nachdem er den Motor abgestellt hatte. »Wo ist das Geld?«

»Im Paket hinten ist alles, was deine und meine Probleme lösen wird«, begann Bittner seine kryptisch wirkende Erklärung. »Aber ehe du das Paket öffnest und dich selbst davon überzeugst, möchte ich dir noch etwas sagen.«

Demonstrativ blickte Kogler auf seine Armbanduhr. »Gut, aber nicht zu lange. Ich habe heute noch viel vor.«

»Ich werde mich beeilen«, versicherte sein Schwiegervater. »Aber glaube mir, du hast mehr Zeit, als du glaubst.«

Dann erzählte er dem verblüfften Erwin von seinem Leben, seinen Fehlern und seinen zunehmenden Ängsten. Und von der Liebe zu seiner Familie, für die er alles getan hatte, tun würde und auch tat.

»Aber das ist ja … unglaublich«, stammelte ein auf eine perverse Art stark beeindruckter Kogler. »Das hätte ich dir nie zugetraut. Aber dann habe ich ja viel zu wenig Geld verlangt. Du musst doch über nahezu unerschöpfliche Mittel verfügen.«

»Die hätte ich, wenn ich meine Möglichkeiten exzessiv ausgenützt hätte«, stimmte Bittner teilweise zu. »Habe ich aber nicht, im Gegenteil. Auch schlechte Menschen haben ein Ehrgefühl. Aber das verstehst du sicher nicht.«

Er griff hinter sich und holte das auf der Rückbank liegende Paket nach vorne. »Hier, das ist alles, was ich für dich tun konnte. Ich bin sicher, es wird dir reichen.«

Vorsichtig nahm ihm Kogler das Paket ab und versuchte, sein Gewicht zu schätzen. Dabei fiel ihm gar nicht auf, wie sich sein Schwiegervater bekreuzigte.

»Wenigstens wird Marianne jetzt wieder heiraten können«, entfuhr es dem Anwalt. »Wenn sie will, sogar kirchlich« meinte er mit einer gewissen Befriedigung in der Stimme.

»Wieso das denn?«, meldete sich Kogler ein letztes Mal zu Wort. »Willst du die Ehe vielleicht gar annullieren lassen?«

»Das wird nicht notwendig sein«, versicherte Bittner, während sein Schwiegersohn die Verschnürung entfernte und das Papier aufriss.

Die Detonation der im Paket enthaltenen Menge Sprengstoff reichte aus, um den schweren Wagen samt Insassen rund drei Meter in die Höhe zu schleudern und weitestgehend zu zerstören. Das aus dem geborstenen Tank auslaufende Super-Bleifrei-Benzin entzündete sich an einigen Funken, die beim Aufprall der Karosserieteile auf dem Beton des Parkplatzes entstanden waren. Daraufhin ging der ganze Haufen aus Blech, Kunststoff und menschlichen Körperteilen in Flammen auf.

Nach Ansicht der Gerichtsmedizin waren beide Männer durch den Druck der enormen Explosion sofort getötet worden. Wie später bekannt wurde, war die Detonation in der ganzen Stadt zu hören, der über dem Tatort aufsteigende Rauchpilz noch aus fünf Kilometer Entfernung zu sehen gewesen.

Als Hauptkommissar Wiegele am Schauplatz des vermeintlichen Terroranschlags erschienen war, hatte er noch keine Ahnung, um wen es sich bei den beiden Opfern handelte.

*

Nachdem er die seltene und sehr wertvolle Armbanduhr, die die Explosion erstaunlich gut überstanden hatte, als die Dr. Bittners wiedererkannte, er hatte sie erst gestern bewundert, wurden ihm die schrecklichen persönlichen Implikationen dieses Falles bewusst. Er überließ es Helga Martens, auf die Kollegen vom LKA zu warten, und machte sich auf den Weg zum Haus der Bittners. Wo er die mit Abstand unangenehmste Pflicht seines gesamten bisherigen und sicher auch zukünftigen beruflichen Lebens zu erfüllen hatte.

Wenigstens konnte Marianne jetzt endlich heiraten, schoss es ihm während der Fahrt durch den Kopf. Sogar kirchlich, wenn sie wollte.

Gleich darauf genierte er sich aber schon fürchterlich für diese banalen, in dieser Situation absolut nicht angebrachten Gedanken. Andererseits war das, was ihm durch den Kopf gegangen war, absolut zutreffend und damit irgendwie tröstlich.

Und er war sich sogar sicher, dass Bittner seine Freude an dieser Perspektive gehabt hätte.

WAS SONST NOCH GESCHAH

Freitag, 1. November

Einige Stunden, nachdem Bittner und Kogler einträchtig in die Luft geflogen waren, hatten sich Palinski und Wilma im siebten Himmel befunden. Sie hatten einen wunderschönen Abend und eine sehr romantische Nacht im feudalen ›Schlosshotel‹ in Fuschl
verbracht. Dabei waren sie sich nicht nur körperlich so nahe gekommen wie schon viele Jahre nicht mehr.

Nein, es hatte sich auch ergeben, dass Wilmas sensibler Instinkt Palinskis Zurückhaltung gegenüber gewissen Vorkommnissen in Sizilien erspürt und sie vorsichtig begonnen hatte, ihn auszuhorchen.

Vorerst hatte Palinski aber nicht reden wollen und sein Schweigen sich selbst gegenüber mit dem Schutz der Familie begründet. Mit der Zeit hatte sich seine Zunge aber gelockert. Letztlich war er sogar froh gewesen, sich seine Zweifel und Sorgen von der Seele reden zu können.

Schließlich hatte sie ihn gefragt, wie er persönlich zu Don Vito stünde.

»Der Mann ist sehr sympathisch, charmant, eine einnehmende Persönlichkeit«, hatte Palinski eingeräumt. »Andererseits würde er nicht zögern, mit einem Fingerschnipsen einen Menschen zum Tode zu verurteilen und bei der Hinrichtung auch noch zuzusehen. Eine ganz gefährliche Mischung, faszinierend und gleichzeitig abstoßend. Die Schöne und das Biest in einer Person, könnte man sagen.«

Aber das Problem war ein anderes: »Ab einem bestimmten Punkt der Beziehung hat man das Gefühl, nicht mehr ›nein‹ zu ihm sagen zu können, ohne Schaden zu nehmen. Gleichzeitig weißt du aber auch, dass du genauso beschädigt wirst, wenn du sein Angebot annimmst. Es ist die reinste Zwickmühle.«

»Ich glaube aber, dass er zu dir eine ganz spezielle Beziehung hat. Immerhin hast du seinem Enkel das Leben gerettet«, hatte sie ihm in Erinnerung gerufen.

»Das wird mir eines Tages vielleicht das Leben retten, meine Seele aber nicht«, hatte Palinski melodramatisch eingeworfen und dann selbst darüber lachen müssen. »Na, warten wir es einmal ab. Vielleicht wird es nur halb so wild.«

»Ich würde den Mann gerne einmal kennenlernen«, hatte Wilma ihm gestanden. »Gilt die Einladung noch?«

Später in dieser Nacht hatten sie Pläne für die Zukunft gemacht und beschlossen, endlich doch den Sprung in die Ehe zu wagen. »Was hältst du davon, am Tag unseres 25-jährigen Jubiläums zu heiraten? Sozusagen eine astreine Silberhochzeit.«

»Und danach fahren wir nach Sizilien und ich stelle dir meinen ›Paten‹ vor«, hatte er lachend gemeint. Dabei war er gar nicht sicher gewesen, ob ihm danach zumute war.

Den Rest der Nacht hatten sie sich fest umschlungen gehalten, und Palinski hatte sich das erste Mal seit Tagen wieder sicher gefühlt. Solange diese Frau bei ihm war, konnte ihm nicht wirklich etwas passieren.

Am Morgen hatte es eine riesige Überraschung gegeben.

Sein Verleger Georg Maynar hatte sich bei Palinski gemeldet und ihm freudestrahlend mitgeteilt, dass ein großer italienischer Verlag wegen der Weltrechte an ›Verdammt und umgebracht‹ angefragt hatte.

»Die Leute von Monte D'Oro stellen 100.000 Euro Garantiehonorar und eine interessante Erfolgsbeteiligung in Aussicht.« Maynar war regelrecht begeistert gewesen. »Und ebenso viel wollen sie für ›Spiele im Schatten‹ auf den Tisch legen. Was sagen Sie dazu, Herr Pé?« Maynar nannte ihn immer bei seinem Pseudonym, ein Umstand, an den sich Palinski erst gewöhnen musste.

»Hahaha«, Palinski hatte jede einzelne Silbe betont, »sehr witzig. Halten Sie alle Ihre Autoren auf diese Weise zum Narren?«

Maynar hatte kurz gezögert, dann hatte auch er gelacht. »Zugegeben, das klingt zu schön, um wahr zu sein, aber das Angebot liegt mir tatsächlich vor. Woher wissen die Leute überhaupt von Ihrem zweiten Roman, Herr Pé? Den kenne ja nicht einmal ich noch.«

»Das ist eine lange Geschichte, Herr Maynar, die muss ich Ihnen einmal persönlich erzählen. Also ich finde das toll. Ist das Angebot in Ordnung oder will man uns über den Tisch ziehen?«

»Sind Sie wahnsinnig, Pé?« Maynar hatte ungewöhnlich heftig reagiert. Das ist ein Spitzenangebot. Da gibt es nur eines: annehmen.«

Es war schon Nachmittag, als Wilma und Mario in Wien eintrafen. Es war reiner Zufall, dass sie in den letzten 24 Stunden weder Nachrichten gehört oder gesehen noch Zeitungen zu Gesicht bekommen und daher auch noch nichts von den schrecklichen Ereignissen in Singen erfahren hatten.

Das Erste, was Palinski in der Wohnung ins Auge fiel, war der Käfig des neuen Mitbewohners Burschi, des Wellensittichs für einsame Stunden.

»Bist du sicher, dass Burschi nicht ein Mädi ist?«, rief er Wilma zu, die mit der Frage nichts anfangen konnte. Als sie zum Käfig kam, um der Sache auf den Grund zu gehen, sah sie ein im Verhältnis zu dem kleinen Vogel riesig wirkendes Hühnerei. Und daneben einen total verstörten Burschi, dem es die Sprache verschlagen hatte.

Dahinter einen Zettel mit dem handschriftlichen Vermerk Harrys: »Burschi war schwanger. Wer hätte das gedacht?«

»Das ist typisch Harry«, freute sich seine Mutter. »Der Bub kann seine dummen Scherze nicht lassen. Ein echter Spaßvogel.«

»Ja, vor allem den Stempel ›Geprüfte Qualität aus Österreich‹ auf dem Nachwuchs finde ich toll«, scherzte Palinski. »Da weiß jeder gleich, wo dieser komische Vogel zu Hause ist.«

Burschi war nicht nur hochgradig irritiert, sondern offenbar auch stocksauer. Der sonst ständig fröhlich zwitschernde Vogel blieb weiterhin hartnäckig stumm, war scheinbar in Streik getreten.

Das zweite, was auffiel, war eine total verheulte Tina, die jetzt aus ihrem Zimmer kam.

»Um Gottes willen, Kind, was ist denn passiert?«, konnte Wilma gerade noch herausbringen, bevor sich ihre Tochter in die Arme der Mutter warf und losheulte.

Und so erfuhren auch ihre Eltern von der Tragödie, die sich gestern Nachmittag ereignet hatte. Guido hatte sich sofort nach einem Anruf Verenas ins Auto gesetzt und war nach Singen gerast. Tina war dann zu einer gemeinsam Freundin geflüchtet und hatte die Nacht dort verbracht.

Schlagartig verblassten all die positiven Erlebnisse der letzten Stunden und wichen Gefühlen wie Betroffenheit, Mitleid, Schmerz und auch Zorn.

»Wenigstens können Marianne und Wiegele jetzt endlich heiraten«, tröstete Wilma später ihre Tochter. »Sogar kirchlich, wenn sie wollen«, fiel sogar der noch immer verheulten Tina auf.

Der Vogel in seinem Käfig blieb von all dem unberührt. Er hatte ganz andere Sorgen. Wann würden ihn diese unmöglichen Menschen endlich von dem großen Ei befreien?

*

Kriminaloberrat Dr. Hermann Wanz vom Landeskriminalamt in Stuttgart hatte gestern noch versucht, Dr. Bittners Wunsch nach einem Rückruf zu entsprechen. Seine beiden Versuche waren aber erfolglos geblieben, und wenig später hatte er aus der Tagesschau auch erfahren, warum.

Wanz war ein gewiefter Kriminalist mit einem untrüglichen Gespür dafür, was ging und was nicht. Leider hatte er auf dieses Gespür in letzter Zeit nicht genug gehört. Mit der Konsequenz, dass jetzt offensichtlich überhaupt nichts mehr ging. ›Rien ne va plus‹, musste er sich widerwillig eingestehen.

Da ihm weder die Option, von den eigenen Kollegen verhaftet und an den Pranger gestellt zu werden, noch die, auf eine finale Lösung seiner Freunde von der anderen Seite zu warten, akzeptabel erschienen war, hatte er beschlossen, die Sache selbst in die Hand zu nehmen.

Kurz hatte er auch überlegt, bei seinem Abgang einige ihm besonders ans Herz gewachsene Mitmenschen auf beiden Seiten mitzunehmen oder ihnen zumindest noch einmal kräftig in den Hintern zu treten. Aus Angst vor Repressalien gegen seine Familie hatte er aber wieder Abstand von diesen Überlegungen genommen.

Rückblickend auf sein abwechslungsreiches, mitunter sogar kurioses Leben, hatte er gefunden, dass der 1. November genau das richtige Datum für sein Vorhaben war.

So hatte sich der begeisterte Jäger nach der letzten Pirsch hingesetzt und begonnen, seine Waffe zu putzen. Gerade so ungeschickt, dass das Ergebnis offiziell als Unfall durchgehen konnte. Aber doch so, dass die Menschen, die ihn besser kannten, wussten, was Sache war. Sollte seine derzeitige Frau, die dritte Madame Wanz und eine rücksichtslose Schlampe, doch ruhig glauben, dass er diesen Schritt aus Verzweiflung über ihr schamloses Verhalten getan hatte.

Falls sie noch so was wie ein Gewissen hatte, sollte sie das ruhig bis zu ihrem Lebensende plagen, dachte er, während er den Schuss auslöste.

Seine in der kleinen Jagdhütte liegende Leiche sollte erst am kommenden Montag von einem Jagdaufseher gefunden werden.

*

Später am Nachmittag war Palinski dann in sein Büro gegangen, um nach mehr als vier Tagen Abwesenheit nach dem Rechten zu sehen. Lustlos sah er die Post und die eingegangenen E-Mails durch und hörte die Anrufe auf

Band ab. Da war nichts dabei, was eine sofortige Erledigung verlangte. Also fasste er sich ein Herz, überwand seine Hemmungen und tat, was er schon längst hätte tun sollen. Er rief Wiegele in Singen an.

Die Stimme des Hauptkommissars klang erstaunlich lebendig. »Hier ist verständlicherweise der Teufel los«, erklärte er. »Das Landeskriminalamt ist mit zwei kompletten Teams angerückt. Derzeit ist noch völlig unklar, wem das Attentat gegolten hat, Kogler oder Bittner. Fest scheint nur zu stehen, dass es sich um einen terroristischen Anschlag handelt. Kogler ist schon seit einiger Zeit aufgefallen, er hat offenbar einige nicht sehr saubere Geschäfte abgewickelt und sich dabei nicht nur Freunde gemacht. Eine Theorie lautet daher, dass sich einer seiner übervorteilten Geschäftspartner gerächt haben könnte. Aber auch Bittner hatte Feinde, also gehen die Ermittlungen auch in diese Richtung.

Fest steht nur, dass die Paketbombe ursprünglich im Hotel ›Jägerhof‹ abgegeben worden ist. Von wem, weiß keiner mehr. Angeblich war die Sendung für Bittner bestimmt, aber das kann auch nur ein Ablenkungsmanöver gewesen sein. Kogler selbst hat das Paket dann im Auto mitgenommen. Bittner ist dann zugestiegen. Marianne ist absolut davon überzeugt, dass ihr Vater mit ihrem Mann die Scheidung endlich perfekt machen wollte. Der Scheißkerl, Pardon, über Tote soll man nicht schlecht reden, also Kogler soll ja bis zuletzt Schwierigkeiten gemacht haben. Wollte immer neue Zugeständnisse aushandeln, Vorteile aus seiner Zustimmung ziehen.« Er schnäuzte sich lautstark. »So wie es derzeit aussieht, werden wir nie erfahren, was da geschehen ist.«

»Und wie geht es der Familie?«, wollte Palinski wissen.

»Emma, also Frau Bittner, ist natürlich total fertig und steht unter schweren Beruhigungsmitteln. Guido ist noch gestern Nacht angekommen und kümmert sich um alles. Na ja, Verena ist noch jung und wird sicher damit fertig werden. Aber der Vater stirbt eben nur einmal. Und dann noch unter solchen Umständen.« Wiegele verstummte betreten.

»Und was ist mit Marianne?«

»Die hat es natürlich doppelt getroffen«, betonte Wiegele. »Immerhin war sie mit dem zweiten Opfer mehrere Jahre verheiratet. Andererseits ist sie jetzt frei. Und der Gedanke scheint sie unbewusst irgendwie zu beleben.«

Plötzlich musste Palinski kichern. »Entschuldige diese unangemessene Reaktion. Aber mir ist gerade durch den Kopf gegangen, dass sie jetzt sogar wieder kirchlich heiraten kann.«

»Lass nur gut sein, es gibt eben nichts Schlechtes, was nicht auch etwas Gutes mit sich brächte.« Er kicherte ebenfalls. »Ich habe mir das übrigens auch schon überlegt.«

»Das war so eine Art ›Scheidung auf Sizilianisch‹«, entfuhr es Palinski. »Oder soll man eher sagen ›nach Hegauer Art‹ oder so«?

Er wollte sich schon für seine Geschmacklosigkeit entschuldigen, aber der Hauptkommissar lachte und es klang sogar echt.

»Gut, dass wenigstens du deinen Humor nicht verloren hast.«

»Schlimm, was?«, meinte Palinski. »Aber so ist eben das Leben. Man kann tun und lassen, was man will. Es geht einfach weiter.«

*

Das angesichts der aktuellen Ereignisse neuerlich einberufene Treffen der drei Granden fand diesmal auf einem kleinen Schlösschen in der Nähe von Montpellier statt.

»Ehe wir uns der heutigen Tagesordnung zuwenden, möchte ich außerhalb des Protokolls eine Sache ein für alle Mal klarstellen«, begann der Italiener. »Es war das erste und einzige Mal, dass wir eine Ausnahme von der eisernen Regel gemacht und einen derart gravierenden Verstoß ohne Sanktionen haben durchgehen lassen. Nur weil der Betroffene der Sohn eines hervorragenden Mitglieds des Führungskreises ist. Ist Ihnen das klar, Monsieur Bappier?«

Der Hausherr, Jean Louis Bappier sen., nickte mit schuldbewusstem Gesicht. »Ja, das ist mir klar. Das war eine einmalige Ausnahme, und ich danke Ihnen dafür.«

»Ist das auch Ihrem Sohn klar?«, wollte der Italiener wissen. »Ist ihm bewusst, dass er im Wiederholungsfall dran ist? Ich meine, wo kommen wir denn hin, wenn Protektion und Nepotismus um sich greifen und die Moral unserer Mitglieder unterminieren?«

»Andererseits sind das doch nur Dummheiten der jungen Leute«, versuchte der Belgier zu beschwichtigen. »Es ist nun einmal das Vorrecht der Jugend, auch einmal über die Stränge zu schlagen. Ich war vor 35 Jahren nicht anders. Im Gegenteil, diese Geschichte damals in Gibraltar.« Er lächelte versonnen. »Das waren noch Zeiten.«

»Das ist schon richtig«, gab sich der Italiener etwas sanfter. »Auch ich habe früher gelegentlich ganz schön übers Ziel geschossen. Aber die Zeiten haben sich eben geändert. Heute ist vieles möglich, woran wir früher nicht einmal zu denken gewagt hätten. Andererseits ist vieles, das früher nicht der Diskussion wert war, heute absolut verpönt. Tempora mutantur.«

»Meinem Sohn ist völlig klar, dass sein unbedachtes, nur auf Effekt abzielendes Verhalten bei der Ermordung von Konsul Webernitz unverzeihlich war und die gesamte europäische Organisation in Schwierigkeiten gebracht hat«, versicherte der Franzose. »Aber ich habe dafür gesorgt, dass er sein Leben lang an diesen Unfug erinnert werden wird.«

»Wie das?«, interessierte sich der Italiener.

»Ich habe ihn gleich nach dem Vorfall nach Japan geschickt, um ihn aus der unmittelbaren Schusslinie zu nehmen. Er ist bei einer befreundeten Sektion der Yakuza zu Gast.« Er grinste hässlich. »Dort hat man ihn in meinem Auftrag gleich einmal auf die traditionelle Art bestraft. Als Willkommensgruß, sozusagen.«

»Wie sieht diese Strafe aus?«, wollte der in diesen Fragen nicht übermäßig firme Belgier wissen.

»Ich nehme an, unser französischer Freund will damit zum Ausdruck bringen, dass man seinem Sohn das erste Glied des kleinen Fingers der linken Hand auf recht schmerzhafte Weise entfernt hat«, brachte der Italiener sein unheimliches Wissen über diese Dinge ins Spiel.

»Ja, so ist es«, stimmte Bappier sen. zu. »Jean Louis soll sich tapfer gehalten haben und nur zwei Stunden bewusstlos gewesen sein.«

»Da gratuliere ich doch«, meinte der Belgier herzlich, und der Franzose strahlte in seinem Vaterstolz.

»Also gut, damit ist diese Angelegenheit erledigt«, erklärte der Italiener. Er wollte zur Tagesordnung zurückkehren, ehe die Details zu geschmacklos wurden. Stolze Väter verloren leicht das richtige Maß.

»Gut, dann kommen wir jetzt zu den überraschenden Ereignissen in Singen«, kündigte er an. Er schien so eine

Art ›Primus inter Pares‹ des Triumvirats zu sein.«Was wissen Sie darüber?«

Die beiden anderen Herren wussten nur das, was den Medien zu entnehmen gewesen war.

»Gut, dann darf Sie jetzt informieren. Unser langjähriger Freund, der ›Marchese‹, hat hier in beispielhafter, selbstloser Art nicht nur einen perfekten Mord hingelegt, sondern auch höchst effektvoll seinen eigenen Abgang inszeniert. Er hat die Bombe über Rigoletto in Auftrag gegeben, sich das Paket von seinem Opfer auch noch bringen lassen, welch herrliche Ironie, und sich dann gemeinsam mit seinem ungeliebten Schwiegersohn in die Luft gejagt. Ein wunderbarer Plan.«

»Aber wieso hat er sich selbst umgebracht?« Des Belgiers Wissensstand war sichtlich nicht up to date. »Stand er denn auf der Abschussliste?«

»Nein, aber er hat in den letzten Jahren zunehmend Zweifel an der moralischen Richtigkeit seines Verhaltens bekommen. Wir kennen das nur zu gut bei unseren ›Intermondiales‹, wenn sie immer öfter mit möglichen Konsequenzen ihres scheinbar so harmlosen Verhaltens konfrontiert werden. Irgendwann werden sie dann hysterisch, sehen Schuld sogar dort, wo überhaupt keine ist. Und irgendwann drehen sie dann durch.« Er räusperte sich. »Dazu ist noch gekommen, dass Kogler angeblich Schwierigkeiten gemacht hat, sich von Bittners Tochter scheiden zu lassen. Er hat es also auch für sein Kind getan.«

»Das heißt, sie kann jetzt wieder heiraten«, stellte der Belgier nicht ohne Bewunderung fest.

»Und das sogar kirchlich«, ergänzte der Franzose.

»Aber nur, wenn sie auch will«, fügte der Italiener noch dazu.

»Bittner hat diese Situation also wunderbar diszipliniert und mit Esprit gemeistert. Und der Selbstmord ist nicht erkennbar. Die Lebensversicherung von 1,2 Millionen Euro muss also ausbezahlt werden. Die Familie ist demnach bestens versorgt. Eine bemerkenswerte Leistung.« Er holte ein Blatt Papier aus seiner Mappe.

»Ich habe daher einen Antrag formuliert, im Rahmen der WM in Las Vegas Herrn Dr. Ernst Bittner für diese Leistung posthum so eine Art ›Life Time Award‹ zu verleihen.« Der Italiener schob dem Franzosen das Blatt hin. »Ich möchte Sie bitten, diesen Antrag zu unterstützen.«

Sichtlich beeindruckt wollten die beiden Herren ihre Unterschrift schon unter den Antrag setzen.

»Obwohl …«, zögerte der Belgier.

»Haben Sie Bedenken?«, der Italiener blickte den Kollegen fragend an.

»Nun ja, Life Time ist in diesem Fall vielleicht nicht die glücklichste Bezeichnung«, gab der zu bedenken. »Immerhin hat sich Bittner getötet.«

»Dann nennen wir die Auszeichnung eben ›Death Time Award‹ oder so was in der Art.« Für den Italiener war das kein Problem. »Da soll sich die Agentur was Griffiges einfallen lassen.«

Der Belgier nickte zustimmend und unterschrieb jetzt auch.

»Übrigens, Las Vegas«, warf der Franzose ein. »Dort dürfen sich unsere Burschen keine solchen Fehler wie bei der Vorausscheidung in Singen leisten. In dieser Stadt gibt es die C.S.I. und die hätte uns in einer einzigen Folge am Sack.«

Das Unverständnis der anderen beiden Herren für diesen im Kern zutreffenden Scherz verriet dem Fernsehsüchtigen, dass nicht alle Menschen diese amerikanische Serie kannten.

»Übrigens, wissen Sie schon, welcher Beitrag bei der Vorentscheidung auf Platz 1 gelandet ist?«

»Doch nicht etwa ...«, der Franzose wagte es nicht auszusprechen.

»Doch, der ›Raub der Saladier‹, und zwar mit deutlichem Abstand«, bestätigte der Italiener. »Und die Begründung der Jury sollte uns zu denken geben.« Er nahm ein Blatt Papier zur Hand und begann vorzulesen:

»Dieser kriminelle Fischzug besticht durch seine schlichte Eleganz und die geniale Einfachheit des Planes und seiner Durchführung. Das gilt sowohl für den eigentlichen Raub als auch für die scheinbare Rückgabe des einzigartigen Kunstwerks, mit der die Angelegenheit für die Öffentlichkeit beendet wurde. Dabei überzeugte nicht nur die ganz exzellente Kopie, ein Beweis, dass es auch heute noch hervorragende Goldschmiedearbeit gibt. Sondern auch der gut gewählte, nicht unsympathische ›Sündenbock‹, der den Raub als das aussehen ließ, was man in Wien eine ›bsoffne Gschicht‹ nennt. Die Frage, ob es sich bei dem Täter um einen hartgesottenen Verbrecher oder um einen situationsbedingt schwach gewordenen ›kleinen Abenteurer‹ gehandelt hat, beschäftigt noch heute die Öffentlichkeit und lenkt hervorragend vom eigentlichen Thema ab. Auch die äußerst überlegte Wahl des Zeitpunkts, die ›Saladier‹ wieder auftauchen zu lassen, war bemerkenswert. In dieser bereits durch andere Ereignisse heikel gewordenen kulturpolitischen Situation konnten sich die Verantwortlichen in Wien keine weitere Diskussion mehr leisten, und das nützte der Täter entschlossen aus. Beeindruckend waren aber auch die trotz der fantastischen und nicht gerade billigen Goldschmiedearbeit enorm positive Kosten-Nutzen-Relation und der hohe, die Fantasie der Menschen inspirierende Unterhaltungswert der gesamten Aktion. Auffallend auch die relativ gute, von Schadenfreude geprägte Akzeptanz des Coups in der Bevölkerung. Fazit: Wer so offensichtliche Schwächen eines von seiner Unfehlbarkeit überzeugten Systems nicht für seinen Vorteil nutzt, macht sich des Verbrechens der vertanen Chancen schuldig.« Der Italiener legte das Blatt zur Seite.

»Also, dem habe ich nichts hinzuzufügen«, erklärte er. »Ich denke, wir sollten in Zukunft mehr darüber nachdenken, ob wir unsere Ziele nicht mit weniger Gewalt und dafür mit mehr Intelligenz, Eleganz und Spaßfaktor erreichen können. Schwächen des Systems, die man nutzen kann, bieten sich ja genug. Und ein paar Lacher mehr auf unserer Seite könnten wirklich nicht schaden.«

Damit war auch dieser Punkt auf der Tagesordnung erledigt.

»Jetzt müssen wir uns nur noch mit der Nachfolge Rigolettos befassen«, kündigte der Mann aus Sizilien an. »Nach letzten Informationen ist Dr. Wanz spurlos verschwunden. Der ›Duca‹ rechnet nicht mehr damit, dass er noch einmal im Amt erscheinen wird.«

»Also, wen haben wir, der sich für diese Position empfiehlt?«, erkundigte sich Bappier sen. »Ein Mann aus dem Amt, oder schwebt Ihnen jemand von außerhalb vor?«

»Ich denke, wir müssen bei dieser Nachbesetzung im Auge behalten, dass der ›Duca‹ auch bereits Verschleißerscheinungen zeigt. Die Sache in Singen geht immerhin voll auf seine Kappe.« Er kratzte sich an der Stirne. »Noch so ein Fiasko und er ist weg vom Fenster. Dass wir ›Rigoletto‹ aufgegeben haben, hat er ja eindeutig als Warnung verstehen müssen. Mir schwebt also eine längerfristig wirksame Besetzung mit einem Mann von außerhalb vor. Den holen wir zunächst nach Stuttgart und bauen ihn langsam als Nachfolger vom ›Duca‹ auf.«

Der Belgier und der Franzose blickten ihn erwartungsvoll an.

»Ich denke da an einen ganz bestimmten Hauptkommissar«, eröffnete ihnen Don Vito. »Einen, der in den letzten Tagen etwas ins Rampenlicht getreten ist. Ein guter Mann.«

*

Burschi, der verärgerte Wellensittich, blieb weiterhin stur. Zwar hatten sie jetzt endlich dieses riesige, furchterregende Ei aus seinem Zuhause entfernt und waren sicher der Meinung, damit wäre wieder alles in Ordnung. Aber nicht mit ihm. Heute wurde nicht mehr gesungen und damit basta. Und morgen? Na ja, man würde sehen.

Der Gipfel der Frechheit war aber der Zettel, den der junge Bursche, den sie Harry nannten, an den Käfig gelehnt hatte.

»Bitte sei nicht mehr böse, Burschi und singe endlich wieder. Die Stimmung hier ist ja sonst nicht auszuhalten«, hatte er darauf gekritzelt.

Wellensittiche können doch nicht lesen. Der verwechselte ihn wohl mit einer Ratte. Brrr, was für eine Vorstellung.

Es war schon erstaunlich, was für einen Unsinn manche Menschen zusammenschrieben.

ENDE

DIE NEUEN

ISBN 978-3-8392-2628-5 — Schwarzwald

ISBN 978-3-8392-2615-5 — Donau Passau – Wien

ISBN 978-3-8392-2620-9 — Lahntal

ISBN 978-3-8392-2635-3 — Zwischen Nord- und Ostsee

ISBN 978-3-8392-2618-6 — In und um Passau

ISBN 978-3-8392-2623-0 — Regensburg und Oberpfalz

ISBN 978-3-8392-2630-8 — Tölzer Land – Tegernsee – Schliersee

ISBN 978-3-8392-2631-5 — Vogelsberg und Wetterau

ISBN 978-3-8392-2632-2 — Von der Eifel bis in die Ardennen

ISBN 978-3-8392-2405-2 — Romantischer Rhein Rüdesheim – Bonn

ISBN 978-3-8392-2622-3 — Ostfriesische Inseln

ISBN 978-3-8392-2545-5 — Weinviertel

ISBN 978-3-8392-2629-2 — Spreewald

ISBN 978-3-8392-2634-6 — Wesermarsch und Umzu

GMEINER KULTUR

WWW.GMEINER-VERLAG.DE
Mensch, Kultur, Region